세상을 뒤로하고

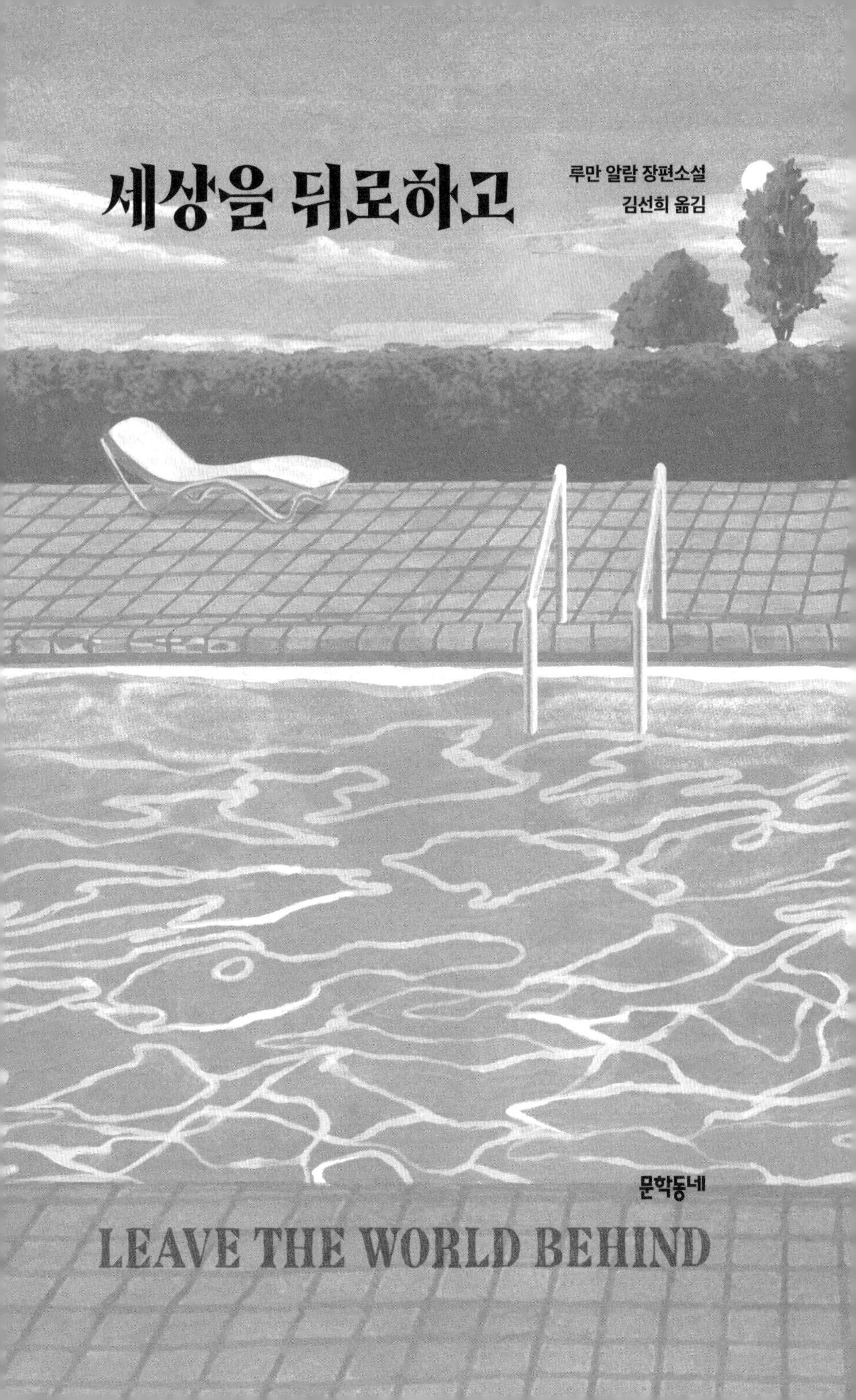
세상을 뒤로하고
루만 알람 장편소설
김선희 옮김
문학동네
LEAVE THE WORLD BEHIND

일러두기

1, 주석은 모두 옮긴이주다.
2, 본문 중 고딕체는 원서에서 이탤릭체로 강조한 부분이다.

사이먼을 위해 그리고 하비어를 위해

사랑은 이어지네 새의 노래처럼,
할 수 있는 한 폭탄이 터지자마자
　　　　빌 캘러핸, 〈앤절라〉

1

뭐, 태양은 빛나고 있었다. 그들은 그것이 좋은 징조라고 생각했다―사람들은 오래된 건 무조건 어떤 징조라고 보니까. 그저 구름 한 점 찾아볼 수 없었다는 말이다. 태양은 항상 있던 곳에 있었다. 태양은 끈질기고 무심했다.

　길이 다른 길로 합류했다. 차가 막혔다. 그들이 탄 회색 자동차는 유리종이자 미세기후 영역이었다. 에어컨이 돌고, 청소년기의 악취 (땀, 발, 피지)와 어맨다의 프랑스 샴푸 냄새가 나고, 부스러기가 바스락거리는 소리가 들렸다. 언제나 그랬다. 차 안은 클레이의 영역이고 그는 아주 깐깐하진 않아서 이런저런 게 생겨나곤 했다. 대용량으로 산 그래놀라바에서 떨어져나온 귀리들의 언덕과 왜 여기 있는지 알 수 없는 튜브삭스, 〈뉴요커〉에 끼워져 있던 정기구독 신청서, 콧물 때문에 돌돌 말린 채 굳은 화장지, 언제 썼는지 모르겠는 밴드에이드 뒷면의 흰색 필름 한 뭉치. 분홍색 살이 여름 과일처럼 벌어진 채 아이들은 항상 밴드에이드를 찾았다.

팔에 비치는 햇빛이 그들을 안심시켰다. 창문은 보호제로 선팅되어 암을 막아주었다. 본격화된 허리케인 철에 대한 뉴스가 나왔다. 사전 승인된 목록에서 뽑은 멋진 이름을 가진 태풍들. 어맨다가 라디오 소리를 줄였다. 좀 성차별적인가? 클레이가 운전을 하고, 항상 그렇다는 게? 글쎄. 어맨다는 '반대편으로 주차 위치 이동'이나 '2만 킬로미터 정기 점검' 같은 운전자의 성사聖事를 견디지 못했다. 그리고 클레이는 그런 일에 자부심을 느꼈다. 그는 교수이고, 그것은 생활에 유익한 일들을 즐기는 그의 취향과 관련 있는 듯했다. 지난 신문을 묶어 재활용하는 일, 날씨가 추워지면 보도에 화합물 알갱이를 뿌리는 일, 전구 교체, 막힌 싱크대를 미니 뚫어뻥으로 뚫는 일 같은 것들.

자동차는 고급스럽다 할 만큼 아주 신형도 아니고 보헤미안스럽다 할 만큼 아주 구형도 아니었다. 중산층을 위한 중급 제품이었고, 매력을 드러내기보다는 거슬리지 않게 디자인된 차였다. 벽 전체가 거울이고 대충 불어놓은 풍선들이 있고 손님보다 직원의 수가 더 많아서 남은 직원들이 두셋씩 모여 놀면서 멘스 웨어하우스에서 산 슬랙스 바지 주머니 속 동전을 짤랑거리는 전시장에서 산 것이었다. 클레이는 종종 주차장에서 같은 모델의 다른 차('그래파이트'는 인기 모델이었다)로 갔다가 무선 도어 잠금 장치가 작동하지 않아서 짜증을 내곤 했다.

아치는 열다섯 살이었다. 그는 식빵 덩어리만한 뒤틀린 운동화를 신었다. 어린 아기에게서 날 법한 젖내를 풍겼고, 그보다 희미하게 땀과 호르몬 냄새를 풍겼다. 이 냄새들을 가리기 위해 아치는 겨드랑이 털에 화학물질을 뿌렸다. 자연의 어느 것과도 다른, 어느 샘플 집단에서 이상적인 남성성이라고 합의한 냄새였다. 로즈는 좀더 정교했다. 꽃피는 어린 소녀의 흔적. 블러드하운드 정도는 돼야 희미한 입문자용 화장품 냄새, 사춘기 청소년이 선호하는 그 가짜 사과향과 가짜 체리향 밑에 깔린 본래의 냄새를 맡을 수 있을 듯했다. 냄새가 났다. 모두가 맡았다. 그렇지만 고속도로에서 창문을 열어놓고 달릴 수는 없지, 너무 시끄러우니까. "이거 받아야 돼." 어맨다가 전화기를 높이 들어올리며 모두에게 경고했지만 사실 그 누구도 말하고 있지 않았다. 아치는 자기 휴대폰을, 로즈도 자기 휴대폰을 들여다보고 있었다. 휴대폰에는 둘 다 게임과 부모님의 허락을 받은 소셜 미디어가 깔려 있었다. 아치는 친구인 딜런과 문자를 주고받는 중이었는데, 딜런의 두 아빠는 이혼 협의를 진행중인 데 대한 보상으로 아이가 여름 내내 버건 스트리트의 적갈색 고급 저택 최상층에서 대마초를 피우도록 내버려두었다. 로즈는 이제 막 카운티 경계를 넘었을 뿐인데 벌써 여행 사진을 여러 장 포스팅했다.

"안녕 조설린—" 전화기가 발신자를 알려주면서부터 낭만이 사라졌다. 어맨다는 거래처 관리팀장이고 조설린은 거래처 관리 매니저, 현대 직장 용어로는 어맨다에게 속한 세 보고자 중 한 명이었다. 조설린은 부모가 한국인이었지만 사우스캐롤라이나에서 태어났는데, 어맨다는 돌려 말하는 이 여자의 화법이 어울리지 않는다는 느낌을 떨칠 수 없었다. 너무 인종차별적인 생각이어서 아무에게도 이 말을 할 수는 없었다.

"귀찮게 해서 정말 죄송해요—" 조설린의 당김음 같은 호흡. 어맨다가 무서운 사람이라서 그렇다기보다 그 권력이 무서운 거였다.

어맨다는 성질이 변덕스럽고 톤슈라* 스타일로 머리를 자른 덴마크 사람의 스튜디오에서 일을 시작했었다. 지난겨울 레스토랑에서 우연히 그 남자를 만났을 때 그녀는 토하고 싶은 느낌이 들었다.

"괜찮아요." 어맨다가 관대한 사람인 건 아니었다. 그 전화는 그녀를 안심시켰다. 하느님이 사람들이 계속 기도하기를 바라는 것처럼, 그녀는 회사 사람들이 자기를 찾기를 바랐다.

클레이가 가죽 핸들에 대고 손가락 드럼을 치다가 아내로부터 흘김질을 받았다. 백미러로 아이들이 잘 있는지 확인했다. 애들이 아기였을 때 만들어진 습관이었다. 아이들의 호흡이 일정했다. 아이들이 휴대폰에 반응하는 건, 코브라가 불룩한 피리에 반응하는 것과 같았다.

그들 중에 정말 고속도로 풍경을 보고 있는 사람은 없었다. 뇌는 눈을 선동한다. 그래서 결국 어떤 것에 대한 예상이 그 어떤 것 자체를 대체한다. 노란색과 검은색 표지판들, 콘크리트 조립 벽 뒤로 사라지는 낮은 언덕들, 가끔 곁눈으로 보이는 고가철도, 야구장의 다이아몬드, 조립식 수영장. 어맨다가 고개를 끄덕거리며 전화를 받았다. 통화 상대에게 도움이 되기 위해서가 아니라 자신이 듣고 있다는 것을 스스로에게 증명하기 위해서였다. 때로는 머리를 끄덕이느라 듣는 것을 잊어버렸다.

"조설린—" 어맨다는 통찰력 있는 조언을 찾아내려 했다. 조설린은 어맨다의 의견보다는 동의를 얻고 싶어했다. 회사의 위계질서란 다른 모든 것들과 마찬가지로 자의적이었다. "좋아요. 그게 맞는

---

* 띠를 두른 것처럼 옆머리만 남기고 모두 밀어버린 중세 수도사들의 헤어 스타일.

것 같아요. 우리 이제 막 고속도로 탔어요. 전화해도 되니까, 걱정 마요. 그런데 좀더 가면 이제 전화가 됐다 안 됐다 할 거예요. 작년 여름에도 그랬잖아요. 기억나죠?" 그녀는 잠시 멈칫하고 당황했다. 부하 직원이 뭐하러 어맨다의 작년 휴가 계획을 기억하고 있겠어? "올해는 더 멀리 가요!" 그녀가 농담처럼 들리게 말했다. "그래도 전화해요. 이메일이나. 괜찮고말고요. 행운을 빌어요."

"회사는 다 괜찮대?" 클레이는 '회사'를 발음할 때 도무지 뭔가 다른 의미를 부여하지 않을 수 없었다. 그 말은 어맨다의 직업에 대한 제유였고, 그는 그녀의 직업을 대체로—완전히는 아니지만—이해했다. 배우자에게도 그녀만의 삶이 있어야 하고, 어맨다의 삶은 그의 삶과는 완전히 달랐다. 아마도 이것이 이들의 행복의 이유를 설명하는 데 도움이 될 것이다. 그들이 아는 부부 중 절반 이상은 이혼했다.

"괜찮아." 뻔한 명언들 가운데 어맨다가 가장 자주 갖다 쓰는 것 중 하나가 일정 퍼센티지의 직업은 모두 그 직업 자체를 설명하는 이메일을 보내는 일을 한다는 점에서 서로 구분하기 어렵다는 것이었다. 출근 후의 하루란, 지나가고 있는 그날에 관한 몇 가지 공식 발표와 조직이 굴러가기 위한 예의 조금, 점심 칠십 분, 개방형 사무실을 당구공처럼 돌아다니기 이십 분, 커피 마시기 이십오 분으로 이루어졌다. 어떨 땐 그녀가 이 익살극에서 맡은 부분이 우스꽝스럽게 느껴졌고 또 어떨 땐 그것이 긴급한 일인 것처럼 느껴졌다.

교통 체증이 그리 심하지 않았다가, 고속도로가 좁아져 일반 도로가 되면서 심해졌다. 회귀하는 연어의 고된 마지막 여정과 비슷한데, 다만 여기에는 푸릇푸릇한 녹지로 된 중앙 분리대와 스투코 장식이 빗물에 얼룩진 상점가가 있었다. 이런 동네들은 중앙아메리카 사람들로 가득한 블루칼라 동네이거나, 배관공과 인테리어 디자이너와 부동산 중개업자 같은 백인 패배자들이 사는 번성한 동네이거나 둘 중 하나였다. 진짜 부자들은 다른 곳에 살았다. 나니아 같은 곳. 당신도 우연히 그런 곳에 가게 된 적이 있을 것이다. 과속방지턱으로 뒤덮인 도로를 따라가다가 피할 도리 없이 멈춰 선 적이 있을 것이다. 어느 막다른 길에, 기와를 겹쳐 올린 저택에, 연못 뷰 앞에. 그곳 공기는 바닷바람과 우연으로 만들어진 달콤한 칵테일이라고, 토마토와 옥수수를 키우기 좋겠다고 생각하면서 동시에 그 공기에서 고급 자동차와 미술품, 부자들이 소파에 쌓아놓는 부드러운 직물 향이 난다고 생각했을 것이다.

"내려서 뭐 좀 먹고 갈까?" 클레이가 문장의 마지막에 하품을 해서 목에 뭐가 걸린 소리가 났다.

"배고파 죽겠어요." 아치의 과장.

"버거킹 가요!" 로즈는 이미 식당 조사를 마쳤다.

클레이는 아내가 긴장하는 것을 느낄 수 있었다. 어맨다는 가족이(특히 로즈가) 건강하게 먹는 것을 선호했다. 그는 음파탐지기처럼 그녀의 반대를 알아차릴 수 있었다. 발기하기 전에 부풀어오르는 것과 같았다. 그들은 결혼한 지 십육 년이 됐다.

어맨다는 감자튀김을 먹었다. 아치는 작게 뭉친 닭튀김을 기괴할 만큼 많이 달라고 했다. 그러고는 그걸 종이봉투에 넣더니 거기에 감자튀김을 섞고, 포일 마개가 덮인 작은 용기에 든 달콤하고 끈적한 갈색 소스도 흘려넣은 뒤 만족스러워하며 씹어 먹었다.

"역겨워." 로즈는 오빠를 좋아하지 않았다. 오빠니까 그런 거였다. 아이는 스스로 상상하는 것만큼 우아하지는 않게, 마요네즈를 분홍색 입술 주변에 묻혀가면서 햄버거를 먹었다. "엄마, 헤이즐이 위치 찍어줬어요. 얘네 집까지 어느 정도 거리인지 봐줄 수 있어요?"

어맨다는 아이들이 아기였을 때 젖을 먹으며 아주 큰 소리를 내서 충격받았던 기억이 있었다. 모유가 빠져나가고 빨려들어가는 소리가 마치 배관 공사를 하는 것 같았고, 감정 없는 트림과 음소거된 가스 배출 소리는 불량 폭죽 같았다. 동물 같고, 부끄러움이 없었다. 그녀가 손을 뒤로 뻗어 음식과 지문 때문에 번들거리고 너무 오래 써서 뜨거워진 아이의 휴대폰을 받았다. "얘, 우리랑 가까운 데일 리가 없어." 헤이즐은 로즈에게 친구라기보다 집착의 대상이었다. 로즈는 너무 어려서 모르지만, 헤이즐의 아버지는 라자드*의 이사였고 두 가족의 휴가는 서로 그다지 비슷하지 않을 것이다.

"일단 보세요. 가서 드라이브할 수도 있다고 했었잖아요."

그건 별생각 없이 그러자고 했다가 나중에 아이들이 그녀의 약속을 기억해서 후회하게 되는, 그런 일이었다. 어맨다가 휴대폰을 들여다보았다. "이스트햄프턴이다, 얘. 최소 한 시간이야. 어떤 요일은 더 걸리고."

로즈가 몸을 등받이에 기대는데, 혐오감이 귀에 들릴 정도였다. "제 폰 주실래요?"

어맨다가 고개를 돌려, 짜증이 나서 얼굴이 빨개진 딸을 보았다. "미안. 그런데 난 두 시간씩 앉아서 여름철 교통 체증을 뚫고 애들

---

* 재무 설계, 자산 관리 사업을 하는 회사.

놀이 모임에 가고 싶지 않아. 내 휴가 땐 더더욱."

아이가 가슴 앞에서 팔짱을 끼고는 무기를 쓰듯 입술을 삐죽거렸다. 놀이 모임이라니! 그녀는 모욕당했다.

아치가 창문에 비친 자기 모습을 곱씹었다.

클레이는 운전하면서 먹었다. 그가 700칼로리짜리 햄버거에 정신이 팔려서 사고로 모두 죽게 된다면 어맨다가 분노할 것이다.

도로가 더 좁아졌다. 큰길에서 빠져나가는 차로에 종종 농장 가판대—무인 시스템이라 녹색 펠트 통에 든 털북숭이 산딸기가 즙에 잠겨 썩어가고, 5달러 지폐를 넣는 나무상자가 함께 놓여 있는—가 서 있었다. 모든 것이 너무 초록색이어서 솔직히 좀 미친 것 같았다. 먹고 싶을 정도였다. 차에서 내려서, 네 팔다리로 바닥을 짚고 엎드려서, 땅에 입을 박고 싶을 정도였다.

"환기 좀 시키자." 클레이가 창문을 모두 열어서 방귀 뀌는 아이들의 냄새를 내보냈다. 길에 커브가 많아지자 속도를 늦췄다. 커브의 굴곡이 꼭 앞뒤로 움직이는 엉덩이처럼 유혹적이었다. 디자이너 브랜드 우편함은 호보 표식* 같았다. '훌륭한 취향과 큰 부의 표식, 그냥 지나가시오.' 아무것도 보이지 않을 정도로 나무가 빽빽했다. 표지판이 사슴을 주의하라고 알렸다. 인간의 존재에 익숙해져버린 어리석은 사슴들. 그들은 자신만만하게 거리를 활보했다. 사시 눈으로, 그래서 앞을 보지 못한 채. 어디서나 그들의 시체를 볼 수 있었다. 죽음으로 인해 부풀어오른 시체들을.

---

* 19세기 후반 미국의 떠돌이 일꾼인 호보는 주변의 사람이나 장소에 대해 다른 호보에게 경고하기 위해 표식을 남겼다.

그들은 굽잇길을 돌아 차 한 대와 마주쳤다. 네 살의 아치라면 그 차를 부르는 말을 알았을 것이다. 구스넥 트레일러, 다부진 트랙터가 견인하는 거대하고 텅 빈 운반차. 트레일러가 허 하고 큰 숨을 내쉬며 울퉁불퉁한 도로를 넘는 동안 운전사는 뒤에 있는 차를 무시했다. 익숙한 침입종을 대하는 현지인의 무심한 태도였다. 트랙터는 1.5킬로미터를 더 가서야 자기 집인 농장을 향해 길을 틀었고, 바로 그때 아리아드네의 실이, 아니면 그들과 저 위의 인공위성을 이어주던 무언가가 툭 끊어졌다. GPS는 그들이 있는 곳이 어딘지 전혀 알지 못했고, 그들은 계획의 달인 어맨다가 용케 공책에도 적어놓았던 길안내를 따라가야 했다. 좌회전, 우회전, 좌회전, 좌회전, 그리고 1.5킬로미터 정도 가다가 다시 좌회전, 거기서 3킬로미터 직진, 그리고 우회전. 완전히 길을 잃은 건 아니지만 완전히 길을 잃지 않은 것도 아니었다.

2

벽돌집인데 흰색 페인트가 칠해져 있었다. 그렇게 변형된 붉은
색에는 뭔가 매력적인 느낌이 있었다. 집은 낡아 보이면서도 새로
워 보였다. 단단하면서도 가벼워 보였다. 어쩌면 이것이, 집과 자동
차, 책, 신발 한 짝이 이런 모순을 품고 있기를 바라는 것이 미국인
의 본질적인 욕망이 아닐까. 아니면 그냥 현대인의 열망이거나.

어맨다는 에어비앤비에서 그곳을 찾았다. '궁극의 탈출'이라고
광고하고 있었다. 그녀는 설명에 쓰인 친근한 광고 표현에 경의를
표했다. 세상을 뒤로하고, 우리의 아름다운 집으로 들어오세요. 그녀가
뱃속의 종양도 배양시킬 것처럼 뜨거워진 노트북을 클레이에게 건
넸다. 그는 고개를 끄덕이며 이도 저도 아닌 말만 했다.

그래도 어맨다는 이번 휴가를 고집했다. 승진과 함께 연봉이 인
상됐다. 정말 머지않아, 로즈는 고등학생의 고질병인 경멸에 잠식
될 것이다. 아치의 키는 이미 180센티미터가 되어가지만, 이 쏜살

같이 지나가는 순간은 아이들이 여전히 그나마 아이들 같은 순간이었다. 어맨다는 아치의 여자아이 같던 높은 목소리와 로즈의 옆구리 살을, 소환해낼 수는 없어도 기억하고 있었다. 진부한 말이지만, 죽음을 맞는 침대에서 고객들을 데리고 36번가에 있는 오래된 스테이크하우스에 가서 부인들의 안부를 물었던 밤이 떠오를까, 아니면 검은 속눈썹에 염소 소독된 물을 방울방울 단 채 아이들과 수영장에서 떠다니던 일이 떠오를까?

"좋아 보인다." 클레이가 차 시동을 껐다. 아이들이 안전벨트를 풀고 문을 밀어 연 뒤 자갈밭 위로 뛰어내렸다. 슈타지*처럼 안달이었다.

"멀리 가지 마." 어맨다가 말했지만, 말이 안 되는 소리였다. 갈데가 없었다. 간다면 숲 정도. 라임병에 대해서는 정말 걱정이 되긴 했다. 엄하게 툭툭 던지는 이런 말들은 그냥 어머니다운 행동이었다. 아이들은 이미 오래전부터 그녀의 일상적인 힐난을 새겨듣지 않게 되었다.

클레이의 운전용 가죽 로퍼 밑에 깔린 자갈밭이 자갈소리를 냈다. "어떻게 들어가?"

"금고가 있대." 어맨다가 휴대폰을 들여다보았다. 터지지 않았다. 도로 위에 있는 것도 아닌데. 휴대폰을 머리 위로 들어보았지만 작은 막대들은 저항하며 채워지지 않았다. 그녀는 안내문을 저장해두었다. "금고는…… 수영장 온수기 쪽 울타리에 있습니다. 비밀번호는 6292. 그 안에 있는 열쇠로 옆문을 열 수 있습니다."

---

* 20세기 후반 존재했던 동독 비밀경찰.

집은 눈더미 같고 담벼락 같은 전지한 산울타리에, 누군가의 자부심 뒤에 가려져 있었다. 앞마당은 아이러니의 흔적이 조금도 없이 희고 뾰족한 나무 울타리에 둘러싸여 있었다. 나무와 철망으로 된 울타리가 수영장을 또 한 겹 둘러쌌는데, 그러면 보험료가 더 저렴해지기도 했지만, 가끔 사슴들이 유인성 유해물*로 잘못 들어선다는 걸, 이 주 정도 집을 비우면 그 멍청한 것들이 물에 빠지고 부풀어오르고 폭발해서 끔찍한 난장판이 된다는 걸 집주인들이 잘 알고 있기 때문이기도 했다. 클레이가 열쇠를 가져왔다. 어맨다는 멋지고 습한 오후의 한가운데 서서 그들이 도시에 살기 때문에 그녀가 그리워하는, 또는 그리워한다고 주장하는 고요에 가까운 낯선 소리에 귀를 기울였다. 어떤 곤충이나 개구리, 아니 어쩌면 둘 다의 허밍을, 나뭇잎을 흔드는 바람을, 비행기나 잔디깎이의 진동을 들을 수 있었다. 혹은 저기 멀리 어느 고속도로를 지나는 차들의 진동이, 마치 바닷가에 있을 때 바다의 끊임없는 비트가 들리는 것처럼 그렇게 들려오는 것일 수도 있었다. 그들이 바닷가 근처에 있는 건 아니었다. 절대로, 그들은 그럴 만한 여유가 없었는데, 그럼에도 그 소리가 들리는 것만 같았다. 의지로, 보상심리로.

"우리가 왔다." 클레이가 잠긴 문을 열면서 쓸데없이 상황을 서술했다. 그는 때때로 그런 행동을 했고, 그렇게 하는 것을 자각하고 자제했다. 집안에는 비싼 집들에 존재하는 정숙함이 있었다. 침묵이란, 집이 곧게 서 있고 견고하며 그 속의 장기들이 행복한 조화

---

* attractive nuisances. 공사장, 수영장 등 아이들을 끌어들여 위험에 처하게 할 수 있는 요소.

를 이루고 있음을 뜻했다. 호흡하는 중앙 냉방 시스템, 불침번을 서는 고급 냉장고, 믿음직스러운 총명함으로 거의 동시에 전부 같은 시간을 표시하는 디지털 디스플레이들. 미리 설정된 시간에 외부 조명도 켜질 것이다. 사람이 거의 필요 없는 집. 바닥에는 유티카의 옛 방적공장에서 채집한 폭이 넓은 나무판자가 깔려 있었는데, 튀어나온 데가 전혀 없어서 삐걱거림이나 민원이 있을 수 없었다. 창문은 너무 깨끗해서 한 달에 한 번쯤 흔한 종의 새가 판단을 잘못하고는 풀밭에서 목이 부러진 채 죽었다. 유능한 손들이 이미 와서 블라인드를 걷어올리고, 실내 온도를 낮춰놓고, 모든 유리를 윈덱스 세정제로 닦고, 소파 틈새에 다이슨 진공청소기를 돌리면서 유기농 파란 옥수수 토르티야칩과 길 잃은 10센트짜리들을 주워갔다. "좋다."

어맨다가 현관에서 신발을 벗었다. 반드시 현관에서 신발을 벗어야 할 것만 같았다. "아름다워." 웹사이트에 있던 사진들은 밝은 전망을 암시했고, 그것은 실현되었다. 떡갈나무 식탁 위에 걸린 펜던트 조명들은 밤에 그림 퍼즐을 하고 싶을 때 좋겠고, 회색 대리석 아일랜드 식탁에선 밀가루 반죽하는 모습이 그려지고, 설거지통이 두 개인 싱크대 앞에서는 창문으로 수영장이 내다보이고, 레인지에는 구리 수도꼭지가 달려서 냄비를 옮기지 않고도 물을 받을 수 있다. 이 집의 주인들은 사려 깊을 수 있을 만큼 부유했다. 어맨다가 싱크대 앞에 서서 세제로 접시를 닦는 동안 클레이가 바로 바깥에서 고기를 구우며 맥주를 마실 것이다. 수영장에서 마르코 폴로 놀이를 하는 아이들을 주의깊게 지켜보면서.

"뭐 좀 갖고 올게." 숨겨진 뜻은 분명했다. 클레이가 담배를 피우려고 한다는 것. 비밀로 해야 할 나쁜 짓이었지만 딱히 그렇게 되지 않았다.

어맨다는 집안을 돌아다녔다. 텔레비전이 놓인 거실과 테라스로 나갈 수 있는 프랑스식 문이 있었다. 자그마한 침실 두 개가 있었는데 각각 전체적으로 녹청색, 남색 계열이었고 두 방에서 모두 이어지는 화장실이 사이에 있었다. 비치 타월을 보관하고 세탁기와 건조기를 두 단으로 쌓아넣은 벽장이 있었고, 안방까지 이어지는 긴 복도에는 취향을 타지 않는 흑백 해변 사진들이 걸려 있었다. 고상한가 아닌가는 차치하더라도 모든 것이 사려 깊었다. 나무상자 안에 세탁 세제가 담긴 플라스틱 통을 숨긴 것도, 큰 조개껍데기 위에 종이 포장지를 뜯지 않은 비누를 올려둔 것도. 안방 침대는 킹사이즈인데 너무나 거대해서 3층에 있는 그들의 집에 올리려고 했다면 층계참을 돌지도 못했을 것이다. 방안에 딸린 화장실은 전부 하얬다(타일, 세면대, 수건, 비누, 흰 접시에 담긴 흰 조개껍데기들). 자신의 배설물이라는 현실에서 벗어나게 해주는, 딱 그런 종류의 순수에 대한 환상이랄까. 특상급인데 하루에 고작 340달러에 청소비와 환불될 보증금만 추가인 곳. 안방에서도 어맨다가 아이들을 볼 수 있었다. 아이들은 이미 빨리 마르는 라이크라 수영복 속으로 꿈틀거리며 몸을 다 집어넣고 잔잔한 파랑을 향해 돌진하는 중이었다. 아치의 긴 팔다리와 예각들, 아주 조금 볼록 올라온 가슴의 분홍색 젖꼭지 근처에 자라난 갈색 고불이들. 그리고 로즈, 굴곡지고 덜렁거리고, 잔머리가 보송보송하고, 최대한으로 팽팽해진 물방울무늬 원피스 수영복이 딱 다리 선까지 와서 외음부가 도드라져 보이는 로즈. 비명이 먼저 나오고, 그다음에 아이들이 물에 닿으며 유쾌한 퍽 소리가 났다. 뒤쪽 숲에서 무언가가 그 소리에 놀랐는지 전체적으로 갈빛인 장면에서 펄떡거리며 뛰어올라 그녀의 시야에 들어왔다. 살찐 칠면조 두 마리였다. 침입당해서 짜증이 난, 멍청한 야생동물. 어맨다가 미소를 지었다.

3

어맨다가 식료품점에 가겠다고 자원했다. 오는 길에 가게 하나를 지나왔었기 때문에 그녀는 그 길을 되돌아갔다. 창문을 내린 채 천천히 운전했다.

가게 안은 쌀쌀하고 밝고 통로가 넓었다. 어맨다는 요구르트와 블루베리를 샀다. 얇게 썬 칠면조와 통곡물 빵, 알갱이가 살아 있는 진흙색 머스터드, 마요네즈를 샀다. 감자칩과 토르티야칩과 고수가 잔뜩 든 살사소스 한 병을 샀다. 아치는 고수를 안 먹지만. 유기농 핫도그 소시지와 저렴한 핫도그 빵과 다들 사는 그 케첩을 샀다. 차갑고 딱딱한 레몬과 탄산수와 티토스 보드카와 9달러짜리 레드와인 두 병을 샀다. 스파게티 건면과 가염버터와 마늘 한 통을 샀다. 두껍게 썬 베이컨과 900그램짜리 밀가루 한 봉지와 촌스러운 향수처럼 다각형 유리병에 담긴 12달러짜리 메이플시럽을 샀다. 향이 진공 포장을 뚫고 나올 정도로 강력한 450그램짜리 분쇄 원두를 사고 4사이즈 커피 여과지는 재활용 종이로 만든 것을 샀다. 누가 관심이나 있냐고? 그녀가 관심 있었다! 그녀는 키친타월 세 갑과 뿌리는 자외선 차단제와 알로에를 샀다. 아이들이 아빠의 창백한 피부색을 물려받았기 때문이었다. 보통 손님이 왔을 때 내놓는 고급 크래커와 모두가 가장 좋아하는 리츠 크래커와 포슬포슬한 무색소 체더치즈와 마늘이 잔뜩 들어간 후무스와 건조해서 만든 통 살라미와 아이 손가락만한 크기가 될 때까지 굴리고 굴린 당근을 샀다. 페퍼리지팜 쿠키 몇 봉지와 벤앤제리스의 정치적으로 도덕적인 아이스크림 파인트 사이즈 세 통과 덩컨하인스 노란 케이크 믹스 한 상자와 뚜껑이 빨간색 플라스틱인 덩컨하인스 초콜릿 크림 한 통을 샀다. 휴가 기간에 꼭 껴 있는 비 오는 날에 케이크 믹스로 베이킹을 하면 한 시간 정도는 때울 수 있다는 걸 그간의 부모 노릇을 통해 학습했기 때문이었다. 그녀는 부풀어오른 주키니 호박 두 개, 깍지콩 한 봉지, 녹색이 너무 짙어서 검은색에 가까워 보이는 곱슬 케일 한 다발을 샀다. 올리브유 한 병과 엔텐만스*의 크럼블 도넛 한 상자, 바나나 한 송이와 복숭아 한 봉지와 플라스틱 통에 든 딸기 두 통, 갈색 달걀 열두 개짜리 한 팩, 플라스틱 통에 든 세척 시금치 한 통, 플라스틱 용기에 든 올리브, 녹색 물결무늬 셀로판지와 쨍한 주황색 셀로판지를 구겨서 포장한 에얼룸 토마토** 몇 알을 샀다. 간 소고기 1.3킬로그램과 바닥에 밀가루가 먼지처럼 묻어 있는

---

* 슈퍼마켓에서 판매하는 완제품 빵류를 제조하는 회사.
** 수천 년 동안 개량되지 않은 토마토 품종으로 호박처럼 꼭지를 중심으로 주름이 있다.

햄버거 빵 두 봉지, 이 지역에서 만든 피클 한 병을 샀다. 아보카도 네 개와 라임 세 개와 흙 묻은 고수 한 다발을 샀다. 아치는 고수를 안 먹지만. 200달러가 넘었지만, 신경쓸 것 없었다.

"좀 도와주셔야 할 것 같아요." 물건을 하나하나 갈색 종이봉투에 담고 있는 남자는 고등학생 같았는데 아닐 수도 있었다. 노란색 티셔츠에 갈색 머리, 전반적으로 각재를 깎아 만든 듯 네모난 느낌이었다. 일하는 그의 손을 지켜보다보니 왠지 흥분이 됐는데, 휴가라는 게 그렇다, 그렇지 않나? 쉽게 꼴리고, 모든 것이, 평소의 삶과는 완전히 다른 삶까지 가능해 보인다. 그녀는, 어맨다는 엄마뻘 유혹녀가 되어 스톱앤드숍 슈퍼 주차장에서 막 사춘기를 지난 뜨거운 혀를 빨 수도 있었다. 아니면 그냥 도시에서 놀러와 지나치게 많은 음식을 사는 데 지나치게 많은 돈을 쓰는 많은 여자들 중 한 명이 될 수도 있고.

소년이, 아니 청년일 수도 있지, 봉투들을 카트에 싣고 어맨다를 따라 주차장으로 왔다. 그가 봉투들을 차 트렁크에 실었고, 그녀는 그에게 5달러짜리 지폐 한 장을 주었다.

어맨다는 앉아서 엔진을 공회전시켜놓고 휴대폰이 터지는지 확인했는데, 들어오는 이메일들—조설린, 조설린, 에이전시 이사, 고객사 한 곳, 수석 프로젝트 매니저가 전사에 보낸 전체 메일 두 통—이 급상승시키는 엔도르핀은 거의 봉투 소년이 준 흥분감만큼 성적인 것이었다.

회사에 딱히 별일은 없었지만 그렇다는 사실을 확실히 아는 게 그럴까봐 걱정하는 것보다 안심됐다. 어맨다는 라디오를 켰다. 나오는 노래를 반쯤 알 것 같았다. 주유소에 들러 클레이에게 줄 팔리

아멘트 한 갑을 샀다. 휴가중이니까. 오늘밤, 햄버거와 핫도그와 구운 주키니 호박을 먹고 나서, 쿠키 크럼블과 어쩌면 슬라이스한 딸기도 올린 아이스크림을 먹고 나서, 아마도 그들은 떡을 칠 것이다─사랑을 나누는 게 아니다. 그건 집에서 하는 거고, 휴가 땐 떡을 치는 거다. 남의 포터리반 시트 안에서 하는, 땀에 절고 축축하고 감질나게 낯선 것. 그러고는 밖으로 나가 온수 수영장으로 슬그머니 들어가서 그 물이 그들을 깨끗하게 씻어줄 때까지 있다가, 각자 담배 한 개비씩 피우고 나서, 결혼해서 그들만큼 오래 산 사람들이 이야기하는 것들에 대해 이야기할 것이다. 가게, 아이들, 부동산에 대한 열망(이런 집이 진짜 우리집이면 얼마나 좋을까!) 같은 것. 아니면 아무 말도 하지 않을 수도 있고. 그것 또한 긴 결혼생활의 즐거움이니까. 텔레비전을 볼 수도 있다. 그녀는 페인트칠을 한 벽돌집으로 차를 몰고 돌아갔다.

4

클레이가 허리에 수건을 묶었다. 양개형 문을 여는 몸짓이 천성적으로 웅장했다. 집안은 춥고 밖은 무척 더웠다. 나무들이 수영장에 그늘을 드리우지 않도록 가지치기를 해놓았다. 그 엄청난 햇빛 때문에 머리가 어지러웠다. 그의 축축한 발이 나무 바닥에 자국을 남겼다. 자국들은 몇 초 안에 사라졌다. 클레이가 주방을 가로질러 옆문을 통해 밖으로 나갔다. 글러브박스에서 담배를 꺼내면서 자갈 때문에 눈살을 찌푸렸다. 앞마당의 나무 그늘 아래 앉아 담배를 피웠다. 마땅히 죄책감이 들어야겠지만, 사실 담배야말로 이 나라의 토대다. 흡연이 당신과 역사를 이어준다! 그것은 일종의 애국 행위다. 최소한 한때는 그랬다. 노예를 소유하거나 체로키족을 죽이는 행위와 마찬가지로.

야외에 반나체로 앉아 피부에 닿는 태양과 공기를 느끼며 자신이 다른 동물과 다르지 않음을 새삼 깨닫는 것은 기분좋은 일이었다. 아예 벌거벗고 있을 수도 있었다. 주변에 다른 집도 없었고 사람이 사는 흔적도 없었다. 800미터쯤 떨어져 있는 무인 농장 가판대를 제외하고. 그들에게도 모두 함께 그렇게 벌거벗고 지낸 시간이 있었다. 아치가 뼈와 낄낄거림으로 이루어진 작은 아이였고 기꺼이 부모님과 함께 욕조에 들어가던 시절. 하지만 아이가 자라면 히피가 아닌 이상 그렇게 할 수는 없다.

클레이에게는 수영장에서 아이들이 노는 소리가 들리지 않았다. 그와 아이들 사이에 있는 집이 그만큼 큰 건 아니고, 솜이 피를 흡수하듯이 나무들이 아이들의 소리를 흡수했다. 클레이는 안전하고, 과잉보호를 받고 있고, 안겨 있는 기분이었다. 산울타리라는 보호벽이 세상이 가까이 오지 못하게 해주었다. 그는 정말 눈앞에 보이는 것처럼 어맨다의 모습을 상상할 수 있었다. 튜브 침대에 누워 떠다니면서 고상한 척하며(힘든 일이다. 왠지 오리도 이건 잘 못한다. 물이 넘실거리는 건 언제나 멍청해 보인다)〈엘르〉를 읽는 모습을. 클레이는 수건을 풀고 뒤로 드러누웠다. 등 밑에 깔린 풀이 간지러웠다. 하늘을 쳐다보았다. 정말 그럴 생각은 없었는데―생각을 좀 하긴 했지만―오른손이 슬그머니 제이크루 수영복 앞판으로 내려가 물에 들어갔다 나와서 차가워지고 부끄러워하는 음경을 만지작거렸다. 휴가는 사람을 쉽게 꼴리게 한다.

클레이는 구속에서 벗어난 가벼운 기분이었다. 원래도 그닥 구속되는 성격은 아니었지만. 사실〈뉴욕 타임스 북 리뷰〉에 실을 서평을 써야 했고 노트북도 가지고 왔다. 구백 단어만 쓰면 된다. 두 시간 안에 가족들을 재우고, 텀블러 잔에 얼음과 보드카를 채우고, 상의를 입지 않고 테라스에 앉아 노트북으로 밤을 밝히고 담배를 피우면, 생각이 떠오르고 구백 단어가 뒤이어 떠오를 것이다. 클레이는 성실한 사람이었지만 동시에 (스스로도 알고 있듯이) 약간 게으르기도 했다. 그는 〈뉴욕 타임스 북 리뷰〉로부터 기고 요청은 받고 싶었지만 실제로는 어떤 것도 쓰고 싶지 않았다.

클레이에게는 종신재직권이 있고 어맨다에게는 팀장 직함이 있었지만, 그들에게는 고른 바다도 없고 중앙 냉방 시스템도 없었다. 성공의 열쇠는 성공한 부모를 두는 것이니까. 어쨌든 일주일 동안은 주인인 척 팬터마임을 할 수 있다. 그의 음경이 태양을 향해 불쑥 솟았다. 요가의 경배 자세처럼, 달랑거리다가, 집의 유혹에 딱딱해졌다. 조리대의 대리석 상판과 밀레 세탁기와 클레이가 똑바로 섰고, 배 위에 떠 있는 그의 자지는 마치 나침반의 회전하는 바늘 같았다.

클레이가 죄책감을 느끼며 담배를 짓이겨 껐다. 입냄새 제거용 민트나 껌을 가지고 있지 않은 건 처음이었다. 그는 수건을 허리에 묶고 집안으로 들어갔다. 쓰레기통은 조리대 밑에서 굴러나오게 되어 있었다. 클레이가 수도꼭지에 대고 꽁초를 적신 다음(그가 집을 홀랑 태워 먹는다면 어떻게 될까?) 쓰레기들 속에 묻었다. 싱크대 옆에 유리병에 든 레몬 비누가 있었다. 창문에서 가족들이 바라다보였다. 로즈는 혼자 하는 게임에 빠져 있었다. 아치는 다이빙대를 붙들고 풀업을 한다며 하늘을 향해 마른 몸을 들어올리는데, 뼈가 드러난 어깨가 덜 익은 고기처럼 분홍색이었다.

때로는 가족들을 보면 그들을 위해 무언가 해주고 싶은 욕망이 밀려왔다. 집도 지어주고 스웨터도 짜주고 무엇이든 필요한 건 다 해줄게. 늑대에게 쫓긴다? 내 몸이 다리가 되어서 협곡을 건너게 해줄게. 그들은 그에게 가장 소중한 존재였지만, 그렇다는 걸 그들은 당연히 몰랐고, 그 이유는 원래 그런 게 부모 되기의 약정 조건이기 때문이었다. 클레이가 라디오에서 야구 경기를 찾아 틀었지만 사실 그는 야구에 관심이 없었다. 다만 그 묘사가 위안을 준다고, 실황 중계는 마치 자기 전에 누군가 읽어주는 이야기 같다고 생각했다. 클레이가 생고기 두 팩을 커다란 그릇에 쏟아붓고—아치가 햄버거 세 개는 먹을 테니—흰 양파를 잘게 썰어서 섞고, 소금은 꼬집어서 넣고 후추는 갈아서 넣은 후 우스터소스를 손목에 향수 바르듯이 넣었다. 패티 모양을 잡아 접시 위에 줄지어 놓았다. 체더치즈를 얇게 썰고 빵을 반으로 갈랐다. 허리에 묶었던 수건이 헐거워져서 손에 묻은 생고기를 씻어낸 뒤 더 단단히 묶었다. 유리그릇에 감자칩을 가득 담고 바깥으로 날랐다. 마치 평생 이 주방에서 여름날의 식사를 뚝딱뚝딱 만들어왔던 것처럼 한 걸음 한 걸음이 익숙한 느낌이었다.

"저녁 금방 된다." 그가 외쳤다. 아무도 알은체하지 않았다. 클레이는 프로판 가스레인지를 켜고 길쭉한 라이터로 불을 붙였다. 반나체로 생고기를 지켜보면서 자신이 동굴에 살았던 원시인, 그 오랫동안 잊힌 조상과 닮았을 거라는 생각을 했다. 바로 이 자리에 누구도 서 있지 않았을 거라고 그 누가 말할 수 있을까? 천년 전에, 아니 불과 몇 세기 전에 윗도리 없이 허리에 가죽을 두른 이로쿼이족이 그의 살 중의 살*이 먹을 살을 위해 불을 지피는 모습. 그 생각에 미소가 지어졌다.

---

* 구약성서 창세기에서 아담이 이브를 칭한 표현.

5

그들은 테라스에서 저녁을 먹었다. 화려한 색의 수건과 케첩 얼룩이 묻은 종이 냅킨의 아상블라주* 속에서 거의 맨몸으로. 하키 퍽만한 패티를 품은 구멍이 송송 뚫린 빵. 로즈는 식초맛 감자칩의 시큼한 매력에 특히 쉽게 넘어갔다. 부스러기와 기름기가 턱에 덕지덕지. 어맨다는 로즈가 아직 소녀다움을 보여줄 수 있다는 것에 행복해했다. 로즈의 정신은 그런데, 몸은 또 별개였다. 우유에 든 호르몬 때문인지 먹이사슬이나 상수도나 공기 때문인지, 아무도 모르지.

날이 너무 더워서 부모들은 아이들에게 샤워를 시키지도 않고 그저 킹엄 커버를 씌운 소파 위에 맨살을 드러내고 널브러져 있게 내버려두었다. 아치는 말랐고 로즈는 육감적이었다. 도드라져 보이

---

* '수집' '집합' 등을 뜻하는 프랑스어로, 다양한 사물을 한데 모아 미술 작품을 만드는 기법 또는 그 기법으로 만든 작품을 가리킨다.

는 갈비뼈와 별자리로 이을 수 있을 듯한 점들, 보조개가 들어간 팔꿈치와 솜털이 보송보송한 턱. 로즈는 만화영화를 보고 싶어했고 아치는 그 움직이는 만화에서 남몰래 위안을 얻었다─자기 어린 시절에 대한 갈망이랄까! 그는 에어컨 냉기에 피부가 따끔거렸고, 낯선 소파는 부드러웠고, 그날의 열기와 활동 때문인지 마음과 입이 뻑뻑하고 느리게 느껴졌다. 너무 피곤해서 햄버거를 하나 더 먹으려고 일어날 수조차 없었다. 식고 케첩에 전 햄버거를 주방에 서서 먹어야 할 테고 발밑의 타일도 차갑겠지. 잠시 그렇게 생각했지만 그의 몸은 수영장에서 보낸 시간 때문인지 아니면 비좁은 차에 갇혀 있었던 시간 때문인지 배고픔을 호소했고, 그의 몸은 항상 그런 식이었다.

어맨다는 샤워를 하러 갔다. 그게 천장에 고정되어 있었다. 비 내리는 것처럼 물이 쏟아지는 그것. 그녀는 SPF 기능성 로션의 잔여물을 없애기 위해 가능한 한 뜨거운 쪽으로 물을 틀었다. SPF 로션은 항상 왠지 모르게 안 좋은 물질인 듯한 느낌이 들었는데, 그래도 1온스의 예방 어쩌고저쩌고 하는 말* 때문에 발랐다. 그녀는 머리카락이 짧지도 길지도 않았고 앞머리는 없었다. 앞머리가 있으면 어려 보이겠지만 그건 회사라는 환경에서 좋은 게 아니었다. 대립되는 두 가지 다른 종류의 허영심─유능해 보이고자 하는 욕망이 소녀 같아 보이려는 욕망에 앞섰다. 어맨다는 자신이 자신다운 여자로 보인다는 것을 알고 있었다. 멀리서도 그녀에게서 그런 모습을 읽어낼 수 있었다. 자세와 태도, 옷차림와 치장, 이 모든 것이 어

---

* 1온스의 예방이 1파운드의 치료에 맞먹는다는 격언을 말함.

맨다가 어떤 사람인지 말해주었다.

그녀의 몸은 아직 태양에서 온 간접적인 따뜻함을 품고 있었다. 수영장 물은 잠깐 식히는 역할밖에 하지 못했다. 미지근한 목욕물도. 어맨다는 자신의 팔다리가 관능적이고 훌륭해 보인다고 느꼈다. 누워서 잠 속으로 굴러들어가고 싶어졌다. 무의식중에 그녀의 손가락이 가장 느낌이 좋은 부분들을 향해 뻗어나갔다. 몸안의 쾌락이 아니라 좀더 이성적인 무언가를 찾기 위해서. 그녀가, 그녀의 어깨가, 유두가, 팔꿈치가, 그 모든 것이 존재함을 확인하기 위해서. 몸을, 당신을 담는 몸을 가졌다는 것은 정말 놀라운 일이 아닌가. 휴가는 몸으로 회귀하는 시간이었다.

어맨다가 특정 종류의 영화에 나오는 여자처럼 흰색 수건으로 머리카락을 감쌌다. 피부에 로션을 바르고, 여름에 잠옷으로 제일 잘 입는 헐렁한 고무줄 면바지를 입고, 그녀에게 더는 아무 의미 없는 로고가 새겨진 낡은 티셔츠를 입었다. 그들이 가진 모든 세속적인 물건들의 출처를 기억할 수는 없었다. 티셔츠의 면은 너무 닳아서 번들거렸다. 어맨다는 살아 있다고 느꼈고, 성적으로 매력 있다, 까지는 아니어도 성적인 존재이긴 한 것 같다고 느꼈다. 그 가능성이 실제 주고받음보다 더 중요한 것이었다. 어맨다는 여전히 클레이를 사랑했다, 그런 게 아니고, 그는 그녀의 몸을 잘 알았다―십팔 년을 보냈으니 당연히 잘 알았다. 그러나 그녀도 인간인지라 새로운 것도 마다하지 않았을 것이다.

어맨다가 문밖으로 거실을 슬쩍 내다보았다. 아이들이 소파 위에서 멍하고 살쪄 있는 것이 꼭 오달리스크 같았다. 남편은 수그린 채 휴대폰을 보고 있었다.

"이십 분 안에 취침이다." 어맨다는 클레이에게 유혹하는 시선을 보내고 등뒤로 문을 닫았다. 바지에서 빠져나와 침대 위 시원한 퍼케일 면 속으로 들어갔다. 커튼은 치지 않았다—볼 테면 보라지, 사슴이든 올빼미든 날지 못하는 멍청한 칠면조든—클레이의 여전히 대단한 광배근(그는 일주일에 두 번 뉴욕 스포츠클럽에서 조정을 했다)을 보고 감탄하라지. 그녀는 거기에 손가락을 깊숙이 집어넣고 털이 무성한 겨드랑이에서 풍기는 기분좋은 군내를 맡으며 노련한 그의 혀놀림에 찬사를 보내는 걸 매우 좋아했다.

이 집은 세상에서 너무 멀리 떨어져 있어서 휴대폰이 터지지 않았지만 와이파이는 있었다. 얼토당토않게 긴 암호(018HGF234WRH 357XIO)는 누굴 못 쓰게 하려는 것인지—사슴, 올빼미, 날지 못하는 멍청한 칠면조? 그녀가 위자*나 로사리오만큼이나 의미 없는 그 암호를 소리 내 읽으며 화면을 톡톡 두드렸고, 그러자 와이파이가 잡히고 이메일들이 들어와 메일 위에 메일이 쌓여갔다. 마흔한 통! 반드시 필요한 사람, 모두가 그리워하는 사람이 된 것 같은, 몹시 사랑받는 기분이 들었다.

개인 계정에서 그녀는 이런저런 것들이 할인중이라는 것, 참여하고자 했던 북클럽이 가을 모임을 계획하고 있다는 것, 〈뉴요커〉가 한 보스니아 영화사에 대한 기사를 냈다는 것을 알게 되었다. 회사 계정에는 질문도 있고 우려사항도 있었고, 사람들이 어맨다의 참여와 의견과 지도를 구하고 있었다. 모두 그녀의 경쾌하면서도 권

---

* 분신사바처럼 간단한 답과 알파벳이 쓰인 판을 통해 유령의 말을 듣는 심령술의 일종.

위가 느껴지는 부재중 자동 회신을 받았을 텐데도 그녀는 복귀하면 연락하겠다고 한 약속을 어겼다. 아니요, X는 하지 마세요. 예, Y에게 이메일을 보내세요. 누구누구한테 이거이거를 물어보세요. 이 문제는 그 사람에게 확인해서 처리하라고 다시 한번 알려드립니다.

어맨다는 너무 작은 휴대폰을 공중에 수고롭게 들고 있느라 팔이 욱신거리기 시작했다. 몸을 뒤집어 엎드려 눕자 몸의 열에 데워진 시트가 따뜻하게 느껴졌고, 그러니까 그녀의 외음부에 전해진 따뜻함은 그녀의 몸에서 전해진 것이었고, 그러므로 침대에서 뒹굴거리는 것은 일종의 자위행위였다. 그녀는 자신이 깨끗하다고 느꼈고 더러워진 느낌을 받을 준비가 되어 있었지만 이메일을 계속 처리해나가면서 정신을 딴 데 돌리려 했다. 그러다 마침내 클레이가 담배와 보드카에 넣은 레몬 조각 냄새를 풍기며 그녀에게 왔다.

실온에서 버터가 그렇게 되는 것처럼 샤워의 열기가 그녀의 척추를 유연하게 만들어놓았다. 가끔 들었던 빈야사 수업 덕분에 그녀는 자신의 뼈에 민감해졌다. 그녀는 그것들이 항복하게 두었다. 두 사람 사이에 생각할 수 있는 가장 더러운 일은 하지 않겠다던 평소 결심에서 물러섰다. 그가 손가락을 그녀의 머리카락 속에 넣어 마사지하면서 그녀의 머리를 베개에 대고 단단히, 그러면서도 부드럽게 누르게 두었다. 목구멍은 빈 통로, 채워져야 할 공허인 채. 아이들 방까지는 긴 복도가 있었기 때문에 그녀는 자제하지 않고 집에서보다 더 크게 신음소리를 냈다. 엉덩이를 뒤로 들쳐올려 그의 입에 닿게 했고 잠시 후—영원인 것 같았는데 고작 이십 분밖에 되지 않았다—그의 늘어진 성기를 입안으로 가져가 자기 자신의 몸 맛에 경탄했다.

"맙소사." 클레이가 헐떡거렸다.

"당신 담배 끊어야 돼." 그녀는 심장마비가 걱정됐다. 둘은 그렇게 어리지 않았다. 모든 어머니들은 아이를 잃으면 어떨지 생각하곤 한다. 어맨다는 남편의 죽음이라는 가정에는 더이상 아무런 감정이 남아 있지 않았다. 다시 사랑에 빠질 거야, 그렇게 스스로에게 말했다. 그는 괜찮은 사람이지만.

"그래야지." 클레이는 진심이 아니었다. 현대의 삶에는 이미 즐거움이 거의 없었다.

어맨다는 기분좋게 끈적끈적해진 채 일어서서 기지개를 켜며 담배 한 대를 갈망했다. 흡연이 일으킬 현기증이 그들이 방금 한 것으로부터 그녀를 분리해줄 것이다. 그것이 바로, 가까운 사람과 했을지라도, 섹스 후에 필요한 것이었다. 그건 사실 내가 아니었어! 문을 열자, 밤의 소음이 충격적이었다. 귀뚜라미나 다른 벌레들, 잔디밭 너머 숲의 마른 잎사귀들 사이에서 나는 다채롭고 어쩌면 불길한 발소리들, 모든 것을 움직이는 기척 없는 바람, 식물이 성장하며 실제로 소리를 내는 건지, 전진하는 풀의 끝에서 스륵스륵하는 것인지, 참나무 잎사귀들에서 엽록소가 흐르는 심장박동소리.

어맨다는 누군가 지켜보는 느낌을 받았는데, 밖에서 그녀를 지켜보는 사람은 없었다, 아닌가? 그 생각 때문에 자기도 모르게 몸을 떨다가, 곧 안전에 대해 어른들이 흔히 하는 착각 속으로 물러났다.

두 사람은 살금살금, 네안데르탈인처럼 벌거벗은 채 테라스로 걸어나왔다. 유일한 빛은 유리문을 통과해 떨어지는 한 조각뿐. 클레이가 야외 온탕 뚜껑을 들어올렸고 그들은 포말 속에 몸을 담갔다. 그의 안경을 가리는 수증기, 만족하는 관능적인 미소. 그녀의 눈이 어둠에 적응했다. 뚜렷해지는 그의 창백한 살. 그가 있는 그대로 보였지만, 그래도 그녀는 그를 사랑했다.

6

시리얼을 사온 사람이 아무도 없었다. 아치는 가공된 곡물이 우유에 충분히 적셔져 부드러워지는 그 느낌이 아니라 특정한 맛을 원했다. 그가 하품을 했다.

"미안해, 우리 챔피언. 대신 오믈렛 만들어줄게." 그의 아빠는 우습게도 아침식사 제일 잘 만들어주는 사람 놀이를 하고 있었다. 그는 요리를 잘했지만—항상 구운 빵 위에 버터를 올리고 다시 토스터 오븐에 넣어서, 빵에 버터가 스며들어 꼭 누가 씹다 뱉은 것처럼 질척해질 때까지 돌렸다—그것으로 관심받고 싶어한다는 점에서 짠한 면이 있었다.

어맨다는 로즈의 등에 자외선 차단제를 발라주었다. 텔레비전이 켜져 있었지만 아무도 실제로 보고 있지 않았다. 그녀가 맨다리에 손을 닦고 차단제 통을 토트백에 넣었다. "로즈, 책을 세 권이나 가져가니? 해변에 오후 반나절만 있을 건데?"

"하루종일 나가 있잖아요. 읽을거리가 떨어지면 어떡해요?"

"가방이 벌써 너무 무겁잖아—"

로즈는 징징대고 싶지 않았다. 그냥 그렇게 됐을 뿐.

"이 가방에 넣으면 돼." 클레이는 딸의 책벌레스러움이 그들의 평판을 높여준다고 생각했다. "아치, 이 가방 좀 들어줄래?"

"화장실 좀 갔다 오고요." 아치가 거울 앞에서 꾸물거렸다. 그는 사람들이 근육을 봐주길 바라며 소매를 잘라낸 라크로스 티셔츠를 입고 있었다. 근육을 이리저리 뜯어보면서, 보이는 모습에 만족해했다.

"서둘러." 클레이가 아들에게 소리쳤다. 이런 짜증 때문에 이런 휴식이 필요한 거지.

"거기 점심 들었어. 물이랑. 그리고 담요랑 수건도." 어맨다가 어차피 뭔가 빠뜨릴 거라고 확신하며 가방들을 가리켰다. 계획은 항상 틀어지니까.

"알았어요, 알았어." 작게 젠장, 하고 중얼거렸는데, 생각보다 더 반사적으로 나온 것이었다. 아치가 아빠가 소파 옆에 놓아둔 가방을 들었다. 하나도 안 무거워! 그는 아주 강했다.

온 가족이 다 함께 밖으로 걸어나와 짐을 싣고 몸에 벨트를 맸다. GPS가 마구 돌았지만 자신의, 또는 그들의, 또는 나머지 세상의 위치를 찾지 못했다. 클레이가 별 고민 없이 고속도로로 가는 길을 찾았고, 그러자 위성이 통제력을 회복했고, 그래서 그들은 위성이 지켜주는 시선 아래 차를 몰았다. 고속도로가 다리가 됐고, 다리는 마치 아무데도 아닌 곳으로 안내하는 듯 미국의 끝으로 그들을 안내했다. 그들은 빙글빙글 돌아 텅 빈 주차장에 (시간이 일렀다) 들어선 후, 카키색 유니폼을 입고 모래로 빚어진 것 같은—황금색 곱슬머리, 주근깨, 그을린 피부, 작은 조개껍데기 같은 치아—십대 남자아이에게 5달러를 지불했다.

주차장과 바닷가 사이에 터널이 있었고, 터널을 통과하니 공원과, 삼나무처럼 우뚝 솟은 깃대와, 바다 공기를 가르는 여러 나라의 깃발들에 이르렀다.

"이게 뭐야?" 아치였다. 그러려고 하지 않아도 나오는 비꼬는 말투.

그들은 플립플롭을 신은 채 작은 콘크리트 협곡 안에 섰고, 어맨다가 비문을 읽었다. "800기 희생자들을 기린다." 파리행 TWA 항공. 모두 사망했다. 종종 영혼이라고 표현되는 것도 들어봤을 것이다. 그러면 더 숭고하게, 또는 구식으로, 또는 신성하게 들리니까. 어맨다는 그 사건을 기억하고 있었다—음모론자들은 미국이 쏜 미사일이 원인이었다고 말했지만, 기계 결함이었다는 쪽이 논리적이었다. 우리는 안 그런 척하지만, 이런 일들이 일어난다.

"가요!" 로즈가 아빠 어깨에 걸쳐 있는 토트백을 잡아당겼다.

더웠지만 바람이 끊임없이 불어오면서 바다의 공허에서부터 한기를 실어왔다. 어딘가 북극 같은 느낌이 있었는데, 엄밀히 말해 그럴 수는 없다고 누구도 말할 수 없을 것이다. 세계는 광대하지만 동시에 작았고, 논리에 의해 돌아갔다. 어맨다는 담요를 펼쳐보려고 애썼다. 인터넷에서 찾아낸 것으로, 문맹인 인디언 마을 사람들이 블록 날염한 담요였다. 담요를 눌러놓기 위해 네 모퉁이에 가방을 하나씩 놓았다. 아이들은 껍질을 벗고 가젤처럼 튀어나갔다. 로즈는 바닷물에 씻긴 채 모래 위를 뒹구는 잡동사니들을 탐구했다. 조개껍데기와 플라스틱 컵, 졸업생 댄스파티와 열여섯 살 생일파티를 축하하는 데 쓰였던 무지갯빛 풍선 들. 아치는 베이스캠프에서 멀찍이 떨어진 모래밭에 무릎을 꿇고 앉아서 인명 구조대원들을, 그 건강미 넘치는 여자들을, 햇빛에 탈색된 머리채와 빨간색 수영복을 쳐다보지 않는 척했다.

어맨다가 가져온 소설은 새와 관련된 중심 메타포가 지루하기 짝이 없어 따라가기가 벅찼다. 클레이는 평소 읽던 종류의 책을 가지고 왔다. 얇고 장르를 특정할 수 없는, 우리 삶의 방식에 대한 비평. 태양 아래서 거의 벌거벗은 채 읽기는 불가능하지만, 그의 직업을 생각하면 읽었느냐 아니냐가 중요한 유의 책.

그의 시선이 계속 구조대원들에게로 쏠렸다. 어맨다도 그랬다. 어떻게 안 그러겠어? 거기에는 덜 지루한 메타포가 있었다—당신과 자연적인 죽음 사이를 막아주는 것이 뭐겠나? 아름다운 젊음, 납작한 배, 25센트짜리 동전만한 젖꼭지, 불룩 튀어나온 이두박근, 털이 없는 다리, 그을린 피부, 건조한 머리칼, 치아 교정을 해서 완벽해진 입, 값싼 플라스틱 선글라스 너머 의심 없는 눈 말고.

그들은 칠면조 샌드위치와 꾸덕한 과카몰리(애지중지하는 아들을 위해 역한 냄새가 나는 허브는 빼고 소량 포장한 것) 때문에 자꾸 부서지는 구운 칩을 먹은 다음 수박도 먹었다. 신선하고 차가웠다. 아치는 자고 로즈는 가져온 그래픽노블 중 한 권을 읽었다. 아치가 깨어나서 아빠를 파도 속으로, 공포스러운 파도 속으로 몰고 갔다. 어맨다는 여기에 상어가 있다는 말을 들은 터라 혹시 상어가 있는지 경계했다. 만약 상어가 나오면 저 십대 구조대원들이 어떻게 할까?

즐거웠고 재미있었고 힘들었다. 태양이 쇠하고 있지는 않았지만,

바람이 이기고 있었다. "가야겠다." 어맨다가 주방에서 찾은 보냉가방에 빈 플라스틱 용기들을 도로 집어넣었다. 그것은 정확히 주방에서 보냉가방을 보관할 만한 장소(전자레인지 아래 수납장)에 있었다.

로즈가 몸을 떨자, 아빠가 갓 목욕을 마친 깨끗한 갓난아기일 때 그녀에게 해줬던 그대로 수건으로 감싸주었다. 가족은 터덜터덜, 왠지 패배한 기분으로 차로 돌아가 차를 몰고 다리를 반대로 건넜다.

"저기 스타벅스다." 어맨다가 신나서 남편의 아래팔을 꽉 잡았다.

클레이가 주차장에 차를 대자 어맨다가 안으로 들어갔다. 얼리*, 바람이 불어가는 쪽으로, 공기는 여전히 뜨거웠다. 매장은 다른 곳에 있는 스타벅스 체인점들과 똑같았는데, 그래서 편안한 거 아닌가? 특유의 색깔, 믿고 쓸 수 있는 갈색 냅킨—항상 차에 쌓아두고 겨울에 코를 풀거나 엎질러진 액체를 닦는 데 쓰는—과 녹색 플라스틱 빨대, 운동 경기 트로피만한 사이즈의 생크림 올린 밀크셰이크를 7달러씩 내고 사먹는 덩치 큰 열성팬들. 그녀는 블랙커피를 주문했다. 세시가 지났고 이것 때문에 늦게까지 못 잘 수도 있지만. 아닐 수도 있었다. 그녀는 언제나 바다 근처에 있다는 사실만으로 아주 피곤해졌으니까.

뒤뜰 호스를 이용해 한바탕 마구잡이로 팔다리의 모래를 제거했다. 아치는 호스를 수영복 앞면에 직접 대고 뿌렸고, 고환에 셸락으로 진짜 작은 조개껍데기를 바른 것처럼 되었지만, 이 정도면 충분

---

* 조타에서 쓰이는 전문용어.

하다고 생각하고 수영장으로 뛰어들었다. 두피를 문지르자 모래가 떨어져 물속으로 떠내려가는 것이 느껴졌다.

어맨다는 발만 먼저 씻고 안으로 들어가서 샤워를 했다. 이 집에서 지낸 지 스물네 시간도 채 되지 않았는데 마음이 안정될 정도로 익숙한 느낌이 들었다. 그녀는 컴퓨터로 팟캐스트를 틀어놓고―머리로도 뭘 좀 하려고 틀어놓은 것이었는데, 아주 대충 들었다―소금물이 끼칠 영향이 싫어서 머리를 한번 더 감았다. 옷을 갈아입고 나가자 클레이가 휘파람을 불면서 모래가 붙은 타파웨어를 물로 씻고 있었다.

"내가 파스타 할게." 어맨다가 말했다.

"애들은 수영장에 있어. 내가 빨리 가게 가서 아치 시리얼 사올게." 빨리 가게에 가서 주차장에서 담배 한 대 피우고, 안으로 들어가 손을 씻은 다음 100달러어치 음식을 사가지고 오겠다는 뜻이었다. "내일 비 올지도 모른다고 그러니까."

"그냥도 느껴질 정도잖아." 공기 중에 떠다니는 전망, 아니 위협인가. 어맨다가 팟캐스트를 계속 들으려고 주방으로 가지고 나온 컴퓨터를 조리대 위에 놓았다. "달달한 것 좀 사올래? 그…… 파이 같은 거. 파이 좀 사와. 그리고 아이스크림도 더 먹을까?" 전날 밤 그들은 성교를 한 뒤인데다 온탕으로 인해 현기증이 나서 아이스크림 파인트 한 통을 둘 사이에 두고 다 먹어치웠다. "토마토도. 수박 한 통 더. 베리류나. 모르겠다, 뭐든 좋아 보이는 걸로."

클레이가 어맨다에게 키스했다. 간단한 심부름 때문에 나가는 것치고 생소하지만 사랑스러운 행동이었다.

창문이 있다는 건 어맨다가 다른 일을 하면서도 아이들을 지켜볼 수 있다는 뜻이었다. 그녀는 레몬 제스트를 만들어 부드러워진 버터에 쏟아붓고 마늘을 다져 넣었다. 주방 가위로 날카롭고 인상적인 냄새를 풍기는 파슬리를 아무렇게나 잘랐다. 다 넣고 반죽을 접듯이 섞어서 걸쭉한 소스를 만들었다. 뜨거운 파스타와 만나면 마늘맛은 무뎌질 것이다.

어맨다는 가스레인지 위쪽에 달린 수도꼭지로 냄비에 물을 받고 나서 팬트리에 있던 코셔 소금을 먹고 레드와인을 한 잔 따랐다. 블랙커피에 레드와인까지 들어가니 속이 요동쳤다. 물이 끓었다. 집중력이 흩어졌다. 수영장 너머, 집 외곽의 숲 사이에서 어맨다는 사슴 한 마리를 보았다. 그리고 눈이 적응되자 몸집이 작은 두 마리가 더 보였다. 엄마와 아이들! 그럴듯하지 않나. 동물들은 경계하면서 관목에 코를 들이대고 찾아다녔다―사슴이 뭘 먹더라? 자신의 무지가 당황스러웠다.

어맨다가 익힌 파스타에서 물을 빼고 둥지를 튼 면 사이에 허브 버터를 떨군 뒤 뚜껑을 도로 덮어놓고 유리문을 열었다. 공기가 점점 차가워졌다. 비가 오든, 아니면 무슨 일이라도 일어나든, 다음날은 집안에만 있어야 할 것이다. 보드게임도 있고, 텔레비전이 있으니 영화를 볼 수도 있겠고, 팬트리에 유리병에 든 말린 옥수수가 있으니 팝콘을 만들고 하루종일 뒹굴거릴 수도 있겠고.

"이제 들어와야겠다, 얘들아."

아치와 로즈는 온탕에서 식용 바닷가재처럼 핑크색이 되어 있었다.

어맨다는 아이들에게 반드시 목욕을 해서 염소 냄새를 빼내야 한다고 했다. 그녀가 와인을 또 한 잔 따랐다. 클레이가 놀랄 만큼 많은 종이가방들을 가지고 돌아왔다.

"내가 좀 오버했어." 그는 부끄러운 표정이었다. "비가 올 것 같아서. 내일 집밖에 나가야 할 일은 없었으면 싶더라고."

어맨다는 왠지 그래야 할 것 같아서 눈살을 찌푸렸다. 음식에 평소보다 조금 더 돈을 쓴다고 해서 망할 리 없는데. 아니면 와인 때문이었나. "괜찮아, 괜찮아. 일단 치우고 이제 좀 먹을까?" 자신이 좀 웅얼거리지 않았는지 확실하지 않았다.

그녀가 상을 차렸다. 아이들이 마지팬향(닥터 브로너스 녹색 통)을 풍기며 자리에 앉았다. 그들은 피곤한 것 중에 제일 좋은 상태였다. 유순했고 거의 공손할 정도였고 트림도 하지 않고 욕도 하지 않았다. 아치가 아버지가 식탁을 치우는 것까지 도왔고, 어맨다는 로즈 옆 소파에 누워서 아이의 따뜻한 무릎을 벴다. 잠을 잘 생각은 없었는데, 와인과 파스타로 배가 찼고 텔레비전 속 수다가 지겨워져서 잠이 들었다. 이십 분 뒤 유난히 날카로운 광고 소리와 화장실에 가야 한다는 로즈 때문에 깼을 때 어맨다는 당황스러웠다. 입이 말랐다.

"낮잠 잘 잤어?" 클레이가 놀렸다. 성애는 아니었지만(아직 만족한 상태였다) 로맨틱하게―그게 훨씬 더 좋았고 드문 일이었다. 그들은 삶이 만족스러웠다, 아닐 리 있을까?

어맨다는 휴대폰으로 〈뉴욕 타임스〉의 가로세로 낱말 퀴즈를 했고―그녀는 치매를 두려워했고 이걸로 예방이 된다고 생각했다―텔레비전이 없었던 때 시간이 분 단위로 갔던 것처럼, 시간이 이상하게 흘렀다. 전날 밤의 그녀가 일을 하고 남편과 떡을 치는 데 열성적이었다면, 오늘밤은 아이들과, 너무 큰 후드 맨투맨을 입고 있는 멍한 상태의 아치와 소파 팔걸이에 있던 까슬한 모직 담요를 아기처럼 두른 로즈와 소파에서 뒹굴거리는 게 중요한 일인 것처럼 느껴졌다. 클레이가 아이스크림을 그릇에 담아 가져다주었다가 그릇을 수거해갔고, 식기세척기가 든든하게 퀄퀄거리며 돌아갔고, 로즈의 눈이 멍해 보이고 아치가 하품을 크게, 갑자기 너무 남자처럼 했고, 어맨다는 아이들을 자라고 들어보내면서 양치를 하라고 말했을 뿐 진짜 하는지 확인한다고 보초를 서지는 않았다.

그녀는 하품이 나오고 자러 가야 할 정도로 피곤했지만 어쩐지 몸을 움직이면 잠이 들 수 없을 것 같았다. 클레이가 채널을 돌리다가 레이철 매도*에서 잠깐 머무르고, 그러고 나서 스릴러물에 맞췄지만 두 사람 모두 내용을 따라가지 못했다. 탐정들과 그들의 희생자의 심리도.

"텔레비전은 바보야." 클레이가 텔레비전을 껐다. 차라리 휴대폰을 가지고 노는 게 나았다. 그가 유리컵에 얼음을 떨궜다. "당신도 한잔?"

어맨다가 고개를 저었다. "난 더 못 먹겠어."

그녀는 아직 어떤 스위치로 어떤 조명을 제어하는지 잘 몰랐다. 하나를 누르자 수영장과 그 뒤쪽 마당이 밝아지며 순백색 광선이 위쪽의 녹색 나무줄기들 사이로 뿜어져나갔다. 그녀가 불을 꺼 그것들을 원래의 검은 상태로, 맞는 듯 보이고 자연스러워 보이는 상태로 되돌려놓았다.

"물이 필요해." 어맨다가 말했거나 아니면 생각만 하고 주방으로

---

* 미국 텔레비전 뉴스 진행자.

들어갔다. 이케아 유리컵에 물을 받다가 스치는 소리, 발소리, 목소리, 하여튼 뭔가 이상하거나 나서는 안 될 것 같은 소리를 들었다.

"저 소리 들었어?"

클레이가 얼버무렸다. 사실 제대로 듣고 있지 않았다. 그는 휴대폰 옆면의 작은 버튼들을 보고 소리가 꺼져 있는지 확인했다. "나 아냐."

"아니." 그녀가 물을 홀짝 마셨다. "그런 거 말고."

다시 한번 소리가 났다. 발 끄는 소리, 목소리, 조용한 웅얼거림, 어떤 존재. 어떤 방해. 어떤 변화. 무언가. 이번에는 더 확신이 들었다. 그녀의 심장박동이 빨라졌다. 술이 깨고 정신이 깨는 기분이었다. 그녀가 대리석 조리대 위에 컵을 조용히 내려놓았다―불현듯 그렇게, 살그머니 움직여야 할 것 같았다.

"무슨 소리를 들었어." 그녀는 속삭이고 있었다.

그런 순간들에 클레이가 필요해지는 것이었다. 그가 그런 남자가 되어야 했다. 그는 개의치 않았다. 어쩌면 반겼는지도. 꼭 필요한 존재가 된 느낌이었는지도 몰랐다. 복도 저쪽에서 아치가 잠자는 개처럼 코 고는 소리가 들리는 듯했다. "그냥 사슴이 앞마당에 들어온 걸 거야."

"뭔가 있어." 어맨다가 손을 들어올려 그를 조용히 시켰다. 공포심 때문에 입안에서 쇠맛이 났다. "분명히 무슨 소리 들었어."

들렸다, 부정할 수 없이. 소리였다. 기침, 목소리, 걸음, 망설임, 이 종의 다른 개체가 여기 있다는, 어떤 분류에도 넣을 수 없는 그런 동물적 앎, 그리고 그들의 악의를 알아보려는 의미심장한 일시정지. 문 두드리는 소리가 났다. 이 집의 문을 두드리는 소리. 그들이 여기 있는지 아무도 모르는 이 집의, 심지어 전지구 위치 측정 시스템도 모르는, 바다에 가깝지만 농지에 완전히 가려진 이 집의, 빨간 벽돌에, 가장 똑똑한 새끼 돼지가 가장 안전할 거라고 생각해서 선택한 바로 그 재료에 흰색 페인트를 칠한 이 집의. 문 두드리는 소리가 났다.

7

어떻게 하지?

어맨다는 얼어붙은 채 서 있었다. 피식자의 직감. 침착해. "배트 가져와." 폭력이라는 그 상투적인 해결책.

"배트?" 클레이는 날아다니는 포유류를 상상했다. "배트?" 그제 야 이해는 했지만, 그런데 배트를 어디서 구하지? 마지막으로 배트 를 든 게 언제였더라? 집에 야구 배트가 있었나? 있다 해도 휴가 올 때 가지고 왔을까? 아니다. 그런데 그들은 언제부터 그 미국적인 취 미 생활을 하지 않기로 결정했을까? 발틱 스트리트에 면한 그들의 집 현관에 있는 것은 부서진 정도가 다양한 우산 한 뭉치와 여분의 자동차 유리 스크레이퍼 하나, 아치의 라크로스 채, 달라고 한 적은 한 번도 없는 전단지들, 영원히 자연 분해되지 않을 방수 코팅한 쿠 폰 한 묶음이었다. 뭐, 라크로스가 원래 인디언 것이니까 더 미국적 인 것인지도. 콘솔 위, 코니아일랜드 사진 액자 아래쪽에 놋쇠로 만든 물건이 있었다. 예술 작품 같은 작은 토크*인데 호텔 객실이나 모델하우스에서 독특한 분위기를 내려고 두는 중국산 예쁜 쓰레기 같은 것이었다. 클레이가 그것을 집어들어보니 전혀 무게가 나가지 않았다. 게다가, 이걸로 뭘 어쩌겠단 걸까, 손가락으로 이걸 감싸쥐고 모르는 사람의 머리를 때려? 그는 교수였다.

"나도 몰라." 어맨다가 연극 무대에서처럼 속삭였다. 문 너머에 있는 사람이 누구든 분명히 그녀의 말을 들을 수 있었다. "누구지?"

어이없는 짓이었다. "나도 몰라." 클레이가 그 작은 오브제를 제자리에 내려놓았다. 예술은 그들을 보호해줄 수 없었다.

다시 문을 두드리는 소리가 났다. 이번엔 남자 목소리도. "미안합니다. 계세요?"

클레이는 그렇게 공손한 살인자를 상상할 수 없었다. "별거 아니네. 내가 나가볼게."

"안 돼!" 어맨다에게 끔찍한 느낌이 번득였다. 최악의 상황이 일어난 거라면 예감이고, 그렇지 않다면 일시적 편집증인 느낌이었다. 그녀는 이 상황이 마음에 들지 않았다.

"좀 진정하자." 그가 무의식적으로 영화에서 나오는 행동들을 따라 한 것인지도 모르겠다. 그는 마치 조련사가 사자에게 하듯 아내가 진정한 것처럼 보일 때까지 아내를 바라보았다. 지배와 눈맞춤. 그 방법을 전적으로 믿지는 않다. "전화기 가져와봐. 혹시 모르니까." 단호했고 현명했다. 그는 그 생각을 해낸 자신이 자랑스러웠다.

어맨다가 주방으로 갔다. 책상이 있고. 지역 번호가 516인 무선

---

* 고대 민족이 사용한 두꺼운 금속 목걸이.

전화기가 있었다. 그녀가 살아 있는 동안 무선전화기는 혁신도 되고 퇴물도 됐다. 집에도 아직 한 대가 있었는데 아무도 쓰지 않았다. 그녀가 전화기를 집어들었다. 정말 버튼을 누르고 9번을 누른 다음 1번을 눌러놓고 기다려야 하나?

클레이가 자물쇠를 풀고 문을 잡아당겨 열었다. 뭘 예상했을까?

현관문 밖의 의심스러운 불빛에 한 남자가 드러났다. 흑인이고 잘생겼고 키가 좀 작다고 할 수도 있지만 비율이 좋고 육십대이고 온화한 미소를 띠고 있었다. 웃기는 게, 그의 눈이 정말 재빨리 점잖달까 무해하달까 아니면 보는 즉시 안심이 된달까 하는 눈빛을 뿜었다. 남자는 구겨진 블레이저와 느슨한 니트 넥타이, 줄무늬 셔츠 차림에, 서른다섯 살 이상 남자들 모두가 입는 갈색 바지를 입었다. 그가 두 손을 들어올렸다. 유화적인 제스처로서, 또는 쏘지 말라고 말하기 위해. 그 나이대의 흑인들은 그런 몸짓에 능숙했다.

"제가 정말 미안한데, 실례합니다." 남자가 사람들이 그 말을 할 때 대체로 하지 않는 투로, 그러니까 진정성 있게 말했다. 그는 연기를 할 줄 알았다.

"여보세요?" 클레이가 무슨 전화를 받는 것처럼 말했다. 올 줄 몰랐던 방문객에게 문을 열어주는 것은 전례가 없는 일이었다. 도시의 삶에는 아마존 상자를 배달하러 오는 사람뿐이고 배달원은 먼저 초인종을 눌러야 하니까. "안녕하세요?"

"제가 정말 미안한데, 실례합니다." 남자의 목소리는 허스키한데 뉴스 앵커스러운 중후함이 있었다. 이런 특성 때문에 더 진정성 있게 들렸고, 스스로도 이 사실을 알고 있었다.

남자 옆으로 조금 뒤쪽에 한 여자가 있었다. 역시 흑인이고 역시 나이를 가늠할 수 없고 벙벙한 리넨 치마와 재킷을 입고 있었다. "저희가 미안합니다." 그녀가 정정했다. 고딕체 저희였다. 너무 숙달돼 보였으므로 그의 아내가 틀림없었다. "무섭게 만들 생각은 아니었어요."

클레이가 그런 생각 자체가 어이없다는 듯 웃었다. 무섭다니, 그는 무섭지 않았다. 여자는 텔레비전의 골다공증 약 광고에 나오는 여자처럼 생겼다.

어맨다는 현관과 주방 사이 기둥 뒤에 있으면 전술적 이점을 얻을 수 있기라도 한 것처럼 거기서 나오지 않았다. 그녀는 넘어가지 않았다. 긴급 통화가 필요할지 몰랐다. 넥타이를 한 사람도 범죄자일 수 있었다. 아이들이 자는 방 문을 잠그지 않았다니, 무슨 엄마가 이래?

"뭘 도와드릴까요?" 이게 이런 상황에서 할 말인가? 클레이는 아리송했다.

남자가 목청을 가다듬었다. "저희가 미안한데 실례합니다." 세번째, 일종의 주문. 그가 말을 이었다. "시간이 늦었죠. 문을 두드리다니, 이 외진 데서." 남자는 이 말이 어떻게 들릴지 이미 상상해보았다. 자기 부분을 리허설하고 왔다.

이제 여자가 넘겨받았다. "현관문을 두드려야 할지 옆문을 두드려야 할지 결정하기 힘들었어요." 그녀는 웃음으로 이것이 얼마나 터무니없는 일인지 보여주었다. 여자의 목소리는 전달력이 좋아 오래전에 발성 훈련을 받았을 거라고 예상할 수 있었다. 상류층처럼 말하는, 헵번의 흔적. "이게 좀 덜 무서울 것 같더라고요—"

클레이가 과하게 항의했다. "무서운 게 아니고, 그냥 놀랐다고요."

"그럼요, 그렇고말고요." 남자도 딱 그만큼을 예상하고 있었다. "제가 옆문으로 가자고 했어요. 유리니까 우리가 보일 테고 그러면 알 거라고. 우리가 그냥—" 그가 말꼬리를 흐리며 우리는 당신을 해치지 않아요, 라는 뜻으로 어깨를 으쓱했다.

"그런데 저는 그게 더 이상할 수도 있을 것 같았어요. 무섭다거나." 여자가 클레이와 눈을 마주치려고 했다.

거의 한몸 같은 그들이 깜찍해 보이는 게, 희극적일 정도였다. 파월과 로이* 같았다. 클레이의 아드레날린이 발효되어 짜증으로 변했다. "저희가…… 뭘 도와드릴까요?" 그들의 자동차 소리도 듣지 못했다. 차를 타고 왔다면 소리가 들렸어야 하는데, 그게 아니면 어떻게 왔지?

클레이가 저희라고 말했고, 그래서 아이가 좋아하는 플러시 인형을 쥐듯 손에 전화기를 꼭 쥔 어맨다가 현관으로 다가왔다. 분명 길을 잃었거나 타이어가 펑크났을 것이다. 오컴의 면도칼** 그런 것도 있으니까. "안녕하세요!" 그녀가 마치 여태 그들을 기다려왔다는 듯 억지 활기를 꾸며냈다.

"안녕하십니까." 남자는 자신이 신사임을 드러내고 싶어했다. 그 것은 계획의 일부였다.

"덕분에 놀랐어요. 누구 올 사람이 없었거든요." 어맨다는 굳이

---

* 1930, 40년대에 열세 편의 영화에 부부로 출연한 미국 배우들.
** 중세 수도사 윌리엄 오컴이 자주 사용한 이론으로 어떤 현상을 설명하는 동등한 두 개의 주장이 있으면 단순한 쪽을 선호해야 한다는 뜻이다.

그것을 부정하지 않았다. 그렇게 해서 우위를 점할 수 있으리라 계산했다. 이런 말과 같을 거라고 생각했다. 여긴 우리집인데, 대체 왜 온 거야?

바람이 불었고, 그 소리가 꼭 합창하는 목소리 같았다. 나무들이 기우뚱하면서 나무 머리들이 제멋대로 흔들렸다. 폭풍이 오고 있었다. 아니면 저기 어딘가에 있었다.

여자가 몸을 떨었다. 리넨 옷은 그녀를 따뜻하게 해주지 못했다. 불쌍하고 늙은, 준비성 없는 사람으로 보였다. 그녀는 영리했고, 그 힘을 믿고 있었다.

클레이는 어쩔 수 없이 기분이 좋지 않았다. 버릇없는 사람이 된 것 같기도 했다. 여자는 그의 어머니뻘 정도로 나이들어 보였다. 진짜 어머니는 오래전에 돌아가셨지만. 좋은 매너는 이토록 이상한 순간들을 해결하는 데 도움이 되는 도구였다. "덕분에 놀랐네요. 그런데 저희가 뭘 도와드릴 수 있을까요?"

흑인 남자가 어맨다를 쳐다보았고, 남자의 미소가 더 따뜻해졌다. "아, 당신이 어맨다군요. 그렇죠? 어맨다. 미안하지만―" 산들바람이 주위에서 소용돌이치며 그들의 여름옷을 통과했다. 효과가 있다는 걸 알고 그가 그녀의 이름을 세번째로 불렀다. "어맨다, 안으로 좀 들어가도 될까요?"

8

사람을 잘 알아보는 것이 어맨다의 특기 중 하나였다. 그녀는 그녀에게 돈을 지불하는 미니애폴리스와 콜럼버스와 세인트루이스의 공무원들에게 칵테일을 대접했다. 누가 누구인지 기억하고 가족의 안부를 물었다. 이것이 자긍심의 근원이었다. 그런데 이 남자를 아무리 보아도 평생 본 적 없는 흑인 남자만 보일 뿐이었다.

"서로 아는 사이구나!" 클레이는 안심했다. 미풍에 다리털이 곤두섰다.

"직접 만나는 기쁨은 누리지 못했죠." 남자는 세일즈맨의 수법을 가지고 있었다. 그게 무엇이냐면, 그러니까, 그 사람 자체였다. "제가 G. H.입니다."

그 글자들은 그녀에게 아무런 의미가 없었다. 어맨다는 그가 무언가의 철자를 말하는 게 맞는지조차 알 수 없었다.

"조지." 여자는 이 이름이 이니셜보다 더 고귀해 보일 거라고 생각했고, 이 순간 그들은 인간적으로 보여야 했다. 누가 총을 가졌고 버티고 설 준비가 된 사람인지는 아무도 모르는 법이었다. "이 사람이 조지예요."

남자는 조지라고 생각했다. 말은 G. H.라고 나왔다. "—조지, 맞아요. 내가 조지입니다. 여기가 우리집이에요."

소유란 법의 일부였고, 어맨다는 착각을 하고 있었다. 이 집이 자기 집인 척하고 있었던 것이다! "뭐라고요?"

"여기가 우리집이에요." 그가 다시 말했다. "이메일 주고받았었는데, 이 집 관련해서요." 그는 단호하면서도 온화하게 말하려 했다. GHW@washingtongroupfund.com—어맨다는 그제야 그 이니셜의 격식 있는 불분명함이 기억났다. 이곳은 편안했지만 너무도 익명성을 띠어서 구태여 주인이 어떤 사람일지 상상해보지 않았었는데, 이제 그들을 만나고 보니 만약 그녀가 구태여 그들을 상상해보려고 했더라면 그 상상이 틀렸을 거란 사실을 알 수 있었다. 그녀에게 이 집은 흑인들이 사는 집처럼 보이지 않았다. 하지만 그렇게 말하면 무슨 뜻이겠나? "여기가…… 두 분 집이라고요?"

클레이는 실망했다. 그들은 비용을 지불하고 소유라는 환상을 샀다. 그들은 휴가중이었다. 그가 문을 닫으며 세상을 밖에, 그것이 있어야 할 자리에 남겨두었다.

"저희가 미안한데 실례합니다." 루스는 여전히 조지의 어깨에 손을 얹고 있었다. 뭐, 이제 그들은 집안에 들어왔다. 무언가를 성취한 것이다.

클레이는 도대체 왜 문을 닫은 것이며 왜 이 사람들을 안으로 들인 거야? 너무나 클레이다웠다. 그는 항상 삶이라는 사업을 운영하고 싶어했지만 그럴 준비가 충분히 되어 있지 않았다. 어맨다는 증거를 원했다. 담보대출 문서와 사진이 박힌 신분증을 확인하고 싶었다. 이 사람들은, 그리고 이들의 단정하지 못한 옷차림은 어쩌면—그래, 범죄자보다는 전도사처럼 보였다. 여호와의 증인이 되려고 온, 희망에 차서 팸플릿을 나눠주는 사람들.

"덕분에 조금 무서웠네요!" 클레이가 개의치 않고 자신의 소심함을 고백했다. 이제 지난 일이니까. 조금이라고 하기도 했고, 중요한 건, 저 사람들이 잘못했다는 거니까. "젠장, 밖에 날씨가 갑자기 추워졌어요."

"맞아요." G. H.는 여느 사람들만큼 다른 사람의 행동을 예측할 줄 알았다. 다만 시간이 걸렸다. 그들은 안에 들어왔다. 그게 중요했다. "여름 태풍인가? 곧 지나가겠죠."

성인 넷이, 섹스파티에서 뻔한 미래를 생각하는 그 마지막 순간에 그러듯 어색하게 서 있었다.

어맨다는 모두에게 화가 났는데, 그중 클레이에게 가장 화가 났다. 이들 중 한 사람이 총을, 칼을, 요구사항을 꺼내 보일 거라고 확신하면서 씰룩거렸다. 계속 전화기를 들고 있었다면 좋았겠다고 생각했지만, 그래 봤자 이 지역 관할서에서 숲속 깊은 곳에 있는 그들의 아름다운 집까지 도착하는 데 얼마나 걸릴지 누가 알까. 그녀는 아무 말도 하지 않았다.

G. H.는 준비가 돼 있었다. 그는 대비를 해두었고, 이 사람들이 어떻게 나올지 예상해보았다. "저희가 이렇게 예고도 없이 나타난 게 두 분에게는 정말 이상한 일일 거 압니다."

"예고도 없이." 어맨다는 이 말이 적절한지 점검해보았고, 정밀조사를 통과하지 못했다.

"전화를 했는데, 그게, 그런데 전화가—"

전화를 했다고? 이 사람들이 내 전화번호를 알고 있어?

"전 루스예요." 그녀가 손을 내밀었다. 모든 부부는 능력에 따라 노동을 배분한다. 심지어 이런 순간에도, 아니 특히 이런 순간일수록. 그녀의 역할은 악수를 하고, 친절한 사람으로 보이고, 이 사람들이 마음을 놓게 해서 그들이 원하는 것을 얻는 것이었다.

"클레이입니다." 클레이가 그녀와 악수했다.

"당신이 어맨다군요." 루스가 미소 지었다.

어맨다가 낯선 이의 매니큐어 바른 손을 잡았다. 굳은살이 정직한 노동을 의미한다면, 부드러움은 부정직을 의미할까? "네." 그녀가 말했다.

"그리고 말씀드렸듯이, 제가 G. H.입니다. 클레이, 만나서 반갑습니다."

클레이는 증명해야 할 것이 있었으므로 평소보다 더 힘을 주었다.

"어맨다도, 직접 만나게 돼서 반가워요."

어맨다가 가슴 앞으로 팔짱을 꼈다. "네. 그런데 솔직히 말하면 이렇게 만나게 될 줄은 전혀 몰랐네요."

"네, 당연히 그랬겠죠."

"혹시 좀…… 앉을까요?" 이 집이 그들 집인데, 클레이가 뭘 어떻게 해야 할까?

"그러면 정말 좋죠." 루스가 미소 짓는 모습이 정치인의 아내 같았다.

"앉아? 네, 괜찮네요." 어맨다가 남편에게 무언가 전달하려 했지만 시선 한 번에 다 담지 못했다. "주방 정도면. 그런데 조용히 해야 해요. 아이들이 자고 있어서요."

"아이들. 그래야죠. 이미 깨운 건 아니어야 할 텐데." G. H.는 아이들이 있을 것도 예상했어야 했다. 어쩌면 이 상황에서는 그게 도움이 될지도 모르겠다.

"아치는 핵폭탄이 떨어져도 안 깰 거예요. 장담하는데 애들은 괜찮습니다." 클레이는 평소처럼 농담하는 사람이 되어 있었다.

"가서 확인해봐야겠어요." 어맨다는 냉담했고, 자는 아이들을 자주 들여다보는 것이 원래 습관인 것처럼 보이게 하려고 애썼다.

"괜찮다니까." 클레이는 그녀의 속셈을 몰랐다.

"가서 확인해볼래. 당신은—" 그녀는 그 생각을 어떻게 완성해야 할지 모르겠어서, 굳이 완성하지 않았다.

"앉으시죠." 클레이가 아일랜드 식탁 스툴을 가리켰다.

"클레이, 내가 설명을 할게요." G. H.는 이 일을 남성의 일로 받아들이고 수행했다. 도시를 떠나는 여행을 갈 때 렌터카를 예약하는 일처럼. 남편들은 이해할 거라고 생각했다. "얘기했지만, 난 전화를 하려고 했어요. 해봤죠, 실제로도, 그런데 전화가 안 터졌어요."

"저희가 몇 해 전 여름에도 여기서 멀지 않은 데서 지냈거든요." 클레이는 자신이 이곳 지리를 어느 정도 파악하고 있음을 공고히 하고 싶어했다. 시골에 집이 있다는 게 어떤 것인지 알고 있음을. "대체로 신호를 잡는 게 불가능하죠."

"맞습니다." G. H.가 말했다. 그는 앉아서 대리석에 팔꿈치를 댄 채 몸을 앞으로 숙이고 있었다. "그런데 지금 벌어지고 있는 일은 그런 게 아닌 것 같아요."

"그건 왜죠?" 클레이는 그들에게 무언가 대접해야 할 것 같았다. 이 사람들은 손님이잖아? 아니 내가 손님인가? "물 좀 드릴까요?"

어두운 복도를 따라가면서 어맨다는 휴대폰을 손전등으로 사용했다. 아치와 로즈가 아직 있을 뿐 아니라 아이들 특유의 걱정 없는 잠에 빠져 있음을 확인한 뒤 그녀는 그들에게서 보이지 않는 가장 가까운 곳에 멈춰 서서 무슨 논의가 오가는지 들으려고 귀를 세운 채 휴대폰을 작동시키려 애썼다. 거울을 들여다보듯 응시했지만 휴대폰은 그녀를 알아보지 못했고—아마도 복도가 너무 어두워서—그래서 깨어나지 않았다. 어맨다가 홈 버튼을 누르자 불이 들어오면서 뉴스 알림이 나타났고, 겨우 알아볼 수 있는 〈뉴욕 타임스〉의 T자와 몇 안 되는 단어가 나타났다. "미국 동부 해안 일대 대규모 정전 발생." 그녀가 알림을 콕 찍었지만 앱은 열리지 않았다. 생각하는 기계의 흰색 화면뿐. 구체적으로 느껴지는 짜증이었다. 화를 내서는 안 되는데 화가 났다.

"오늘밤 우리는 연주회에 갔었습니다." G. H.가 한참 설명하고 있었다. "브롱크스에요."

"이이가 필하모닉 이사회에 있어서—" 배우자에 대한 자부심, 이런 건 참아지지 않는다. 그녀와 조지는 환원을 믿었다. "사람들이 클래식 음악에 관심을 갖게 하려는……" 루스가 과한 설명을 늘어놓고 있었다.

어맨다가 주방으로 들어왔다.

"애들은 괜찮아?" 클레이는 이게 다 연기였다는 걸 아직도 몰랐다.

"괜찮아." 어맨다는 남편에게 휴대폰을 보여주고 싶었다. 그 일곱 단어 말고 다른 뉴스는 몰랐지만 그것만으로도 대단한 일이었고, 그녀가 이 사람들에 비해 유리하다는 것을 의미했다.

"차를 타고 시내로 돌아가는 길이었어요. 집으로요. 그때 무슨 일이 벌어졌어요." G. H.가 일부러 모호하게 말하려고 하는 게 아니었다. 차 안에서도 그와 루스는 그 일에 대해 말하지 않았다. 두려워서였다.

"정전이에요." 어맨다가 의기양양하게 내뱉었다.

"어떻게 알았어요?" G. H.가 깜짝 놀랐다. 설명을 해야 할 거라고 생각하고 있었다. 그들은 밖에서 달리는 내내 어둠 외에는 아무것도 보지 못하다가, 갑자기 나무들 사이로, 바로 그들의 집에서 나오는 빛을 보았다. 말이 안 되는 일이므로 믿을 수가 없었지만, 말이 되는지를 따질 처지가 아니었다. 빛이 주는 안심과 안전.

"정전?" 클레이는 더 심각한 일을 기대하고 있었다.

"뉴스 알림이 왔어." 어맨다가 주머니에서 휴대폰을 꺼내 조리대 위에 내려놓았다.

"뭐라고요?" 루스는 더 많은 정보를 원했다. 자기 눈으로 직접 본 일이지만 아는 것이 없었다. "왜 그렇대요?"

"그게 다예요. 동부에 정전이 있었다." 다시 전화기를 들여다보았지만 알림은 사라졌고, 그녀는 어떻게 해야 돌아갈 수 있는지 몰랐다.

"밖에 바람이 불잖아요." 클레이는 원인과 결과가 명확하다는 느낌이었다.

"허리케인 철이지. 허리케인 뉴스가 없었나?" 어맨다는 기억이

나지 않았다.

"정전." G. H.가 고개를 끄덕였다. "그런 것 같았어요. 그런데, 우리가 14층에 살아요."

"신호등도 다 꺼졌을 거예요. 혼돈에 빠졌을 거예요." 루스는 굳이 더 자세히 설명하고 싶지 않았다. 강철과 유리와 자본의 집합체인 도시는 비자연적일 수 있는 최대한도로 비자연적이고, 빛은 그 존재의 근본이었다. 전력이 없는 도시란 진화 과정의 사고로 날지 못하는 새와 같았다.

"정전?" 클레이는 자신이 단순히 그 말을 잊어버린 사람에게 알려주고 있는 것 같은 느낌이 들었다. "정전은 전에도 있었잖아요. 별로 심각할 거 없는 것 같은데."

어맨다는 넘어가지 않았다. 사실이 아닌 것 같았다. "여긴 불이 들어오는 것 같은데요."

그녀의 말은 물론 옳았다. 그런데도 최면에 걸리고 싶어하는 네 사람처럼 모두가 아일랜드 식탁 위 펜던트 조명을 쳐다보았다. 전기를 설명할 수는 없다. 그 존재뿐 아니라 부재도. 그녀의 말이 신에 대한 도전이 된 걸까? 싱크대 위 창문에 바람이 부딪히는 소리가 났다. 바로 직후에 불빛이 깜박거렸다. 한두 번도 아니고 네 번을, 그들이 해독해야 하는 메시지가 담긴 모스부호처럼, 연이어 터지는 플래시처럼. 하지만 곧 안정되었고, 제자리를 찾았고, 그 빛이 밤을 막아주었다. 네 사람은 숨을 크게 들이마신 상태였다. 네 사람 모두 숨을 내쉬었다.

9

"주 예수여." 주의 이름을 망령되게 부르는 것은 신성모독에 해당할 뿐 아니라 무익했다. 예수님은 클레이를 전혀 신경써주지 않았지만, 그래도 어쨌든 전기는 나가지 않았다. 클레이는 이미 어맨다와 또다른 여자(이름이 뭐였더라?)가 비명을 질러대는 상상을 하고 있었다. 여성성과 공포를 동일시하는 것은 배려 없는 행동일지 모르겠지만. 그가 그들에게 그럴듯한 이유를 말해줘야 할 것이다— 바람 부는 밤이어서라느니, 롱아일랜드는 먼 시골구석이라서라느니. 세상은 너무 커서 이 정도면 먼 것이다. 도시에 너무 오래 살았다면 잊어버렸을 수도 있다. 전기는 기적이었다. 그들은 감사해야 했다.

"괜찮아." G. H.가 스스로에게도, 아내에게도 말했다.

"그러니까 정전이 됐는데 여기까지 차를 몰고 오셨다는 거예요?" 어맨다는 이 점을 이해할 수 없었다. 맨해튼은 너무 멀었다. 그건 말이 안 됐다.

"여기 길은 익숙해요. 생각해내려고 할 것도 없었어요. 불이 나가는 걸 보고 루스를 쳐다봤어요." G. H.는 자신이 완전히 이해하지 못한 것은 잘 설명할 줄 몰랐다.

"좀 있어도 될 것 같아서." 루스가 말했다. 돌려 말하지 못하는 무감각. 루스는 항상 직설적이었다.

"좀 있어도 되겠다고요—여기서요?" 어맨다는 이 사람들이 뭔가 원하고 있음을 알았다. "하지만 우리가 여기 있는데요."

"보니까 시내로 운전해서 들어가긴 글렀더라고요. 14층까지 걸어올라갈 수도 없고요. 그래서 당신들이 이해해줄지도 모른다고 생각하면서 여기로 왔어요."

"물론이죠." 클레이는 이해했다.

어맨다가 남편을 쳐다보았다. "이 사람 말은, 물론 이해하죠—" 아니, 정말 그런가? 이게 일종의 사기라면? 완전히 낯선 사람들이 집안으로 잠입해 들어오고, 삶 속으로 잠식해 들어오는.

"뜻밖의 일인 거 잘 알아요. 그래도 좀…… 여긴 우리집이고. 우리집 안에 있고 싶을 뿐이에요. 안전하게. 밖에서 무슨 일이 일어나는 건지 알게 될 때까지만요." G. H.가 솔직하게 말했지만, 여전히 속여먹으려는 것처럼 보였다.

"기름이 있어서 다행이었어요." 루스가 고개를 끄덕였다. "솔직히 얼마나 더 갈 수 있을지 모르겠네요."

"호텔이 없나……" 어맨다는 무례하게 말하지 않으려고 노력했지만 이렇게 말하면 무례하게 보이리라는 것도 잘 알고 있었다. "우리가 집을 빌렸잖아요."

클레이는 곰곰이 생각하고 있었다. 막 무슨 말을 하려던 참이었다. 그는 설득당했다.

"물론이죠! 집을 빌리셨죠." G. H.는 그들이 돈에 대해 말하게 될 것을 알고 있었다. 대부분의 대화는 결국 거기로 가니까. 돈은 원래 그의 주제였다. 문제될 게 없었다. "물론 보상을 해드려야죠. 우리가 생각해도 이건 불편을 드리는 거니까."

"저기, 우리 휴가중이에요." 어맨다는 불편이란 단어가 너무 약하다고 생각했다. 완곡어법이라는 느낌이었다. 그가 이렇게 빨리 돈 얘기를 꺼내니 더 부정직해 보였다.

G. H.는 은발이었고 귀갑 안경에 금시계를 차고 있었다. 그는 존재감이 있었다. 그가 자리에 앉은 채 몸을 곧추세웠다. "클레이, 어맨다." 이것은 그가 (케임브리지의) 경영대학원에서 배운 것이었다. 성을 떼고 이름을 불러야 하는 타이밍은 언제인가. "돈은 확실히 환불해줄 수 있습니다."

"우리보고 나가라고요? 이 한밤중에? 아이들이 자고 있어요. 그리고 그냥 막 들어와서 갑자기 환불이라니? 회사에 전화해봐야겠지만, 정말 이래도 되는 거예요?" 어맨다가 컴퓨터를 가지러 거실로 갔다. "웹사이트에 전화번호가 있는지 모르겠는데—"

"나가라는 게 아니고요!" G. H.가 웃었다. "환불은 내신 금액의 뭐, 50퍼센트? 아니, 여기 손님방이 있어요. 우린 아래층에만 있을게요."

"50퍼센트?" 클레이는 지출이 적은 휴가가 예상되어 마음에 들었다.

"심각하게 약관을 좀 살펴봐야겠다는 생각이 드는데—" 어맨다가 노트북을 열었다. "그럼 그렇지, 지금은 안 되네요. 와이파이를 재설정해봐야 되나?"

"내가 할게." 클레이가 아내의 컴퓨터로 손을 뻗었다.

"도움 필요 없어, 클레이." 어맨다는 자신의 무능을 암시하는 걸 좋아하지 않았다. 두 사람은 모두 젊은이들과 근접해 있었다―그에게는 대학의 학생들이, 어맨다에게는 비서와 저연차 직원들이 있었다. 두 사람은 모두 굴욕적인 역전을 당해왔다. 마치 옷 갈아입기 놀이를 하는 아이들처럼 구경하고, 정보를 주워모으고, 흉내를 내면서. 어떤 나이가 지나면 이렇게 배울 수밖에 없다―기술을 정복해야 한다. 그러지 않으면 기술에 정복당하니까. "연결이 안 돼."

"비상 방송을 들었어요." 루스는 이것이 많은 것을 설명해준다고 생각했다. "라디오를 켜봐야겠다는 생각이 들더라고요. '비상 방송입니다.'" 정확한 강세와 억양으로 말하는 그녀의 말투에는 조롱 없이 충실함만 가득했다. "'시험'이 아니었어요. 무슨 말인지 알겠어요? '그냥 시험 방송입니다'가 아니었다고요. 제가 들어본 건 그런 것밖에 없어서 처음엔 알아듣지도 못했는데, 계속 들으니까 또 말하고, 또 말하고, 또 말하더라고요. '비상 방송입니다.'"

"비상?" 어맨다는 논리적으로 생각하려고 애썼다. "그런데 당연한 게, 정전도 일종의 비상사태니까요."

"그렇죠. 바로 그게 우리가 집에 들어가 있는 게 최선이라고 생각한 이유 중 하나예요. 밖은 안전하지 않을 수도 있어서요." G. H.가 변론을 마쳤다.

"그런데, 임대계약을 했잖아요." 어맨다가 법을 들먹였다. 좋아, 지금쯤 그 문서는 사이버 공간에, 그들은 닿을 수 없는 어느 선반에

나 있을 테니까. 게다가 지금 상황은 어떻게 설명할 순 없지만 정상이 아니었다.

"잠깐?" G. H.가 의자를 뒤로 빼고 책상으로 갔다. 블레이저 주머니에서 차 키를 꺼내서 서랍을 열었다. 은행에서 주는 것 같은 봉투를 꺼내더니 안에 든 지폐를 휘릭 넘겼다. "지금 당장 1천 달러를 드리면 어때요, 하룻밤치로? 이거면 일주일치로 내신 것의 반 정도 되겠죠?"

그러지 않으려고 했지만 클레이는 큰돈을 보면 아주 특이한 마음이 동했다. 돈을 세고 싶은 마음이었다. 저 봉투가 내내 주방 서랍에 있었던 건가? 담배가 절실해졌다. "1천 달러요?"

"바깥은 비상이에요." 루스는 이 점을 상기시키고 싶었다. 이들에게 돈을 줘야 하는 건 비도덕적인 것 같았지만, 그러지 않아도 되리라고 기대하지도 않았다.

"결정하시면 따를게요." G. H.는 사람을 설득할 줄 알았다. "물론. 정말 고마울 거예요. 얼마나 고마운지 표현할 수도 있고요. 그러고 나면 내일은 좀더 알게 되겠죠. 알아내야죠." 그는 떠나겠다고는 약속하지 않았고, 그 점이 중요했다.

클레이는 계속해서 아내의 회사에서 지급한 컴퓨터를 찔러댔다. "반응이 없는 것 같네." 그의 의도는 순수했다. 세상이 느릿하나마 계속 돌아가고 있고, 사람들이 여전히 아페롤 스프리츠 사진을 찍어대고 부실하게 관리된 대중교통 시스템에 대해 욕하는 트윗을 올리고 있다는 것을 보여주는 사람이 되고 싶을 뿐이었다. 뉴스 알림이 온 지 몇 분 뒤에 어떤 대담한 기자가 모든 전말을 알아냈을 수도 있었다. 그가 원인으로 지목한 바람소리가 아직도 들렸다. 바람

68

은 항상 결백한 쪽이었다. "어쨌든. 제 생각에 하룻밤은—"

"아무래도 우리끼리 의논 좀 해봐야겠어요." 어맨다는 이 사람들만 두고 자리를 비우고 싶지 않았다.

"그래요. 그래야죠." G. H.가 그것이 가장 현명한 일이라는 듯 고개를 끄덕였다. 두툼하고 작은 봉투는 조리대 위에 내려놓았다.

"그래." 클레이는 혼란스러웠다. 이 돈뭉치 외에 의논할 게 뭐가 있는지 알 수 없었다. "그러면 우리가 다른 방으로 갈까?"

"아, 우리끼리 한잔하고 있으면 좀 그런가요?"

클레이가 고개를 저었다.

G. H.가 예의 그 열쇠를 다시 사용해 싱크대 옆에 있는 키 큰 장을 열었다. 그리고 그 안을 뒤졌다.

"금방 올 거예요. 편히—" 어맨다는 더 말을 잇는 게 바보 같아 보여서 그만두었다.

10

안방은 더 추웠다. 아니면 그들이 냉기를 들여온 것이거나.

"왜 있어도 된다고 했어?" 어맨다는 화가 났다.

클레이는 그 답이 완전 명백하다고 생각했다. "정전이 됐잖아. 이 사람들은 무서워하고 있고. 늙었고." 그는 이런 것을 대놓고 말하는 것이 예의 없다고 생각하면서 속삭였다.

"모르는 사람들이잖아." 그녀가 그에게 멍청하다는 듯 말했다. 클레이한텐 모르는 사람을 조심하라고 말해준 사람이 없었나?

"아니, 누군지 소개를 했잖아."

"저 사람들 그냥 한밤중에 문을 두드렸어." 어맨다는 이 문제를 두고 토론을 해야 한다는 사실을 믿을 수 없었다.

"아니, 그게 낫지, 그냥 문을 박차고 들어오는 것보다—" 그럴 권리가 있지 않나?

"내가 아주 저 사람들 때문에 무서워서 지릴 뻔했어." 이제 지난 일이 되었기 때문에 어맨다는 두려웠음을 인정할 수 있었다. 모욕적이었다. 이 사람들의 무모함이—그렇게 겁을 주다니!

"나도 무서웠어." 클레이가 대수롭지 않은 척했다. 과거의 일이니까. "하지만 그냥 약간 두려움에 떨고 있는 사람들이라고 난 생각해. 달리 어떻게 해야 할지 모르는 거지."

한때 그들의 상담사였던 사람이 오래전에 어맨다에게 말하기를, 클레이가 그녀처럼 행동하지 못하더라도 화를 내지 말라고 했다. 자신을 그대로 드러낸다고 해서 비난받아야 하는 사람은 없다고! 그러나 여전히 어맨다는 그 이유로 그를 나무랐다. 클레이는 너무 쉽게 넘어가고, 자기 생각을 주장할 마음이 너무 없었다. "좋은 생각이 있어. 호텔로 가라고 하자."

"여기 저 사람들 집인데." 이 아름다운 방들은 다 그들 것처럼 보였지만 사실 아니었다. 당신 그 점을 고려해야지, 라고 클레이는 생각했다.

"우리가 빌렸잖아." 어맨다는 여전히 속삭이고 있었다. "애들이 뭐라고 하겠어?"

클레이는 아이들이 뭐라고 할지, 무슨 말을 하긴 할지 상상이 되지 않았다. 아이들은 자기에게 직접적인 영향을 미치는 것에만 신경쓰는데, 극히 적은 것들만 자기에게 영향을 끼치게 두었다. 낯선 사람의 존재로 인해 더 착하게 행동할 수도 있지만, 그조차 확신할 수는 없다. 아이들은 누가 듣고 있든 말든 다투고 욕하고 트림하고 노래할 것이다.

"우릴 죽인다면?" 어맨다가 느끼기에 남편은 집중하고 있지 않았다.

"왜 우릴 죽여?"

좀더 대답하기 어려운 질문이었다. "사람이 사람 죽이는 이유가 뭐겠어? 나야 모르지. 악마 숭배 의식? 이상한 페티시? 복수? 몰라!"

클레이가 웃었다. "이 사람들은 우릴 죽이러 온 게 아니야."

"뉴스도 안 봐?"

"이런 게 뉴스에 나왔어? 늙은 흑인 살인자들이 롱아일랜드에서 돌아다니다가 순진한 피서객을 해친대?"

"무슨 증거라도 있는지 물어보지도 않았잖아. 난 그 사람들 차 소리도 못 들었어. 당신은 들었어?"

"못 들었지. 그런데 바람이 많이 부니까. 우린 텔레비전 보고 있었고. 그냥 우리가 못 들은 거 아니겠어?"

"아니면 일부러 몰래 왔을 수도 있지. 왜냐면…… 모르겠어. 우리 목을 찌르려고."

"우리 좀 침착하게―"

"이건 사기야."

"당신은 그럼 이 사람들이 당신 휴대폰에 가짜 뉴스 알림을 보냈다고 생각하는 거야? 생각보다 엄청 정교한 범죄자네."

"좀 되는대로 지어낸 것 같은 느낌이다, 그런 말이야. 의심스럽고. 우리랑 같이 있겠다고? 난 싫어. 복도만 지나면 로즈가 있다고. 낯선 남자가. 거기 몰래 들어가서―그다음은 생각도 하기 싫어."

"그래도 아치를 성추행할 거란 생각은 안 하네. 어맨다, 아무 말이나 하지 말자."

"여자애잖아, 어? 난 엄마고, 보호하려고 하는 게 당연해. 그리고 나는 지금 모든 게 이상하게 들리고 마음에 안 들어. 여기가 정말 그 사람들 집인 것 같지도 않고."

"남자가 열쇠를 가지고 있었잖아."

"그랬지." 그녀가 목소리를 더 낮추었다. "만약에 그 사람이 수리 기사면? 여자는 가정부면? 이게 다 사기이고, 정전인지 뭔지는 그냥 우연이라면?" 그녀는 최소한 자신의 억측에 걸맞은 부끄러움을 느꼈다. 하지만 그 사람들이 이렇게 아름다운 집의 주인처럼은 보이지 않았다. 청소부라면 모를까.

"서랍에서 봉투를 꺼냈잖아."

"손기술 쓴 거지. 서랍이 잠겨 있었는지 어떻게 알아? 그냥 열쇠나 만지작거리고 말았는지."

"나는 저 사람들이 1천 달러를 주고 우리한테 뭘 빼가려고 하는지 모르겠는데."

어맨다가 남자를 구글에서 검색해보려고 휴대폰을 들었다. washingtongroupfund.com은 너무 난해해 보였다. 분명히 가짜일 것이다. 휴대폰은 그녀에게 아무것도 내놓지 않았다. 딸이 복도 끝에서 자고 있는데! "그리고, 낯이 익어. 뭐랄까, 정말."

"글쎄, 난 본 적 없는데."

"당신은 원래 사람 진짜 못 알아보잖아." 클레이는 아이들 선생님들을 알아본 적이 없고, 길에서 우연히 오랜 이웃들을 마주쳐도 몰라보고 그냥 지나치는 경우가 많았다. 어맨다는 그가 그럴 때 자신이 생각에 잠겨 있었다고 여기며 외려 즐긴다는 걸 잘 알았다. 사실은 그냥 별생각이 없는 것이면서도. "비상 방송이니 뭐니 하는 개소리 못 믿어. 우린 텔레비전 잘 보고 있었잖아!"

"그건 쉽지." 클레이가 짧은 복도를 건너가 벽에 걸린 화면을 향해 리모컨을 들었다. 거기서 포르노를 좀 틀어볼까 반쯤(절반 이상) 기대도 했었다. 하지만 예상하지 못한 것이, 그 기술은 그가 해석하기 어려운 것이었다―텔레비전과 컴퓨터가 협동하게 만들어야 했다. 텔레비전에 불이 켜졌다. 화면은 텅 빈 디지털 파란색이었다. "이상하네."

"채널을 제대로 잡은 거야?"

"오늘 아침에 보던 건데. 이거 나갔나봐."

"그런데 비상 방송도 아니잖아. 위성이 나갔나봐. 바람 때문이겠지." 어맨다는 설득당하지 않을 생각이었다. 설득하려고 애쓰는 사람들은 알아볼 수 있으니까. 거기에는 부정직함이 있다.

"좋아, 이건 고장이고. 그런데 저 사람들은 라디오에서 들었다고 했어. 하나가 맞는다고 해서 꼭 다른 하나가 틀린 건 아니지."

"당신은 왜 다른 사람은 전부 믿으면서 자기 아내만 안 믿으려고 그렇게 열심이야?"

"그냥 당신 좀 진정시키려는 거지. 당신을 믿지 않는다는 건 아니지만……" 클레이가 망설였다. 그는 그녀를 믿지 않았다.

"뭔가 수상하다고." 이게 〈5번가의 폴 포이티어〉의 스토리 아니었나? 그들이 그 사람들을 집에 들인 것은 그 사람들이 흑인이기 때문이었다. 자신은 흑인들이 모두 범죄자라고 생각하지 않는다고 스스로 확인하기 위한 방법이었다. 영리한 흑인 범죄자라면 그걸 이용하겠지!

"아니면 그냥 겁먹은 노인들이 오늘밤 지낼 곳이 필요한 것이거나. 아침에 내보내자."

"나는 모르는 사람들하고 절대 한집에서 못 자!"

"에이 좀." 클레이는 정말 궁금했다. 그 1천 달러는 정말 속임수인지, 아니면 이 집안에 그보다 더 가치 있는 뭔가가 있는 것인지. 그는 똑바로 생각할 수가 없었다.

"그 사람 전에 본 것 같아, 진짜." 어맨다는 어떤 단어가 기억나지 않을 때 치미는 짜증을 느꼈다. 만약에 보복 살인이라면? 그는 그녀가 몇 년 전에 무시했던 남자고.

클레이는 자신이 사람 얼굴을 잘 알아보지 못한다는 것을 알았다. 그리고 아마도 어떤 측면에서는, 특히 흑인 얼굴을 잘 알아보지 못한다는 것도 알았다. '그 사람들은 나한텐 다 똑같아 보여'라는 말은 하지 않겠지만, 사람이 같은 인종을 더 잘 구분한다는 증거가, 실제 생물학적, 과학적 증거가 있었다. 그러니까 십억 중국인들이 서로에게보다 그에게 좀더 비슷해 보인다고 시인하는 것은 인종차별이 아니라, 맞나? 아니었다. "내 생각엔 우리가 아는 사람이 아닌 것 같고, 우릴 죽일 것 같지도 않아." 이제는 가느다란, 바늘구멍만한 의심만 있었다. "여기 있어도 된다고 해야 할 것 같아. 그게 옳은 일이야."

"난 증거를 보고 싶어." 그런 요구를 어맨다가 할 수 있을 리 없었다. "내 말은, 열쇠는 우리도 있잖아! 우리 전에 집을 빌린 걸 수도 있어."

"여긴 별장이잖아. 면허증에도 안 나올 거야. 내가 얘기해볼게. 감이 안 좋으면, 아니요, 죄송합니다, 저희는 이 일이 내키지 않습니다, 그렇게 말하자. 그런데 그렇지 않다면, 여기 있으라고 해야 될 것 같아. 저 사람들 늙었잖아."

"나도 당신처럼 사람에 대한 믿음이 있으면 좋겠어." 어맨다는 사실 클레이의 이런 성격을 부러워하지 않았다.

"옳은 일 하는 거야." 클레이는 이게 먹힌다는 것을 알았다. 아내는 도덕적인 행동을 하는 것이 아니라, 도덕적인 행동을 할 것 같은 사람이 되는 것을 중요하게 생각했다. 도덕은 허영이다, 결국은.

어맨다가 가슴 앞으로 팔짱을 꼈다. 그녀가 옳았다. 그녀가 상황을 다 알지 못한다는 점에서, 클레이도, 주방에 있는 사람들도, 배포된 뉴스를 보고 휴대폰에 〈뉴욕 타임스〉 앱을 설치한 수백만 명에게 알림을 띄운 저연차 편집자들도 몰랐다는 점에서. 바람이 워낙 거세게 불었지만 그렇지 않았더라도 그들은 비행경로에서 너무 멀리 있었기 때문에, 그런 상황에 정해진 프로토콜대로 동부 해안에 배치된 첫번째 비행기들의 소리를 듣지 못했을 것이다.

"착한 사마리아인이 되는 거야." 클레이는 텔레비전을 끄고 일어서면서, 지금은 1천 달러 얘기는 하지 않기로 했다.

11

클레이는 그날 아침이 멀게 느껴지는 게, 꼭 전에 들은 다른 사람에 대한 이야기 같았다. 그러다 바깥 난간에 말려놓은 비치타월이 얼핏 보였고, 그게 마치 꿈을 꾸고 있다는 생각이 들 때 스스로 꼬집어보는 것과 같은 효과를 냈다. 어맨다가 그의 뒤에 바짝 붙은 채 그들은 주방에 들어섰고, 거기서 낯선 사람들이 제 집처럼, 아마 제 집이 맞겠지만, 돌아다니는 모습을 보았다.

"마실 걸 준비했어요. 딱 필요할 때인 것 같아서." G. H.가 손에 든 잔을 가리켰다. "최상품이랍니다. 한잔 대접할 수 있어 기쁘네요."

남자가 찬장 문을 조금 열어놓아서 클레이는 그 안에 있는 오반*과 와인과 도자기 병에 든 비싼 테킬라를 볼 수 있었다. 주방에 뭐

---

* 싱글 몰트 위스키 이름.

가 있는지 다 확인했었는데. 여기는 빠뜨린 걸까, 아니면 잠겨 있었던 걸까? "음, 한잔해도 좋겠네요."

G. H.가 한 잔 따랐다. "얼음 넣어요? 안 넣어요?"

클레이가 고개를 가로젓고 나서 건네받은 잔을 들었다. 그가 아일랜드 식탁에 앉았다. "멋지네요. 고마워요."

"드릴 수 있는 게 더 많은데, 이 정도쯤이야!" 남자가 영혼 없이 웃었다.

마치 지금은 세상을 떠난 누군가를 추모하기로 했던 것처럼 잠시 침묵이 흘렀다.

"저 좀 실례할게요." 루스가 말했다.

"얼마든지요." 클레이는 지금 자신에게 무엇이 요구되는지 알 수 없었다. 루스는 그에게 허락을 구하지 않았고, 그가 허락할 수 있는 것도 아니었다.

어맨다는 주방을 나가는 여자를 지켜보았다. 달리 무엇을 해야 할지 모르겠어서, 아까 따놓았던 와인을 한 잔 따랐다. 그녀의 와인, 그녀가 산 와인이었다. 그러고는 남편 옆에 앉았다. "집이 예뻐요." 이게 뭐람, 한담이나 하다니.

G. H.가 고개를 끄덕였다. "우리가 정말 좋아하는 곳이에요. 당신도 그렇다고 하니 기쁘네요."

"여기 오래 사셨어요?" 어맨다가 꼬리가 잡히기를 바라며 심문을 시도했다.

"오 년 전에 샀습니다. 꽤 많은 시간을 투자해서 수리를 했어요. 거의 이 년을. 하지만 이젠 그냥 집이죠. 집에서 멀리 떨어진 집인가."

"시내에선 어디쯤 사세요?" 클레이도 한담을 할 줄 알았다.

"파크 애비뉴, 81번가와 82번가 사이요. 두 분은요?"

클레이는 움츠러들었다. 어퍼이스트사이드는 쿨하지 않지만, 여전히 거룩했다. 아니면 너무 쿨하지 않아서 사실 더 쿨한 건가. 지금 사는 지역에 너무 오래 붙어살았기 때문에 그는 더이상 동네 게임인 부동산을 이해할 수 없었다. 그래도 파크, 어퍼피프스, 매디슨 애비뉴에 있는 아파트들에 가본 적은 있었다. 매번 우디 앨런 영화 같은 비현실적인 느낌을 받았다. "저희는 브루클린에 살아요. 캐럴 가든스."

"아니, 코블힐이에요." 어맨다가 말했다. 그녀는 그쪽이 더 인정받는다고 생각했다. 그의 부촌 주소에 대항하는 더 나은 응수라고.

"거기가 요새 다들 살고 싶어하는 곳인 것 같던데. 젊은 사람들이요. 우리보다 집이 넓겠어요."

"뭐, 이 큰 집을 가지셨잖아요, 여기 시골에." 어맨다는 이렇게 말함으로써 그녀로서는 그가 지어낸 이야기라고 생각하는 것을 그에게 상기시켰다.

"이 먼 델 매수한 큰 이유죠. 주말에, 휴일에. 도시를 벗어나서 신선한 공기 속으로 들어오는 거. 여긴 진짜 달라요, 공기부터가."

"해놓으신 것들 다 마음에 들어요." 어맨다가 반려동물을 쓰다듬 듯 조리대 상판을 쓰다듬었다.

"훌륭한 업자를 만났어요. 소소하게 많은 게 그 사람 아이디어예요."

화장실에서 돌아오던 루스가 거실에 멈춰 서서 텔레비전을 켰다. 화면은 좀더 기술이 단순하던 시대의 빈티지한 파란색이었는데, 중

요한 건 흰색 글자였다. 비상 방송입니다. 삐 소리가 나더니, 조용히
쉭 하는, 소리라고 하기 좀 그런 어떤 소리가 났고, 그다음 또 삐 소
리가 났다. 계속해서 들려왔다, 삐 소리가. 아무것도 없이 삐 소리,
일관적이지만 안심은 되지 않는 그 소리뿐이었다. 나머지 세 사람
이 화면을 직접 보려고 거실로 왔다.

"그럼, 저기서도 알아낼 건 없는 건가." 루스가 거의 혼잣말로 말
했다.

"저건 비상 방송 테스트일 거예요." 어맨다는 회의적이었다.

"그러면 그렇다고 할걸요." 루스가 말했다. 그게 상식이었다. "이
거 봐요."

모두 보았다.

"채널을 돌려봐요." 클레이는 신념이 있었다. "조금 전까지 무슨
프로 보고 있었는데!"

루스가 모든 채널을 돌려보았다. 101번, 102번, 103번, 104번. 그
러고 나서 더 빨리 114번, 116번, 122번, 145번, 201번. 전부 파란
색에 그 무의미한 단어들만 나왔다. "이게 비상 방송인 거예요."

"분명 별일 아닐 거예요." 클레이가 중고서점에서 한꺼번에 사온
예술 서적들과 옛날 보드게임들이 놓인 붙박이 책장을 쳐다보았다.
"뭐가 더 있으면 알려주겠죠." 필연적으로.

"위성 텔레비전은 너무 불안정해요. 하지만 이렇게 멀리까지 케
이블이 올 수 없기 때문에 이게 유일한 선택지죠." 루스는 이 집이
모든 것들로부터 멀리 떨어져 있기를 원했었다. 에어비앤비의 설명
문구를 작성한 것도 그녀였고, 진실을 담은 말이었다. 나머지 세상
으로부터 떨어진 곳이라는 게 이 집의 가장 좋은 점이었다.

"이 정도 바람이면 고장날 만해요." G. H.가 안락의자 중 하나에 앉았다. "비도. 썩 도움되는 말은 아니겠죠. 비도 위성에 영향을 미칠 수 있다는 게. 하지만 사실입니다."

클레이가 어깨를 으쓱했다. "그러니까, 비상 상황이네요. 그 상황이란 게 뉴욕에 전기가 나갔다는 거고요. 하지만 우린 아직 전기가 들어오네요. 텔레비전이나 인터넷은 안 되지만. 이럼 좀 기분이 나아지겠죠? 도시에서 빠져나오시길 잘하셨네요─난리법석일 테니까."

어맨다는 이 상황을 믿지 않았지만 역시 궁금하긴 했다. 욕조에 물을 받아놔야 하나? 배터리, 양초, 비축품을 찾아놔야 하나?

"오늘밤은 여기 계시는 게 좋겠어요." 클레이는 지금까지 본 증거로 충분했다. "내일은 무슨 일인지 알 수 있겠죠."

어맨다는 비상 방송에 관해서는 할말이 없었다.

"정전이 다가 아닐 수도 있어요. 그건 그냥 더 큰 어떤 일의 현상일 수도 있어요." 루스는 구십 분 동안 고민했고, 그 내용을 말하고 싶었다. "낙진일 수도 있고. 테러일 수도 있고. 폭탄일 수도 있고."

"너무 뻗어나가는 상상은 자제합시다." 술 때문에 클레이의 입이 달았다.

"폭탄이요?" 어맨다는 믿지 않았다.

G. H.는 부탁하고 싶지 않았던 것을 부탁해야만 했다. "저, 폐를 끼쳐서 미안하지만 우리가 저녁을 못 먹었습니다. 콘서트 전에 치즈와 크래커 조금밖에."

일행은─이제 일행이 된 건가?─주방으로 돌아갔다. 클레이가 냄비째 넣어놓은 먹다 남은 파스타를 냉장고에서 꺼냈다. 문득 주방이 너무 지저분하고, 자신들이 정말 제 집처럼 편하게 있었다는 게 자각됐다. "뭐 좀 드시죠." 그가 애초에 자기 생각인 것처럼 말했다. 교수들은 이런 걸 학습한다. 이따금씩 학생들에게서 나오는 통찰력 있는 말을 취해서 사실로 변형시키는 것.

루스가 더러운 접시들이 가득차 있는 싱크대를 보았다. 그녀는 비위가 상하지 않은 척했다. "타임스스퀘어에 더티밤*이라든지? 아니면 발전소에 어떤 조직적인 시도가 있었다든지?" 그녀는 자신이 상상력이 풍부한 사람이라고 생각해본 적 없었는데, 지금 그 재능을 발견하고 있었다. 편집증처럼 들리는 건 그 생각이 틀렸을 때뿐이다. 그들 평생에—지난 십 년 동안만이라도—일어나고 잊힌 일들을 생각해보라.

"지나친 상상은 하지 맙시다." G. H.는 합리적이었다.

누군가 집게를 냄비 안에 남겨두었다. 금속을 만지니 차가웠다. 클레이가 그릇 네 개에 파스타를 담고 차례로 전자레인지에 돌렸다. "뉴욕에 발전소가 어디 있죠?" 평생 모르고 사는 것이 참 많다, 심지어 클레이처럼 똑똑한 사람도. 클레이는 이것이 경이롭고 의미심장하다고 생각했다. "퀸스에 있을 거예요, 아마. 아니면 강가인가?"

"어떤 남자가 타임스스퀘어에서 여행가방을 폭파시킨 거예요. 그 친구들이 발전소에서 똑같이 하고요. 동시다발적인 혼돈이랄까. 구급차도 빛이 없으면 도로를 통과할 수조차 없어요. 병원엔 발전기

---

* 다이너마이트와 같은 재래식 폭탄에 방사능 물질을 채운 무기. 제조가 비교적 쉽고 폭발과 함께 방사능 물질이 유출되므로 피해가 극심하다.

가 있나?" 루스가 고맙다는 말과 함께 파스타 한 그릇을 받아들었다. 달리 무엇을 해야 할지 모르겠어서 먹었다. 배가 고프기도 했다. 파스타는 너무 많이 데우긴 했지만 맛있었는데, 왜 이렇게 못마땅한 마음이 드는지 알 수 없었다. "정말 친절하시네요."

어맨다는 먹다가 실수로 소리를 냈다. 갑자기 배가 고파왔다. 감각적인 쾌락은 당신이 살아 있다는 사실을 일깨워준다. 그리고 과음하면 그녀는 배가 고파진다. "별것도 아닌걸요."

G. H.는 이 음식이 그에게 어떤 작용을 일으킨다는 느낌을 받았다. "맛있어요. 고마워요."

"가염버터를 썼어요." 어맨다는 자신이 손님인지 주인인지 불분명한 상황이니까 나서서 설명해야겠다고 생각했다. 그녀는 수행해야 할 역할이 명확한 쪽을 선호했다. "유럽 건데, 원통형으로 생긴 거요. 아주 간단한 요리법이죠." 그녀는 수다를 떨면 불편함이 해소될 거라고 생각했다. 모르는 사람에게 이 음식을 대접한 것이 창피했다. 그냥 즉흥적으로 만들었다가 그녀의 레퍼토리가 된 음식이었다. 그녀는 미래의 여름을 상상하는 것을 좋아했다. 렌트한 다른 집에서, 하버드와 예일에서 돌아온 아이들이, 햇빛이 가득했던 어린 시절을 떠올리게 하는 이 특별한 요리를 해달라고 하는 상상. "휴가 땐 간단하게 하는 걸 좋아해요. 햄버거. 팬케이크. 그런 거요."

"설거지는 제가 할게요." 루스는 주방을 원상회복시키면 마음이 편안해지리라고 생각했다. 그리고 예의를 지키려면 그래야 했다.

"우리가 이제 여기 이렇게 있네요. 두 분께 고맙습니다. 식사를 하니 기분이 훨씬 좋아졌어요. 한 잔 더 할 수 있을 것 같아요." G. H.가 다시 잔을 채웠다. 투표할 나이가 됐을 만큼 오래된 위스키였다. 특별한 날을 위한 거였지만, 이 정도면 확실히 특별했다.

"저도요." 클레이가 잔을 남자 쪽으로 밀었다. "거보세요, 여기선 걱정할 거 없어요." 텀블러 잔이 어쩐지 잘 어울렸다. 무겁고 비싼 유리라 그가 바닥으로 텀블링하지 않도록 막아준다는 점에서.

이 낯선 사람들은 G. H.를 잘 몰랐고, 그래서 그가 과장하지 않는 성격이라는 것도 몰랐다. 운전을 하고 오는 한 시간 반 동안 그의 두려움은 휴지시킨 반죽처럼 두 배가 되었다. "아니, 아까는 진짜 불안했어요." 그는 원하던 것을 가졌고, 이제는 이 남자와 이 여자가 그를 이해해주기를 원했다. 그들이 의심하고 있다는 걸 느낄 수 있었다.

루스는 거품과 노란 스펀지, 레몬향, 뽀득거리는 깨끗하고 뜨거운 접시 덕분에 진정되었다. 앞선 구십 분 동안 그녀는 정지당하기도 하고 동시에 과속하기도 했다―현대 생활은 사람에게 절대 맞지 않는 기묘한 템포를 가지고 있다. 자동차와 비행기는 우리 모두를 시간여행자로 만들었다. 그녀는 어두운 밤을 내다보며 몸을 떨었다. G. H.의 무릎에 손을 얹었다. 이곳을, 이 집을, 튼튼하게 짓고 고상하게 꾸며놓은, 아름다운 곳에 자리잡은, 그녀의 주방에 있는 이 사람들 문제를 빼면 절대적으로 안전한 이 집을 떠올렸다. "그것도 약한 표현이에요."

"정전이겠죠. 허리케인 샌디 때처럼." 클레이는 근거 없음으로 판명된 폭발 신고들을, 거와너스 공단에서 나온 슈퍼펀드* 오염물이 상수도로 유출되어 한 모금 한 모금을 발암물질로 만들었던 사건을

---

* 1980년에 제정된 환경 관련 법에 따라 유해 폐기물 부지를 청소하기로 한 프로그램.

떠올렸다. 그들은 그때 하루하고 반나절을 전기 없이 지냈다. 어떻게 보면 유쾌한 비상사태였다. 카드놀이와 독서에 집중했던. 불이 다시 들어왔을 때 그는 사과파이까지 구운 뒤였다.

"아니면 2003년에," 어맨다가 말했다. "전력 계통망, 그거 기억나?"

"제가 맨해튼 다리를 걸어서 건넜었어요. 이 사람이랑 전화도 안 돼서." 클레이가 향수에 젖어서, 그리고 관심을 바라며 아내의 손 위에 자기 손을 포갰다. "너무 걱정됐어요. 물론 우리 모두 9.11을 기억하고 있었지만, 그건 그날보다 훨씬 나은 거였어요." 뉴요커들은 자기 동네에 대해서 아는 척하는 게 자기들만의 특별한 고유성이라고 생각하지만, 사실 모든 사람들은 자신이 거주하는 곳에 소유욕을 가지고 있다. 사람들은 충성심을 증명하기 위해 재난을 이야기한다. 자신이 그 오래된 여자친구의 밑바닥을 봤다고.

"9.11 생각도 했죠, 당연히." 루스가 물을 뿌려서 음식물 찌꺼기를 배수구로 흘려보낸 뒤 분쇄기를 켰다. "지금 사람들이 죽고 있으면 어떡하죠? 몇 년 전 기억나요? 어떤 남자가 웨스트사이드의 자전거 도로로 트럭을 몰았잖아요? 뉴저지에서 트럭을 빌려서 사람들을 다 죽였잖아요? 그게 어려운 일도 아니고. 그러니까, 그런 계획 짜는 데 뭐 얼마나 걸렸겠어요?"

"불빛이. 모든 불빛이—" G. H.는 간밤에 꾼 꿈 이야기를 듣고 싶어하는 사람은 없다는 걸 잘 알았다. 이건 실제였지만, 어떤 일들은 직접 봐야만 믿겠지.

클레이는 어떤 말을 하면 그것이 사실이 되리라고 믿는 사람이었다. "제 생각엔 아침이 되면—"

"이제 아침이 됐어요." 루스가 창문에 비친 클레이와 눈을 마주쳤다. 소소한 삶의 기술이었다.

"제 말은 그러니까, 밝은 대낮에 보면 모든 게 또 다르게 보인다는 거죠. 자기 계발 클리셰들도 사실은 진실에 뿌리를 두고 있달까." 클레이의 말이 사과하는 투로 들렸지만 사실 그는 진심으로 믿었다. 세상은 사람들이 생각하는 것만큼 무서운 곳이 아니다.

"어떻게 설명해야 될지 모르겠네." 루스가 손의 물기를 수건에 닦고 수건을 원래 있던 곳에 도로 걸었다. 건물에 불이 켜져 있었고 살아 있었다, 등불처럼. 그러다 어두워지고, 사라졌다. 마치 데이비드 코퍼필드가 자유의 여신상을 사라지게 했던 것처럼. 루스는 그 갑작스러운 빛의 부재가 소멸하는 무언가, 꺼진 스위치, 어떤 변화와 관련 있다고 생각했고, 여기서 질문이 생겨났다. 무엇이 소멸했고, 어떤 스위치가 꺼졌으며, 무엇이 변화한 걸까?

"겁먹으셔서 그래요." 클레이는 이해가 됐다.

루스는 지금의 현실에서 딱 한 가지를 배웠는데, 모든 것이 그게 사실이라는 암묵적인 합의에 의해 사실이 된다는 거였다. 어떤 사실을 밝히는 데 필요한 것은 한 무리가 그렇게 하기로 결정하는 게 다였다. 혼란을 막을 실질적인 체계는 없고, 잘 맞춰진 집단적 믿음만 있을 뿐이었다. "무서웠어요. 무서워요." 마지막 부분은 별로 속삭이지 않았다. 수치스럽지는 않지만 당황스러웠다. 이게 다인가? 나는 이제 공포에 떠는 늙은 여자인가?

"내일 더 알아봐요." 클레이는 정말 이렇게 믿었다.

"북한이 한 거라면요? 자기 삼촌을 개 먹이로 준 뚱뚱한 놈 말이에요." 루스는 멈출 수 없었다. "폭탄이라면요? 미사일이요." 일 년 전인가, 하와이에 오경보가 발령된 일이 있었고, 좀 오버해서 말하면 거기 피서객과 신혼여행객과 자퇴자와 주부와 서핑 강사와 박물관 큐레이터 들이 이제 끝이다, 한반도에서 날아오고 있는 미사일이 우릴 다 날려버릴 것이다, 라고 생각했다. 당신이라면 마지막 삼십이 분을 어떻게 보낼까? 지하실을 찾을까, 친구들에게 메시지를 보낼까, 자식들에게 이야기를 읽어줄까, 배우자와 잠자리를 할까? 아마도 사람들은 CNN 생중계로 자기 자신의 파멸을 지켜볼 것이다. 아니면, 지역 방송국 사람들이 다 달아나지 않았다면 〈그 가격이 맞습니다〉*를 보러 나올 수도 있다.

"북한이요?" 어맨다가 그런 지명을 들어본 적도 없는 것처럼 말했다. 만약에 외몽골이면? 리히텐슈타인이면? 부르키나파소면? 아프리카에 폭탄이 있긴 한가? 그녀는 로린 마젤이 평양에서 지휘하는 장면을 본 적이 있었다. 어떤 케이블 뉴스 통신원은 데탕트가 전망된다고 보도했고, 전 대통령 누구는 모두에게 평화를 약속했다. 어맨다는 북한 사람에 대해 생각해볼 시간이 없었고, 루스가 무슨 말을 하는지 아예 감도 잡지 못했다. 사람을 개 먹이로 주다니. 한국 사람들이 욕먹는 건 개를 먹어서인 줄 알았는데.

"북한은 아니야." G. H.가 고개를 저었는데, 그가 표현하고 싶었던 것만큼 세 보였다. 루스를 혼내려고 한 건 아니겠지. 그녀는 바너드대학을 나온 여자였다. 거침없이 대답할 준비가 되어 있다는 뜻이다. 그가 손목에 찬 무거운 시계를 만지작거렸다. 긴장할 때 나

---

* 1972년에 방영을 시작해서 큰 인기를 누린 퀴즈쇼. 물건의 정확한 가격을 맞추면 상금과 상품을 주는 형식이다.

오는 틱이었고, 그도 그렇다는 걸 알았다. 그는 이란이나 푸틴 쪽에 걸었다. 정말 돈을 걸었다는 건 아니다, 그건 불법이니까. 하지만 그는 바보가 아니었다.

"당신이 어떻게 알아?" 이제 안전해졌기 때문에—하지만 여기에 물음표가 있다—루스는 차를 타고 오는 동안 목구멍에서 꺼내지 않았던 공포에 굴복할 수 있었다. 기름이 떨어지거나 타이어에 펑크가 나는 징크스에 걸릴까봐 차에서는 할 수 없었던 말을 이제는 할 수 있었다. 아까는 그저 침묵을 지키며 딸과 손자들의 얼굴을 상상했다. 무신론자의 기도였다. 이슬람 원리주의자들! 체첸의 신봉자들! 콜롬비아, 스페인, 아일랜드의 반란군들. 미치광이가 없는 나라가 없었다.

"그랬으면 굉음이 들리지 않았을까요?" 이것은 클레이에게 익숙한 감정이었다. 가구를 조립해야 하거나 차에서 이상한 소리가 날 때마다 느끼는, 내가 아는 것이 얼마나 적은가 하는 감정. 아마도 이런 이유로 그는 진정한 앎이란 자신이 아는 것이 언제나 제한적임을 받아들이는 것이라고 평가했다. 이 철학은 그를 곤경에서 벗어나게 해주었다. "그랬다면 뭔가…… 들렸겠죠. 폭탄이 터졌거나 그랬더라면."

"9.11 때 제가 발타자르*에서 아침을 먹고 있었거든요." G. H.는 부드러웠던 오믈렛과 짭짤했던 감자튀김을 기억했다. "그 쌍둥이 빌딩에서 스무 블록도 안 떨어져 있었는데, 맞죠? 그런데 아무것도 못 들었어요."

---

* 뉴욕에 있는 프랑스 요리 식당.

"9.11 얘기 그만하면 안 돼요?" 어맨다는 불편했다.

"사이렌소리가 들렸고, 그러고 나서 식당에 있던 사람들이 수군 대기 시작했으니까, 그러니까—"

루스가 조리대 상판에 대고 손가락을 두드렸다. 어둠의 특징은 그것이 희소하다는 것임을 설명할 방법이 없었다. 항상 빛이 깔려 있다. 언제나 그 대비가 있기에 쉽게 이해할 수 있다. 이것이 어둠이라고. 총총 뜬 별들, 문 밑으로 새어나오는 빛, 기계의 빛 같은 것. 스스로 존재를 주장하는, 심지어 무시무시한 속도로 그럴 수 있는 능력이 빛의 가장 대단한 성질 아닌가?

별생각 없이 클레이가 휴대폰에 지문을 찍었다. 휴대폰이 아이들의 사진을 보여주었다. 당시 열한 살이던 아치, 고작 여덟 살이던 동글동글하고 작고 순진했던 로즈. 지금은 사라진 자신의 증거를 보는 것은 놀라운 일이었다. 비록 작고 네모난 정보들과 휴대폰 자체의 매혹적인 빛에 가려져 그 사진을 정말로 보지 않는 경우도 잦았지만. 그는 휴대폰이 옆에 없으면 욱신거리는 환상통을 느꼈다. 클레이는 새로운 결심을 세울 마음이 충만했던 지난 1월에, 자는 시간에는 휴대폰을 다른 방에 두기로 했던 것이 떠올랐다. 그러나 그는 신문을 대부분 휴대폰으로 읽었고, 정보에 뒤처지지 않는 것도 결심만큼 가치가 있었다. "여전히 아무것도 없네요." 그는 모두가 묻고 싶었던, 그럼에도 아무도 굳이 묻지 않은 질문에 답했다. 그들은 자러 가기로 했다.

12

지하층 인테리어의 마무리는 루스의 어머니, 그 품위 있고 시들어가는 생명체와 실크 스카프들, 깔맞춤 정장들에 맞춰졌다. 어머니는 아흔이 되었을 때 그들과 함께 살러 왔다―불평이 더 심해졌지만 시카고의 겨울은 끔찍했고 그녀를 가까이서 봐줄 사람도 더이상 없었다. 루스가 집 매도 문제를 처리하고 자매와 형제에게 송금을 마친 뒤 엄마를 손님방으로 모셔왔다. 엄마는 메트로폴리탄미술관까지 걸어가 인상파 작품들을 보고 간이식당에서 차 한 잔과 맨해튼 클램차우더를 시켜놓고 앉아 있는 것을 좋아하는 사람이었다. 돌아가시지 않았다면 지금 14층의 깜깜한 침실 세 개짜리 집에 갇혀 있었을 것이다. 작은 자비일까.

G. H.가 앞장서서 그들은 거의 가보지 않은―도시인들의 꿈이지, 별로 필요하지도 않은 방들이라니―지하층으로 내려가면서 불을 켰다. 빛이 안전을 의미하고 어둠이 그 반대를 의미한다지만 이

정도까지인지 그는 미처 몰랐다. 어린아이였을 때도 어둠을 두려워하지 않았기 때문에 이것은 놀라운 일이었다. "조심히 내려와." 그가 아내를 향한 다정함을 담아 말했다.

"여기 내 집이야." 루스는 난간을 꽉 붙잡고 있었다. 이 사실을 강조하는 것이 중요하다고 생각했다.

"그런데, 돈을 받았잖아." 아까 G. H.는 빠르게 차를 몰았지만 따라잡을 수 없는 것들이 있었다. 그의 침묵은 아주 분명하게 신경쓰이는 어떤 것 때문이었다. 그는 무언가가 잘못되었다는 것, 정말로 잘못되었다는 것을 알고 있었다. "그냥 내보낼 수는 없어." 무언가 일어날 것을 알고 있었다고 말하고 싶지는 않았다. 그가 하는 일은 예지하는 일이었다. 비효율적으로 움직이는 자벌레처럼 아치를 그리거나 급격히 떨어지는 수익률 곡선을 보면, 그게 알아야 하는 모든 것을 말해준다. 그는 특정한 포물선을 믿으면 안 된다는 것은 물론 알고 있었다. 다만 그것은 징조를 넘어서, 약속된 일이었다. 무언가가 그들에게 다가오고 있었다. 그것은 천명되었다.

"주방을 얼마나 더럽게 썼는지 봤잖아." 루스는 엄마가 뭐라고 생각하겠어?라고 말할 필요가 없었다. 엄마는 항상 거기 있으니까. 지하층은 엄마를 위해 만들었지만—계단보다 편한, 집 뒤쪽을 휘감아 만든 외부 경사로 같은 것—엄마는 여기 와보기도 전에 죽었다. 루스는 자신이 그 여자의 색이 좀 연한 모조품으로 진화하고 있음을 잘 알았다. 늙었다고 말하는 또다른 방법이랄까. 그냥 그렇게 되었다. 어쩌다보니 품에 손주들을—쌍둥이!—안고 있었고, 그 아이들에게 엄마가 두 명이라는 사실에 대해선 말하지 않았다. 클라라는 마운트홀리요크대학의 고전학 교수였다. 마야는 몬테

소리 학교 교장이었다. 그들에게는 탑이 있는 크고 차가운 가로판벽 집이 있었다. 엄마라면, 실리콘밸리에서 뭘 한다는 클라라의 남자 형제 제임스의 유전적 자손인 모카색 증손자들을 보고 사뭇 즐거워했을 것이다. 아이들은 두 엄마 모두와 똑같이 생겼다. 가능한 일이 아니라고 생각하겠지만, 사실이 그랬다, 논쟁의 여지 없이, 하하하.

G. H.는 불이 아직 켜진다는 사실에 잠시 멈춰 감사하는 것도 잊고 조명들을 켜고 다녔다. 커다란 벽장이 하나 있었다. 숨겨둔 듀라셀 배터리와 볼빅 생수 한 상자, 랜초 고도* 콩 몇 자루, 클리프 에너지바 몇 상자, 시골에는 쥐가 있으니까 튼튼한 플라스틱 통에 보관해놓은 바릴라 푸실리가 들어 있었다. 참치 통조림 여러 개, 휘발유통만한 올리브유, 저렴하지만 꽤 괜찮은 말벡 와인 한 통, 진공 비닐에 넣어 공기를 다 제거한 리넨 침구들도. 두 사람이 한 달은 족히 편하게 집에만 틀어박힐 수 있을 정도였다. G. H.가 사실상 눈보라가 와도 괜찮을 정도로 준비해놓았지만 아직까진 그런 일이 없었다. 그들은 그게 지구온난화 때문이라고 말했다. "다 잘 있네."

루스가 그의 말을 들은 티를 내려고 뭔가 중얼거렸다. 그들은 리모델링에 너무 돈을 많이 썼다. 수정에는 중독성이 있었다. G. H.가 하는 일은 돈을 유지하는 일이었다. 실제로 돈을 쓰는 건 그에게 너무 추상적인 일이어서 그는 업자가 말하는 그대로 했다. 대니는 다른 남자들이 그 앞에서 바보처럼 보이고 싶어하지 않는 유의 남자였다. 남자들을 지배하는 권력을 가지고 있었고, 성이 항상 권력에

---

* 토종 종자로 농산물을 생산, 판매하는 회사 이름.

관한 것으로 끝난다는 점에서 그 힘은 거의 성적인 수준이었다. 당신은 그가 시키는 대로 할 뿐 아니라 최악의 순간에도 대니가 당신을 비웃을까봐 걱정부터 할 것이다. 그들이 낸 수표는 대니 딸의 일년치 사립학교 비용을 대고도 남았다. 그것이 집을 대여한 이유였다. 벌충하기 위해.

"여기 내려오니까 냄새나." 루스가 얼굴을 찌푸렸지만 정말 냄새가 나지는 않았다. 로자가 청소를 했고, 로자의 남편이 잔디밭을 가꿨고, 아이들도 와서 도와주었다. 가족 사업이었다. 그들은 온두라스 출신이었다. 로자가 냄새를 남겼을 리 없다. 카펫의 털을 보면 그녀가 사용하지 않는 지하층까지 청소기를 돌렸음을 알 수 있었다. 지하층 침실에는 소파와 탁자와 벽걸이 텔레비전, 정돈되어 사람을 기다리는 침대가 있었다. 그녀가 앉아서 신발을 벗었다.

"냄새 안 나." G. H.가 그러려고 했던 것보다 더 털썩, 침대 가장자리에 앉았다. 그런 움직임이 있을 때 자기도 모르게 한숨이 나왔다. 그는 아침에 찾아올 안도감을 상상해보았다. 라디오에서 나올 재미있는 뉴스도—너구리떼가 델라웨어에 있는 변전소에 침입하는 바람에 동부 해안 전역에 전기가 나갔다거나, 어떤 하청업체의 막내 직원이 끔찍한 첫날을 보냈다거나. 우리 뭘 그렇게 걱정한 거지, 뭘 그렇게 무서워한 거야? 시장의 자신감이 회복될 것이다. 버틴 도박꾼들이 횡재를 맞을 것이다.

루스는 어쩌할 줄 몰라했다. 보통은 여기 오면 습관적으로, 특별하고 꼭 필요한 것들로 가득찬 벽장들을 우선 열었다. 수영복과 플립플롭, 시세이도 선크림, 에르메스의 양모 피크닉 매트, 그리고 팬트리에는 몰던 소금 한 통, 이탈리 매장에서 산 올리브유 한 병, 무시무시할 정도로 날카로운 우스토프 칼, 룩사르도 체리, 클라세 아줄*, 오반, 헨드릭스**, 손님들이 여주인에게 줄 선물로 가져온 와인들, 드라이 베르무트, 비터 같은 것들이 있었다. 이것들을 피부에 문지르고, 방안 여기저기에 두고, 진짜 집에서처럼 편안해짐으로써 이 소유물들과 재회했을 것이다. 옷을 다 벗고—반나체로 돌아다닐 수 없다면 뭐하러 시골에 집을 가질까?—맨해튼 칵테일을 만들어서 수영장이나 야외 온탕으로, 아니면 그냥 침대로 기어들어갔을 것이다. 그들은 아직도 서로와 잠자리를 했다. 가장 효과가 좋은 파란색 알약의 도움을 받아서. "무서워."

"여기 왔잖아." 기억하는 것이 중요하므로, 그가 잠시 말을 멈췄다. "여긴 안전해." 그는 통조림 토마토를 생각하고 있었다. 그들이 몇 달 동안 버틸 수 있는 충분한 양이었다.

욕실 서랍에 뜯지 않은 칫솔이 있었다. 보송한 수건도 돌돌 말린 채 작은 피라미드 모양으로 쌓여 있었다. 루스는 샤워를 했다. 깨끗해졌다는 느낌이 주는 차이가 매우 컸다. 침실 서랍장에 기억나지 않는 자선 마라톤 대회에서 받은 낡은 티셔츠와 출처를 알 수 없는 반바지가 들어 있었다. 이 옷들을 입자마자 자신이 우스꽝스럽게 느껴졌다. 위층 사람들이 이런 싸구려 옷을 입은 자신을 보는 일은 없기를 바랐다.

G. H.가 궁금증에 침실 텔레비전을 켜보았다. 채널을 넘기고 또 넘겨도 파란 화면뿐 아무것도 나오지 않았다. 그가 넥타이를 풀었

---

* 병이 도자기로 된 고급 테킬라.
** 증류주의 한 종류인 진 이름.

다. 어머니가 살아 계셨을 때 G. H.는 어머니의 존재 자체가 비난으로 느껴졌다. G. H.는 자신이라는 사람에 너무나 익숙해져서 그것이 성공이라고 믿게 되었다. 어머니가 마야를 체크하러 오셨을 때 그는 혼이 났다. 하루에 열네 시간씩 근무를 한다고, 그렇게 높은 층에 산다고(자연스럽지 않다!), 뉴욕 생활의 환상에 빠져 있다고. 이것이 그를 흔들었다. 그들은 다른 삶을 살기 시작했다. 파크 애비뉴에 집을 사고, 마야를 돌턴스쿨에 보내고, 신중하게 살았다. 때로 그는 정말로 발밑의 땅이 그리웠다. 어른들의 지혜인가.

루스가 뭉게치는 김을 뿜으며 돌아왔다.

"텔레비전 켜봤어. 똑같네." G. H.는 그녀에게 이 사실을 공유해야 했다. 달리 예상한 것도 아니었지만.

루스가 깨끗한 침구에 들어가서 뒤척거리며 자리를 잡았다. 바람이 시끄러웠다. "그래, 당신은 이게 뭐라고 생각해?" 그녀는 기분좋으라고 하는 말을 원치 않았다.

G. H.는 그녀를 잘 알았다. 수십 년이 됐으니까! "내 생각에 이건 우리가 나중에 뭐였는지 듣고 웃을 일이야. 이게 내 생각이야." 그는 그렇게 생각하지 않았다. 하지만 가끔은 거짓말을 하는 것이 옳았다. 거울에 비친 자신의 모습을 보며 그는 그들의 아파트, 그들의 집, 드레스룸에 있는 양복들, 몇 주 동안 알아본 끝에 결정한 커피메이커를 생각했다. 맨해튼 상공의 비행기들과 그 안에 탄 승객들에게 어두워진 맨해튼이 어떻게 보일지 생각했다. 맨해튼 상공의 비행기들 위의 위성들과 거기서 찍고 있을 사진들과 그 사진에 찍힐 것들에 대해 생각했다. 비행기들 위의 위성들 위의 우주정거장에 대해 생각하고 다민족, 다국적인 과학자 승조원들이 그 독특한

관점을 통해서 이 모든 일을 어떻게 생각할지 궁금해했다. 때로 거리를 두는 것이 사물을 가장 명확하게 보여준다.

G. H.는 전기를 필수품으로 이해했다. 이번 일은 그냥 시장의 부침 같은 것이 아니었다. 국가 금융자본의 플러그를 뽑아버릴 수는 없다. 보험회사들은 수십 년 동안 소송을 치러야 할 것이다. 뉴욕의 불이 나갔다면, 그건 천재지변이었다. 하느님이 하시는 일이었다. 장모님이나 할 법한 말이지만.

13

아이의 목소리에 잠이 깰 수도 있지만, 아이의 존재에 잠이 깰 수도 있다. 어맨다는 로즈의 통통하고 작은 몸이 그녀와 클레이 사이의 만灣으로 들어오는 것을 느꼈다. 아이의 젖은 숨결이 귓가에 바짝 느껴지기도 전이었다.

"엄마, 엄마." 팔에 얹어지는 부드러운 손, 부드러우면서도 끈질긴 손.

어맨다가 일어나 앉았다. "로지." 일 년 전에 아이가 'ㅣ'는 그만 붙이라고 선언했었다. "로즈."

"엄마." 로즈는 잠이 완전히 깼다. 밤사이 회복된 로즈. 꽃으로 만발한 로즈. 그녀는 일생 동안 이랬다. 아침이면, 뭐라도 하고 싶어서 야단이었다. 눈을 뜨고 바로 바닥으로 뛰어내렸다. (아래층 이웃인 웨스턴 부인은 똑같은 102제곱미터에서 두 딸을 키워냈기 때문에 한 번도 불평하지 않았다.) 로즈는 오빠가 열한시, 열두시, 한시

까지 자는 것을 이해하지 못했다. 아침이면, 모든 것이 짜릿해 보였
다—세수하고, 옷을 고르고, 책을 읽고. 로즈는 열정적이었다. 모든
것이 가능했다. 동생들은 스스로 찾아 먹는 법을 배운다. "텔레비전
이 이상해요."

"아가, 그게 무슨 비상이라고." 그리고 나서 기억이 났다. 비상 방
송입니다. 어맨다가 너무 늘어져 있는 베개를 팡팡 때려서 복종시
켰다.

"다 엉망이에요." 처음 몇 개 채널은 흑백 화면에 춤추는 빛뿐이
었다. 그다음부터는 전부 하얗고, 그냥 아무것도 없었다.

블라인드 내리는 것을 깜빡했다. 바깥이 밝았지만, 간접적인 빛
이었다. 구름 때문이 아니라 이른 시간이어서. 태풍이 오고 있다고
생각했던 것은 결국 아닌 것으로 밝혀졌다. 그녀가 쳐다보는 순간
침대 옆 디지털시계가 7:48에서 7:49로 넘어갔다. 그러니까, 전기
네. 정전이었지. "아가. 나도 모르겠어."

"고쳐줄 수 없어요?" 로즈는 아직 어려서 부모는 뭐든 할 수 있다
고 믿었다. "억울해, 휴가인데, 휴가 땐 텔레비전이든 뭐든 마음대로
봐도 된다고 그랬잖아요."

"아빠 자. 거실 가서 기다리고 있으면 엄마가 갈게."

로즈가 쿵쾅거리면서 나가고—원래 걸음걸이가 그랬다—어맨
다가 휴대폰을 들었다. 그녀를 봐서 기쁜 듯 화면이 켜졌고, 그녀도
기뻤다. 뉴스 알림이 하나도 아니고 네 개였다. 하지만 이전과 마찬
가지로, 알림이 왔다는 것 이상을 볼 수 없었다. 알림을 누르자 화
면이 넘어가려다가 실패했다. 이전과 같은 헤드라인—"미국 동부
해안 일대 대규모 정전 발생"—에 이어 "허리케인 파라 노스캐롤라

이나 상륙", 그다음에 "속보: 미국 동부 해안에 전력 장애 발생", 그다음에는 마지막 "속보" 뒤로 말이 안 되는 글자들이 붙어 있었다. 그녀는 텔레비전이 나오기를 바랐다. 네 살 로지가 "데이비드 그린*입니다"를 따라 하고 일곱 살 아치가 푸시 라이엇**에 대해 물었을 때부터 NPR은 듣지 않았다. 그들은 너무 많은 것들로부터 아이들을 보호해왔다.

어맨다가 손으로 침대 시트를 펴면서 클레이의 엉덩이를 찔렀다. "클레이." 그가 웅얼거렸고, 그녀가 그의 어깨를 잡고 흔들었다. "일어나. 봐봐."

클레이는 입안이 시큼하고 눈에 초점이 없었다. 어맨다가 그의 얼굴에 휴대폰을 들이밀었다. 그가 알아들을 수 없는 소리를 냈다.

"봐봐." 그녀가 다시 휴대폰을 흔들었다.

"안 보여." 잠에서 깨는 순간에는 아무것도 보이지 않는다. 눈의 초점을 억지로 맞춰야 한다. 하지만 그가 말한 것은 휴대폰이 까맣게 됐다는 뜻이었다.

어맨다가 휴대폰을 콕 찔렀다. "아, 여기."

"뭔데?" 그는 어젯밤 일이 기억났지만, 자던 상태에서 깬 상태로 빠르게 넘어갈 수가 없었다. "아무도 우릴 살해하지 않았나보네."

그녀가 그 말을 무시했다. "뉴스 말이야."

그의 눈앞에 떠 있는 화면은 아무것도 알려주지 않았다. "어맨다,

---

* 미국 공영 라디오 NPR에서 한 방송을 팔 년간 진행한 저널리스트.
** 러시아의 펑크록 퍼포먼스 그룹으로, 페미니즘을 표방하고 사회 비판 활동을 한다.

아무 말도 없는데." 그저 날짜와 항상 있던 사진, 이 년 전 크리스마스카드에 썼던 아이들의 스냅사진뿐이었다.

"거기 떴었어." 어맨다는 이 정보가 준 부담을 클레이가 나눠서 져야 한다고 생각했다.

그가 하품했고, 하품은 오랫동안 계속됐다. "확실해? 뭐라고 써 있었는데?"

"확실하다니까." 그런가? 어맨다는 휴대폰을 들여다보았다. "알림은 어디서 봐? 앱이 안 열려. 그런데 네 개가 와 있었어. 정전에 대한 그 똑같은 거랑, 그다음엔 정전에 대한 건데 다른 거, 그리고 허리케인에 대한 거, 그리고 하나는 '속보'라고만 왔는데, 그게—"

"무슨 속보?"

"그냥 알 수 없는 말들이었어."

"'속보'를 그렇게들 남용하더라. 속보입니다, 오스트리아 의회 선거 여론조사에서 자유민주당이 앞서는 것으로 나타났습니다. 속보입니다, 애덤 샌들러가 이번 신작이 그의 작품 중 최고라고 말했습니다. 속보입니다, 아이스크림 제조기를 발명한 도리스 어쩌고저쩌고가 아흔아홉을 일기로 사망했습니다."

"아니, 말 그대로. 단어도 아니고. 그냥 글자들이었어. 실수인 것 같던데."

"네트워크 때문인가. 모바일 네트워크? 그게 뭔가 잘못된 건가? 정전 영향으로 그럴 수도 있나?" 클레이는 세상이 어떻게 연결되어 있는지 몰랐다. 하긴, 누군들 진짜 알까?

"휴대폰이 잘못됐다는 거야? 아님 그냥 우리 있는 데가? 왜냐면 여기 온 다음부터 내 폰이 좀 끊겼었거든. 시내에선 됐어, 가게 갔을 때."

"좀 멀리 오긴 했지. 작년에도 이랬잖아, 기억나? 그때 그 숙소는 그렇게 외진 곳도 아니었는데."

아니면, 그녀는 말은 하지 않았다, 지금 발생한 일이 너무 심각한 것이라 〈뉴욕 타임스〉까지 타격을 받은 걸까. 어맨다가 일어서서 침대 머리맡에 있던 물통을 들고 마셨다. 상온의 물이었고, 그녀가 지금 가장 원하는 것은 찬물이었다. "알림이 네 개였어. 선거날 밤에도 그렇게 많이는 안 오잖아." 그녀는 화장실로 가서 오줌을 싸면서 휴대폰을 들여다보았다. 더이상 아무것도 오지 않았다.

클레이는 밤사이 잃어버렸던 트렁크 팬티를 끌어올리고 뒤뜰을 내다보았다. 태풍 예보에 맞지 않게 여느 여름날 아침 같았다. 바람마저 잦아든 것 같았다. 실제로 그가 볼 수만 있었다면—원래 볼 수 있는 것보다 더 자세히—그 고요함이 바람에 대한 대응이었음을 알 수 있었을 것이다. 곤충들이 조용해졌음을 알아차렸을 테고, 새들이 짹짹대지 않음을 알아차렸을 것이다. 그것들을 알아차렸다면, 그 순간이 마치 달이 태양 앞을 지나는 그 기묘한 순간과 같음을, 동물들은 영문을 모르는 그 일시적인 어둠과 같음을 알 수 있었을 것이다.

어맨다가 화장실에서 나와 자기 차례를 기다리는 남편 앞을 지나갔다. "커피 좀 내릴게." 얇은 면옷 주머니에 든 휴대폰이 무겁게 느껴졌다.

로즈가 시리얼 한 그릇을 놓고 아일랜드 식탁 앞에 있었다. 어맨다는 아이가 그릇을 가져오고, 그릇에 담고, 바나나를 썰고, 우유를 부으려면 어른의 중재가 필요했던 때를(그리 오래되지 않았다) 떠올렸다. 당시에는 그런 상황에 불평하지 않기 위해 애를 써야 했다. 그런 시절이 얼마나 빨리 지나가버리는지 잊지 않으려고 애썼다. 그리고 이제 다 지나갔다. 마지막으로 노래를 불러서 아이들을 재운 순간이 있었고, 마지막으로 아이들 몸의 움푹 들어간 곳에서 배설물을 닦아낸 순간도 있었고, 처음 만난 그날처럼 벌거벗은 완벽한 아들을 마지막으로 본 순간이 있었다. 언제가 마지막일지는 미리 알 수 없다. 만약 그렇다면 삶을 살아갈 수 없을 테니까. "우리 아가, 안녕." 그녀가 건조된 커피를 떠서 종이 필터에 부었다. 또다시 주어진 평범하고 아름다운 하루, 맞겠지?

"엄마 컴퓨터로 영화 봐도 돼요?"

"인터넷이 안 돼, 아가야. 아니면 넷플릭스 보게 해줬을 텐데. 있잖아. 엄마가 말해줄 게 있는데—"

"이번 휴가 최악이야." 로즈가 잘 짚었다. 부당하다.

"—어젯밤에 어떤 사람들이—워싱턴 부부라고—이 집 주인인데, 그 사람들이 잠깐 왔거든. 왜냐면—" 그녀에게 필요한 명사가 뭘까? "문제가 있었대. 자동차에. 마침 그 사람들이 멀지 않은 곳에 있었고, 그래서 여기로 왔대. 일주일 동안 우리에게 빌려준 집이지만 말이야." 기꺼이 거짓말을 해야 한다. 엄마라면, 아니 그냥 누구라도. 때로는 거짓말을 해야 한다.

"무슨 말이에요?" 로즈는 이미 관심 없었다. 헤이즐에게 문자를 보내서 뭐하는지 알고 싶을 뿐이었다. 헤이즐은 분명 바로 이 순간 텔레비전을 보고 있을 것이다.

"차에 문제가 있었는데 여기서 멀지 않은 데여서, 우리가 이 집에 있다는 건 알았지만 그래도 와서 사정을 설명해볼 수 있을 거라고 생각했다고—"숨기는 건 별로 어렵지도 않았다. 아이들은 복잡한 것을—사실 간단한 것도—머릿속에 담아두지 못했고, 그러고 싶어하지도 않았다. 이 아름다운 자아도취자들.

트렁크 팬티를 입고 졸린 눈을 한 클레이. "커피 좀 줘."

어맨다가 머그잔을 채웠다. "로즈한테 워싱턴 부부 얘기 해주고 있었어."

"아빠, 텔레비전이 안 나와요." 로즈가 그의 팔을 잡아당겼다. 그는 관심을 가져줄 사람이었다. 그녀를 도와줄 사람이었다.

뜨거운 액체가 그의 오른발에 튀었다. "잠깐, 잠깐."

"그릇 싱크대에 넣는 거 까먹은 거야?" 어맨다는 아이들이 말을 잘 듣게 하는 말하기 방법에 관한 책을 읽었다. "클레이, 옷 입어야 해. 그 사람들 있잖아." 그녀는 이 말에서 무례를 발견했다. "워싱턴 부부 말이야. 바로 아래층에 계시잖아."

"아빠, 고칠 수 있어요?"

"좀 기다려봐." 그들이 시청 시간에 너무 관대했는지도, 마약을 주듯 했는지도 모르겠다. 마약은 마약이니까. 클레이는 딸의 부탁을 뿌리칠 수 없었다. 막 걷기 시작한 아기였을 때도 로즈는 아주 확실한 방법으로 아빠를 찾았다. 아이가 아빠를 필요로 한다. 그가 커피를 내려놓고 리모컨을 만지작거렸다. 눈 같았다, 신호가 안 잡힐 때 보이는 그걸 약간 시적으로 말하자면. "그러네, 안 나오는 것 같네."

"재설정 같은 거 안 돼요? 아니면 지붕 위에 올라가보고 뭐 그런 건요?"

"지붕 위에 올라가는 건 안 돼." 어맨다가 말했다.

"지붕 위에 올라갈 순 없어." 그가 배를 긁었다. 털이 점점이 난 배가 한밤중 파스타 때문에 불룩 나와 있었다. "게다가 원인이 여기 지붕 위에 있는지, 아니면 다른 데 있는지도 모르는데." 그가 몸짓으로 주위의 모든 것을 가리켰다. 누가 세상 전체를 대변할 수 있을까? 세상이…… 아직 있긴 한가? "밖에 나가서 앉아 있어봐. 곧 따라갈게. 엄마랑 잠깐 얘기 좀 하고."

텔레비전을 더 선호하긴 했지만 로즈는 그냥 할일이 필요한 것이기도 했다. 아이는 아버지의 관심을 받아들였다. "얼른 오세요."

"이 분만 줘." 클레이는 로즈를 지나쳐, 옅은 노란색으로 머뭇거리는 아침을 보았다.

로즈가 "알겠어요fine"라고, 청소년들이 자동으로 학습하는 발음으로 말했다. 네 글자 욕을 할 때의 열성을 담아. 그날 아침은 고요했다. 아름답기는 했지만 텔레비전 방송만큼 재미있지는 않았다.

로즈가 나가면서 문을 쾅 닫았는데, 온전히 의도한 행동은 아니었다. 헤이즐이 어디에 있든 분명 더 좋은 곳일 것이다. 그애의 텔레비전이 안 나올 리는 절대 없다. 그애 부모님은 인스타그램 전체 공개 계정을 쓰게 해준다. 로즈는 흰색 철제 의자 중 하나에 앉아 숲을 바라보았다.

뜰이 집을 뿌리치고 벗어나는 곳에는 풀이 듬성듬성 있고, 거기부터는 숲 또는 황무지 또는 뭐라 할지 모르겠는 무언가의 경계에 먼지와 잎사귀와 잡초뿐이었다. 로즈는 그 너머 공간에서 사슴 한 마리를 보았다. 짤따랗고 보송보송한 뿔을 달고, 경계하면서도 어딘지 모르게 지루해 보이는 표정으로 그녀를 유심히 쳐다보고 있었다, 까맣고 묘하게 사람 같은 눈으로.

로즈는 '사슴'이라고 말하고 싶었지만 거기엔 그녀의 말을 들어줄 사람이 아무도 없었다. 어깨 너머로 집안을 들여다보자 부모님이 대화하는 모습이 보였다. 수영장에 들어가는 것은 허락되지 않았지만, 들어갈 생각도 없었다. 계단을 내려가 축축한 잔디밭에 섰고 사슴은 아주 작은 호기심을 가지고 그녀를 지켜보기만 했다. 그 옆에 한 마리가 더 있었는지는 미처 몰랐다─그 이상은 더더욱. 사슴은 다섯 마리, 일곱 마리였다. 보고 있는 게 무엇인지 이해해보려고 눈을 적응시킬 때마다 로즈는 새로운 것을 보았다. 사슴이 열두 마리였다. 그녀가 더 높이 있었다면 거기 수백 마리가, 천 마리가, 그보다 훨씬 더 많은 사슴이 있다는 것을 알았을 것이다. 그녀는 안으로 뛰어들어가 부모님께 말하고 싶었지만, 동시에 거기 그대로 서서 그 모습을 보고 싶었다.

14

루스는 눈이 밝아지고 갑작스러운 기억이 떠오르면서 깼다. 잠이 들었다가 확 깨는 그 익숙한 감각, 자기만의 특이한 행동이라고 생각했다가 곧 인간 습성의 일부임을 알게 되는 것. 아침의 일상적인 소리들이 들렸다. 배관의 물소리, 다른 사람의 발소리, 다른 방의 말소리. 그녀는 마야가 간절히 보고 싶었다. 침대에 누워 있었지만 여전히 차 안에 있었고 그 아이를 생각했다. 그녀의 젖을 먹는 갓난아이, 무릎 위 어린아이, 팔다리가 통통하고 사각형으로 구획을 나눠 땋은 레게 머리를 한 열 살짜리, 플란넬 셔츠를 입고 귀걸이를 엄청 많이 한 십대 아이, 대학생, 얼굴을 붉히는 아내, 빛이 나는 어머니. 마야의 모든 버전이 루스의 머릿속에서 겹쳐졌다. 셋톱박스에 녹색 불이 들어오는 걸 보면 아직 전기가 흘렀다. 휴대폰은 여전히 세상에 접속하지 못하고 있는 것 같았지만, 기대도 하지 않았다. 그녀는 조지가 계속 자도록 두고 위층으로 조용히 올라갔다.

주방에서 루스는 대니가 권해서 설치한 전화기를 집어들었다. 그 업자는 조지를 뭐랄까, 장악하고 있었다. G. H. 세대의 남자들은 다른 남자에게 애정을 가질 수 있을 거라 생각하지 않았다. 그래서 대니의 마력에 빠진 G. H.를 보는 게 더 귀여웠고, 그러다 짜증이 나게 되었다. 그 남자는 육체노동자였고, G. H.는 하버드 경영대학원을 나왔다. 그러나 대니는 근육질에 능력도 있고, 샴브레이 셔츠의 소매를 단단한 전완근 위까지 걷은 채 선글라스를 머리 뒤에 걸고 다녔다. 그녀가 수화기를 귀에 바짝 댔다. 전화 걸 준비가 됐다는 의미의 일정한 베이스 음 대신 들려오는, 이 물건은 이미 죽었다고 알려주는 장송곡. 끔찍하게도 순간, 딸의 목소리가 머릿속에 떠오르지 않았다. 마야, 오늘의 마야, 진짜 사람 마야의 목소리가 어땠더라?

성인이 돼서도 마야는 어릴 때와 같았다. 대체로 부모의 행동을 당황스러워했다. 그녀는 색과 무늬가 난무하는 길고 이상한 원피스를 좋아했다. 마야의 아이들은 베케트와 오토라고 불렸고 뒷마당에서 벌거벗은 채 걸음마를 했다. 루스는 아이들의 이름이나 아이들이 포피를 가지고 있다는 사실을 이해할 수 없었지만 겉으로 표현하지 않았다. 그녀가 어쩌면 너무 세게, 수화기를 내려놓았다.

그 부부가 거실에 있었다. 남자는 아주 대충 입고 있었고 여자는 편하게 입었다.

어맨다가 애써 놀라지 않은 척했다. "좋은 아침이에요."

루스도 평소처럼 화답했다. 이것은 진실하지 않거나 정확하지 않거나, 아니 둘 다였을 것이다. "전화는 아직 안 되네요."

"저흰 그냥…… 아침에 어맨다 휴대폰에 알림이 와 있었어요."

"뭐라고 왔어요?" 루스는 자기 휴대폰은 왜 아무것도 알려주지 않는지 의문이었다. 그 빌어먹을 것을 결코 숙달할 수 없었다.

"똑같은 정전 얘기요. 그리고 허리케인에 대한 거. 같은 내용 갱신된 거랑, 또하나는 그냥 알아볼 수 없는 말이었어요." 이것으로 어맨다는 세번째로 설명하고 있었다. 그래서 이 정보가 이제는 더 무의미하게 느껴졌다.

"커피 좀 갖다드릴게요." 클레이가 말했다. 그는 헐벗은 느낌이라 부끄러워졌다.

"허리케인. 큰일이네요." 루스가 뭔가 의미심장해 보이게 말하려고 했다.

"그래요?" 클레이가 루스에게 머그잔(원래 그녀의 머그잔)을 건넸다.

"아, 그럼요, 관련이 있을 수 있죠. 정전하고요. 그럴 수 있죠. 허리케인 샌디도 있었잖아요. 뉴욕으로 온다는 말 들은 기억은 없는데, 그렇게 신경써서 듣지 않았어요, 솔직히 말하면." 다들 들었고 그녀도 알고 있듯이, 금세기 최악의 태풍이라는 말은 이제 지난 십년간 최악의 태풍이라는 말로 바뀌어야 한다. 인류가 바다를 변화시켰기 때문에, 그런 태풍들을 정확히 설명하기 위해 새로운 범주가 도입되어야 할 수도 있다.

"아이들에게 뭐라고 해야 할지 모르겠어요." 어맨다가 마치 이 낯선 사람이 어떤 조언을 해줄지도 모르겠다는 듯 루스를 쳐다보다가 프랑스식 문 쪽으로 돌아섰고, 그러자 모두 똑같이 돌아섰다. 모두가 마당에 쪼그리고 있는 로즈를 쳐다보았다.

"몇 살이에요?" 몇 년 전, 루스는 학교 일을 도와달라는 요청을 받았다. 돌턴에서 다양성 제고를 원했다. 이제 루스는 아이들의 병균에 면역이 됐고 아이들의 귀여움에 거의 넘어가지 않았다.

"열세 살요. 지난달에 열세 살이 됐어요." 어맨다는 방어적이 되었다. "그래도 아직 마음은 아기예요. 그래서 다 말하고 싶지 않아요…… 어른들 사이의 일은."

"걱정할 거 없어요." 학교에서 아이들을 볼 때 루스는 그들의 피할 수 없는 미래가 보였다. 잘생겨져서 좋은 대접을 받을 남자아이들, 예뻐져서 잔인해질 여자아이들, 공화당이 될 부유한 아이들, 마약중독자가 될 부유한 아이들, 부모의 기대를 뛰어넘을 부유한 아이들, 잘될 가난한 아이들, 프린스턴에서 슬금슬금 도망쳐나와 이스트뉴욕으로 돌아올 가난한 아이들. 그녀는 유년기란 일시적인 상태라는 것을 잘 알고 있었다. 하지만 할머니가 된 후로 그녀는 부드러워졌다.

"아이들이 아무것도 아닌 일로 당황하지 않았으면 해요." 어맨다는 이게 다 루스와 그녀의 남편 때문이라는 생각이 드러나지 않게 하려 애썼다.

루스의 어머니였다면 하느님을 찾았을 것이다. 삶이란 아이들이 나보다 더 나은 사람이 되게 하는 것이고, 루스의 무신론은 확실한 발전이었다. 이해할 수 없는 것을 신적인 것으로 치부하면서 삶을 살아갈 수는 없다. "나 때문에 누가 무서워하는 건 원치 않아요." 하지만 그녀는 두려웠다. "커피 고마워요."

"우리한테, 음 저기 달걀이랑 시리얼이 있어요, 아시다시피." 클레이가 바나나를 들었다. 그 순간 자신이 영장류처럼 보인다는 것은 알지 못했다. "전 옷 좀 입으러." 그가 딸과의 약속을 까맣게 잊은 채 말했다. 그에게는 계획이 있었다.

루스가 자리에 앉았다. 잡담을 하니 안심이 됐다. "그러면. 뭘 하시는 거예요?"

이 말을 어맨다는 알아들었다. "광고 일을 해요. 고객 쪽이요. 고객 관리." 그녀도 앉으면서 한쪽 다리를 다른 다리 위로 꼬았다.

루스가 자기 차례임을 알고 말했다. "전 은퇴했어요. 입학과에 있었고요. 돌턴스쿨에서."

어맨다가 자기도 모르게 좀더 똑바로 앉았다. 분명 주워먹을 게 있겠지. 아주 뛰어나지는 않은(그래도 어맨다가 보기엔 훌륭한!) 그녀의 아이들에게 도움이 될 수 있었다. 그녀는 그곳 학비가 학생마다 다르다는 사실을 알고 있었다. 그들 같은 가정은 더 운좋은 사람들의 인심에 의존한다. "흥미로운 일이네요."

일하던 사무실에서 루스는 가끔 바로 맞은편 집에서 여기저기 뒤지고 다니는 우디 앨런을 보았다. 그것이 그 일을 하면서 흥미로웠던 일 서너 가지 중 하나였다. 그녀는 해방되어서 정말 기뻤다. "그럼 남편분은요?"

"클레이요? 교수예요. 영어요, 그리고 미디어학."

"내가 알아들을 수 있는 말 같지가 않네요." 루스가 스스로를 놀리듯 말했다.

어맨다 역시 한 번도 명확히 이해한 적이 없었다. "영화. 읽고 쓰기. 인터넷. 이런 거예요, 사실."

"컬럼비아에서요?"

"시티 칼리지요." 아이비리그를 우선적으로 예상한 여자를 실망시킨 것 같았지만 어맨다는 자부심이 있었다.

110

"전 바너드 나왔어요. 그다음에 티처스 칼리지*." 루스가 이 순서로 대화를 이은 이유는 이 사람들을 좀더 잘 이해하고 싶었기 때문이었다. 기브 앤드 테이크랄까.

"진정한 뉴요커시네요. 전 펜실베이니아 나왔어요. 필라델피아가 저한텐 정말 도시적인 느낌이었거든요. 정말 이국적이고요." 어맨다는 니트 침구와 탁상 스탠드, 화장실 선반, 토리 에이머스** 포스터를 터질 듯 실은 채 캠퍼스를 향해 달리던 부모님의 코롤라를 떠올렸다. 그곳은 납작해 보였다. '도시'라고 들었고 하늘을 향해 뻗은 건물들을 상상했었는데. 그럼에도 불구하고 록빌보다는 나았다. R.E.M이 옳았다. 아무도 인사하지 않는, 모르는 사람에게 말 걸지 않는 곳.*** "뉴욕에 있는 대학에 갔으면 좋았을 거 같아요."

"아, 전 시카고 출신이었어요." 그곳이 출신으로 삼기에 가장 좋은 곳인 것처럼 루스가 말했다. "하지만 이젠 진짜 뉴요커라고 생각해요. 가장 오래 살았으니."

G. H.는 옷을 입고―더러운 속옷과 땀에 전 양말은 건너뛰고, 굳이 넥타이도 매지 않고―침대를 정리했다. 침대를 정리하지 않는 삶은 사는 게 아니었다. 각오를 다지기 위해 평소처럼 목욕재계하려고 했으나, 무엇을 각오해야 하는지가 모호했다. "좋은 아침입니다."

어맨다가 인사하는 뜻으로 자리에서 일어섰다. 자기에게 이런 본

---

* 컬럼비아대학교 교육전문대학원.

** 미국의 여성 싱어송라이터.

*** 록밴드 R.E.M의 노래 〈(돌아가지 마) 록빌〉의 가사.

능이 있는 줄 몰랐는데 본능적으로 격식이 차려졌다.

"새로운 소식 없어요?" 그는 모두가 거의 이해하지 못한 어맨다의 보고를 들었고, 직접 그 뉴스를 보고 싶다고, 또 그만큼 시장 상황을 보고 싶다고 생각했다. 그는 정보뿐 아니라 정답을 원했다. "태풍이라고, 난 확신해요. 부러진 가지가 떨어져서라고."

"유선전화도 안 돼. 대니가 한 대는 두어야 한다고 한 이유가 이런 거였는데." 루스는 안심이 되는 말을 듣는 건 괜찮았지만 거짓말에 속고 싶진 않았다.

"전기는 아직도 들어오던데." G. H.는 이 점을 간과하고 싶지 않았다. "오늘 차로 대니네 집에 가보면 되겠다." 당신은 테러리스트에 포위됐다고 해도 대니와 함께 있고 싶어할 것이다.

"대니가 누구죠? 근처에 사는 사람이 있어요? 오는 길에 농장 가판대가 있었는데. 이 앞길 들어서려고 꺾기 전에요. 거기 누가 사는군요. 그 사람들은 뭔가 알지도 몰라요." 어맨다는 지금 느끼는 이 갈망이 남편이 니코틴 없이 너무 오래 있었을 때 괴로워하는 것과 너무나 비슷하다는 것을 알지 못했다. 그녀는 벗어나고 싶었다.

"만약에. 집단 히스테리라면요. 집단으로 많은 사람들이 어떤 병에 걸렸는데 알고 보니 단지 동일한 망상을 가진 거였다거나. 수백 명이 몸을 떨고 열이 오르는데 상상 속의 발진이었던 것처럼. 그런 사람들은 진짜 피부가 붉어지기도 해요." G. H.는 그저 하나의 가설을 제시하고 있었다.

루스가 남편에게 커피를 가져다주었다. "나한테 히스테리 부린다고 하는 거네. 사람들이, 남자들이 여자들한테 쓰는 말이지." 물론 카산드라가 트로이에 대해 한 말은 옳았다.*

"우린 같은 것을 봤어. 어떤 일인가 일어났어, 당연히, 여기엔 동의하지." 하지만 이것은 표현의 문제였다. 어떤 일이 일어나는 것이 세상의 본질이니까.

"당신이 차를 몰았어." 루스가 도망쳤다는 뜻으로 말했다. "당신도 나만큼 무서워했잖아."

"그건, 엘리베이터 때문에." 그들이 사는 층을 14층이라고 부르긴 했지만 사실은 아니었다. 그 건물에는 불길한 숫자라는 이유로 13층이 없었다. 그냥 없는 척이라도 하면 좀 나았다.

어맨다는 당황스러웠다. 알지도 못하는 사람들의 말다툼까지 지켜볼 수는 없었다. "대니가 어디 살아요?"

"별로 멀지 않아요. 살면서 무슨 일이든 정확한 정보 없이 하면 안 돼요. 거기까지 제가 운전을 할게요." G. H.가 바깥의 날을 내다보았다. 그 아침이 이상하게 보였지만 왜 그런지 말로 표현할 수 없었고, 상황 때문에 그렇게 보일 뿐 진짜 그런 게 아니라고 확신할 수도 없었다.

"당신 어디 갈 생각 마." 대니가 돈 내고 고용한 사람이 아니라 무슨 아들이라도 된다는 듯, 대니 집으로 피신하겠다는 그 생각을 루스가 비웃었다. 그녀는 가능한 모든 시나리오를 생각해보고 있었다. 살아갈 희망 없이 폭탄에 묶인 이슬람교도들. 또 비행기로 충돌—어째서 이런 일이 더 많이 일어나지 않았을까? 비행기를 무기로 쓰는 건 훌륭한 생각인데.

* 카산드라는 아폴론에 의해 예지 능력과 동시에 아무도 그녀의 예언을 믿지 않는 저주를 받은 트로이의 공주로, 트로이전쟁을 막을 예언을 했지만 아무도 믿지 않았다.

이 작은 집은 안전하게 느껴졌다. 어맨다는 이해가 됐다.

"제 옷이 필요해요. 깨끗한 옷이요." 루스가 어맨다 쪽을 보았다.

"아, 그렇겠네요."

"그냥 제 옷방에 잠깐 들어갈 수만 있으면 돼요." 집을 임대하긴 했지만 그들이 집안에 있는 낯선 사람을 실제로 본 적은 없었다. 여기로 오기 전에 항상 로자를 먼저 보냈다. 그들이 보는 집은 늘 티끌 하나 없고 시원하고 그들을 받아들일 준비가 되어 있었다.

"클레이가 옷 갈아입고 있어서요. 서두르라고 할게요."

그들이 문을 열어주었을 때 나타난 모두의 표정에 대해서는 루스가 무슨 말을 더 할 필요가 없었다. 저녁식사에 누가 오게?* "고마워요."

루스는 예순세 살이었다. 그녀는 행동하라고 배우며 자라지 않았고―물론 세상의 기대는 그렇게 하라는 쪽이었지만―행동하게 만들라고 배우며 자랐다. 이것이 그녀의 어머니가 터득한, 여성이 세상에 자신의 길을 만드는 방법이었다. 그들이 원하는 대로 남자들이 하게 만드는 것. "무서워." 그녀가 고백했다. "마야랑 아이들 말이야. 마야가 우리랑 통화하려고 애쓰고 있을 거야."

"우리 딸이에요." G. H.가 설명했다. 그가 아내의 어깨에 손을 얹었다. "지금은 그런 걱정 하지 마."

루스는 어렵지 않게 만년설이나 대통령에 대해 생각하지 않을 수 있었다. 인생의 사소한 문제에 집중함으로써 두려움을 억누를

---

* 1967년작 미국 영화 제목. 백인 흑인 커플의 결혼 허락을 위해 백인 부부와 흑인 부부가 만나는 장면이 있다. 한국에서는 '초대받지 않은 손님'으로 번역되었다.

수 있었다. "우리 이탈리아 갔던 해 기억나?"

건조한 더위, 고급 호텔, 양 갈래로 머리를 땋은 마야. 그들은 달콤한 주스를 홀짝홀짝 마셨고, 로즈메리와 감자를 얹은 피자를 먹었고, 차를 빌렸고, 시골의 한 별장에서 지냈다. 아무것도 없는, 거의 나무 한 그루 없는 곳이었지만 수영장의 은총이 있었다. 마야는 한때 포럼이었던 돌무더기를 보면서 이렇게 완전히 파괴된 곳을 왜 보러 왔냐고 물었다. 역사는 그녀에게 아무 의미 없었다. 아홉 살에게 시간은 상상할 수 없는 것이었다. 예순셋에게도 그럴지 모른다. 오직 이 순간, 현재의 순간, 이 삶이 있을 뿐이다. "왜 그 생각이 났어?"

"다른 무슨 생각을 해야 될지 모르겠어서." 루스가 말했다.

15

로즈는 혀로 딱딱한 사탕을 굴릴 때 그러듯 사슴의 비밀을 머릿속에서 굴리고 또 굴렸다. 아직 어리다고 그녀의 말을 믿어주지 않을 터였다. 지어낸 말이라고 할 것이다. 과장한다고 할 것이다. 아직 어린애라고 할 것이다. 하지만 로즈는, 다른 누가 느끼지 못했다 해도, 그날의 변화를 느꼈다. 우선, 더웠다. 해가 완전히 뜨지도 않았는데 이럴 수가 있나 싶을 정도로 더웠다. 온실 안이나 식물원 전시회장처럼 공기에서 인공적인 느낌이 났다. 아침인데도 너무 조용했다. 그녀에게 뭔가 말하고 있었다. 그녀는 무엇인지 들어보려고 애썼다.

주방에서 아빠가 처음 보는 남자 노인과 이야기를 나누고 있었다. 로즈는 아빠가 밖으로 나오기로 했었다고 굳이 상기시키지 않았다. 잊어버려서 더 좋았다. 그가 두 사람을 소개시켰다.

"만나서 반갑습니다." 로즈는 교육을 잘 받았다.

"반가워요." G. H.는 자연스럽게 딸이 떠올랐다. 딸의 이름으로 금고 암호를 만든 기억이 났다.

"이 닦았니?" 클레이는 아이를 다른 데 보내고 싶었다.

"밖에 엄청 더워요. 수영해도 돼요?"

"아빠 허락인데. 그전에 엄마한테 가봐. 아빠가 괜찮다고 했다고 해. 아빠는 워싱턴 씨하고 할 얘기가 있거든."

밤사이, 어찌된 일인지 두 남자는 서로를 잊어버렸고, 몽타주 전문가에게 설명할 수도 없을 정도가 되었다. 원래 목격자는 믿을 수 없다고들 한다. 사람들은 대부분 자기 자신에게만 신경쓰는 법이니까. 이건 이 두 사람의 경우에도 맞는 말이었다. 서로 권리가 있다고 주장하는 집안에서 예법에 대한 선례도 없이 방향키를 잃은 두 사람에게도.

밝은 대낮에 남자를 다시 보니, 낯선 사람과 섹스한 뒤에 다시 보는 느낌이었다. "G. H., 잠깐 밖에 나갔다 오는 게 어때요?" 정말 남성적이고 결단력 있게 들렸다. 클레이가 담배를 피우고 싶었을 뿐이라는 걸 모른다면.

"그렇게 합시다." G. H.가 작게 낄낄거렸다. 시트콤 속 친근한 이웃 역할을 맡지 않기가 힘들었다. 텔레비전이 그런 설정을 만들었고 흑인들은 따라야 했다. 하지만 이 집은 그의 집이었다. 그가 이야기의 주인공이었다.

그들은 옆문으로 나왔다. G. H.는 그 땅의 주인이기도 했다. 관목숲이 잘 자라 있었다―잔디가 점차 드문드문해지면서 나무들의 벽으로 이어졌다. 바닷가에 집이 있는 것과는 달랐다. 바다가 멀리서 다가왔다. 나무들이 보호해주었다. "밖은 덥네." 그는 하늘을 바라보며 색이 옅다고 생각했다.

클레이가 주머니에서 담배를 꺼냈다. "나쁜 짓 조금만 할게요—죄송해요."

G. H.는 이해했다. 남자 대 남자로. 남자들은 더이상 이런 말을 하지 않고 그저 묵시적으로 나타냈다. 책상의 재떨이를 비우는 것이 비서의 임무였던 적이 있었다. 요즘은 '비서'가 아니라 '어시스턴트'라고 하지. "이해해요."

그들은 산울타리를 지날 때까지 걸었다. 자갈이 발밑에서 기분좋게 자박거렸다. 클레이가 필요 이상으로—산울타리에 가려서 아이들이 보지 못하는 데보다 더—멀리 간 것은 그것이 아이들에 대한 존중이라고 생각하기 때문이었다. "제가 집안에선 담배를 안 피워서요."

"저희가 보증금을 요구하는 이유가 있죠." 그들은 임차인 운이 괜찮았다. 깨진 와인잔 하나, 빠진 문손잡이 하나, 어디로 사라져서 루스가 커다란 조개껍데기로 대체한 비누 받침대 하나.

"어맨다가 본 거 들으셨어요? 뉴스 알림이요." 클레이는 그런 건 걱정되지 않았다. 알 수 없는 말로 온 것 하나 빼고. 그는 국가보다 기술을 더 걱정했다.

G. H.가 고개를 끄덕였다. "내가 무슨 일 하는지 알아요? 돈을 관리해요. 그럼 그 일을 하기 위해서 무엇이 필요한지 알아요? 정보. 그게 다예요. 뭐, 돈이야. 하지만 정보는. 아는 게 없으면 선택을 할 수도 없고 위험을 평가할 수도 없죠."

하지만 클레이는 영웅이 되고 싶었다. 클레이는 모두를 안심시키고 싶었다. 클레이는 딱 그만큼 이기적이었다. "제가 차 가지고 시내로 가보려고요. 그것밖에 방법이 없어요."

"지금 이거 테러 같거든요. 그런데 그게 무서운 게 아니에요. 테러리스트들은 멍청한 촌놈들이에요. 그러니까 신을 위해서 자폭해야 된다는 말에 넘어가는 거죠. 호구들이에요. 그런데 그다음에 무슨 일이 생길지는?" G. H.도 과거에는 삶을 지탱하는 미국적 제도들에 믿음을 가지고 있었지만, 그 믿음이 작아졌다. "뉴욕에서 어떤 일이 일어난다고 해봐요. 지금 대통령이 잘 해결할 것 같아요?" 이런 말이 원래는 편집증처럼 들렸었지만 지금은 실용주의 그 자체였다.

"글쎄요, 진상을 알아볼게요." 클레이는 자신이 자랑스러웠다. 영장류의 본능 같은 것으로 가슴이 부풀었다.

"우리랑 일한 업자가 몇 킬로미터 거리에 살아요. 좋은 사람이에요. 믿을 만하고요. 그쪽으로 가보는 수도 있어요." G. H.가 생각을 거의 그대로 말했다.

클레이는 니코틴 때문에 긴장이 풀렸다. "여기 있으면 안전할 것 같아요."

G. H.는 확신이 덜했다. "그런 것 같네요. 지금은."

"그 친구분을 괴롭히지 않아도 될 것 같아요. 제가 시내에 가볼 테니까요. 신문도 사고. 우리보다 더 많이 아는 사람을 찾아보고."

"같이 가겠다고 말하고 싶지만 루스가 찬성할지 잘 모르겠어요." 그는 노련한 협상가였다. 그는 가고 싶지 않았다.

"여기 계세요." 클레이는 살짝 아버지 생각이 났다. "임대하는 곳인데, 집주인도 같이 사는 곳들 있잖아요. 접객도 하고. 그렇게 이상한 거 아니에요." 클레이는 이 사람들이 또 운전을 하는 게 걱정됐다. 그런 자신이 친절하다고 생각했다. 그는 좋은 사람으로 보이고 싶었다.

G. H.가 한번 더 하늘을 보았다. "화창한 날이 될 것 같네요. 벌써부터 밖이 아주 더우니." 나이가 들면 그런 말을 하게 된다. 마치 자신이 어찌어찌 자연의 비밀스러운 리듬에 맞춰진 것처럼. 마치 G. H. 자신이 미드타운 맨해튼의 고층 빌딩이 아니라 저인망 어선에서 한평생을 보낸 것처럼. 수영이나 했으려나.

클레이도 올려다보았다. 노란색이 파란색으로 변해가고 있었다. 비가 올 것 같다고 생각했었는데, 지금은 딱 여름 같았다. 넷 다 완전히 잘못 짚었다!

16

그가 버튼을 두 번 눌러 동시에 창문 네 개를 모두 내렸다. 클레이는 이 기능을 높이 평가했다. 더운 날 사람들이 가장 원하는 것이 공기임을 깨달은 아주 통찰력 있는 어느 개발자의 영감을 높이 평가했다. 그러나 차 안의 답답하고 건조한 열기에도 왠지 기분좋은 게 있었다. 점점이 날아다니는 먼지, 햇빛의 냄새를 맡을 수 있을 것만 같은 느낌. 바퀴가 자갈 위에서 특유의 소리를 낸 뒤, 자갈을 밀어내며 아스팔트 위에서 부드럽게 움직였다. 그는 천천히, 무심하게 차를 몰면서 스스로 훨씬 더 용감해진 기분을 느꼈다. 그리고 그 사람들이 오래 머물수록 그들의 1천 달러에서 그가 가질 지분이 더 커질 거라고 생각했다.

어느 밭에 무언가 경작되고 있었지만 클레이는 그게 뭔지 전혀 몰랐다. 콩이랑 풋콩이랑 같은 건가 아니면 다른 건가, 그리고 어디에 쓰는 거지? 그가 달걀을 파는 작은 오두막을 천천히 지나쳤다. 도로는 아직 좁았고, 진짜 도로가 아닌, 아직 도로라고 하기 뭣한 도로였다. 그는 GPS가 잡히기를 기다렸다. 그런데 어제 아침만 해도 해안으로 가는 길을 찾아내지 않았나? 클레이는 알아서 할 수 있었다.

누군가 그에게 말해준 적 있었는데, 사람들이 담배를 피우면 차분해진다고 생각하는 이유가 그것이 본질적으로 심호흡이기 때문이라는 것이었다. 갓길이 없어서 그는 그냥 길에 차를 세우고 시동을 껐고, 버튼을 누르자 창문이 다시 아름다울 정도로 한꺼번에 올라갔다. 담배 냄새가 차에 들어가는 게 싫어서 3미터 떨어진 곳에 섰다.

순수한 포만감이 밀려오는 그 익숙한 기분. 그는 거의 기절할 뻔했다. 기댈 곳이 없어서 그냥 몸을 더 똑바로 세운 뒤 세상을, 조용한 세상을 둘러보았다. 문득, 몽롱한 숙취를 떨쳐내줄 차가운 코카콜라의 쨍한 맛이 절실해졌다. 이것이 그가 하려는 일이었다. 이 길을 따라가다가 큰길로 진입해 커브 몇 개를 돌고 마침내 그 사거리에 다다르면 바다로 이어지는 오른쪽 길로 꺾는 대신 왼쪽으로, 시내를 향해 갈 것이다. 거기에 주유소가 있고, 공공도서관이 있고, 중고 매장과 아이스크림 가게와 모텔이 있고, 그대로 좀더 가면 너무 커서 절대 다 채울 수 없을 주차장을 앞에 두고 식료품점과 약국, 세탁소, 샌드위치 체인점이 나란히 배치되어 있는 낮은 상가가 있었다. 그곳이 바로 그가 지식을 찾으러 가는 곳이었다. 도서관이 아니라, 물건들이 판매되는 곳. 코카콜라는 거의 어디에서나 구할 수 있다.

클레이가 휴대폰을 보았다. 습관은 강력하다. 휴대폰은 아무것도 보여주지 않았다. 그는 담배를 떨구고 발로 밟은 뒤 다시 차에 올랐다. 뇌는 놀라운 것이다. 온전히 운전에 대해서만 생각하지 않고도 운전을 할 수 있다. 확실히 익숙한 경로, 매일 다니는 통근길을 운전할 때면—시동을 걸고, 고속도로를 찾아가고, 차선을 옮기고, 평소 나가는 출구로 나가고, 빨간 신호에 부드럽게 정차하고, 녹색 신호에서 앞으로 나아가고—NPR에서 재탕하는 주요 기사를 대충 흘려듣거나, 회사에서 모욕당한 일을 생각하거나, 6학년에서 7학년으로 넘어가는 여름에 본 〈펜잔스의 해적〉 공연을 회상한다. 운전은 기계적으로 하는 것이다. 그냥 하는 것이다.

사실 그는 지금 6학년에서 7학년으로 넘어가는 여름에 본 〈펜잔스의 해적〉 공연에 대해 생각하지 않았다. 그 시기가 자신이 어머니의 가장 아끼는 자식이었던 잠깐의 황금기였다고 기억하긴 하지만. 그러나 분명 무슨 생각을 하고 있긴 했다. 어느 시점에 방향을 틀어 얼마간 달리다가—그는 거리와 부피 가늠을 정말 못했다—분명 어떤 도로 위에 있긴 한데, 더 진짜 같은 이차선 도로이고, GPS가 알고 이름도 붙였을 법한 도로인데, 그것이 그가 찾던 도로인지는 좀 확신이 들지 않는다는 사실을 깨달았다. 물론 어맨다의 수첩에 찾아가는 길이 적혀 있었지만 어맨다의 수첩은 집에, 어맨다의 루이비통 백에 있었다. 그게 있더라도, 어떤 목적지로 찾아가는 길을 써놓은 것을 보고 순서만 바꿔서 반대로 움직이는 것은 퇴화한 기술이었다. 마치 손잡이를 돌려서 차 창문을 내리는 것과 같다. 인류의 진보. 클레이는 길을 잃었다.

모든 것이 매우 푸르렀다. 의지할 만한 게 없었다. 나무가 있었다. 들판이 있었다. 지붕이 얼핏 보여 건물이 있음을 알려주었지만 헛간인지 집인지 알 수 없었다. 길이 꺾이자 들판이 나오고, 좀더 많은 나무들이 있고, 또 헛간인지 집인지의 지붕 일부가 있는 또다른 어딘가에 들어서게 됐고, 클레이는 배경을 재활용하여 움직이는 듯한 착각을 만들어내는 옛날 만화들이 생각났다. 무엇이 더 현명한 일인지 판단하기가 불가능했다—차를 멈추고 왔던 길로 돌아갈지, 아니면 어디로 가고 있는지 다 아는 것처럼 앞으로 전진할지. 그는 자신이 얼마나 오랜 시간 운전해왔는지도 몰랐고, 가족들이 기다리는 집 앞의 자갈길로 이어지는 그 도로에 다시 들어서려면 어디서 꺾어야 하는지도 몰랐다. 그 도로에 표지판이 있었는지, 표지판에 뭐라고 써 있는지도 몰랐다. 어쩌면 좀더 신경을 썼어야 했는지도 모르겠다. 이 임무를 좀더 심각하게 생각했어야 했는지도.

바람의 소리와 얼굴에 닿는 느낌이 그의 정신을 흐트러뜨렸다. 클레이는 속도를 조금 늦추고 창문을 다시 올린 다음 가운데 패널을 쿡쿡 찔러서 에어컨을 살렸다. 계속해서 직진하긴 했는데, 이게 정확히 맞는 말은 아닌 게, 도로가 오르락내리락하고 꼬불꼬불했기 때문에 어쩌면 완전히 한 바퀴를 돌아온 걸 수도 있었고, 그래서인지 나무와 때때로 나타나는 건물들이 익숙해 보였다. 정말로 그랬으니까. 그는 껌을 발견하고 입에 집어넣었다. 괜찮다.

다른 차가 없었는데, 그는 이게 이상한 건지 아닌지 알지 못했다. 어느 쪽이든, 정지신호가 있을 법한 도로는 아니었다. 이 지역 도시계획자들은 지역 사람들을 신뢰했다. 그는 먼지 날리는 갓길에 차를 세웠다가 유턴해서 왔던 방향으로 달렸다. 방금 지나온 길인데, 이제는 또 아무것도 눈에 익지 않았다. 모든 것이 반대였고, 그의 오른쪽에 있어서 놓쳤던 것들을 도로 왼편에서 새로 발견했다.

'매키넌 농장'이라고 쓰인 아마추어적인 그림 표지판, 들판에 홀로 서 있는 말, 불에 탄 건물의 잔해까지. 그는 달리다가 속도를 줄였다. 집으로 돌아가는 갈림길에 거의 다 온 것 같다는 느낌이 들었기 때문이었다. 그러나 그 길로 가지 않을 것이다. 그는 반대 방향으로 달릴 것이다. 그가 생각하기에 시내가 기다리고 있는 곳으로.

오른쪽에 도로가 있어서 지나가면서 몸을 돌려 쳐다봤지만 그 도로는 집으로 가는 길이 아니었다. 그 길에는 달걀 한 타를 5달러에 살 수 있는 페인트칠한 작은 오두막이 있었으니까. 그는 속력을 올려서 계속 달렸다. 또다른 진출로가 나타났지만 이번에도 페인트칠한 판잣집은 없었다. 그쯤 되자 자신이 두 번 방향을 틀어서 지금 와 있는 이 도로에 오게 된 것인지, 그러고는 존재하지도 않는 랜드마크를 찾고 있는 것인지 의문이 들었다. 클레이는 운전할 때 휴대폰을 보면 안 된다는 것을 알면서도 휴대폰을 꺼냈고, 그것이 작동하지 않는 것 같아서 놀랐다. 그러고서 당연히 안 되지, 그게 이 임무의 진짜 목적이었지, 얼음처럼 차가운 콜라가 아니라, 하는 것들을 기억해냈다. 모두에게 자신이 남자다, 통제권이 있는 남자다, 라는 것을 보여주기 위해 차를 몰고 나왔고, 지금은 길을 잃었고 자신이 우스꽝스럽게 느껴졌다.

그가 휴대폰을 옆 좌석에 던졌다. 물론 다른 차들은 없었다. 소수의 편의를 위한 시골길이었다. 그날이 이상해 보이는 것은 그저 그 밤이 이상했기 때문이리라. 약간 헤맸지만, 길을 찾을 수 있을 것이다. 구조가 필요할 만큼 멀리 오지는 않았다. 그는 산불이 나기 쉬운 산의 꼭대기에 살기를 고집하는 반사회적 괴짜들을 위해 정부에서 헬리콥터를 보냈던 일에 대해 생각했다. 사람들은 불이 재해

라고 생각할 뿐 숲의 성장 주기에 중요한 일부분이라는 것을 이해
하지 못한다. 오래된 것은 탄다. 새로운 것이 자란다. 클레이는 계속
차를 몰았다. 달리 뭘 어쩌겠나?

17

태양이 언제나처럼 슬그머니 하늘을 가로질렀다. 그들은 태양을 반겼다. 찬양했다. 살갗이 따끔거리는 게 징벌처럼 느껴졌다. 땀은 미덕으로 느껴졌다. 컵들이 탁자 위에 쌓였다. 수건들이 쓰이고 버려졌다. 대화를 가장한 시늉과 한숨이 있었다. 물이 찰싹거리고 문이 여닫히는 소리가 있었다. 귀로 들을 수도 있을 것만 같은 그런 열기인데, 그러면 그런 열기 속에서 수영 말고 뭘 하겠나?

어맨다는 가슴팍에 방금 바른 자외선 차단제가 신경쓰였고, 줄 같고 실 같은 그 물질이 피부 밑에서 느껴지는 것 같았다. 즉흥적이었다. 어두운 관객석에서 누군가가 이 시나리오를 외쳤다. 말이 안 되는 일이었고, 말이 되는 것처럼 연기하라는 임무가 그녀에게 주어졌다. 클레이는 차를 몰고 시내로 가고. 그녀는 이러고 있다. 어떤 남자가 아들을 위해 나치 치하의 삶을 평범한 것으로, 심지어 아름다운 것으로 꾸며냈던 영화를 생각했다. 지금 생각해보니 그 영화가 왠지 선견지명이 있었던 것 같다. 어찌저찌 꾸며내서 운명에 다다를 수도 있다.

루스가 아이들에게 차고에 튜브가 더 있다고 말해주었다. 그들이 비닐로 만들어져 축 처진 미니 올든버그*들을 가지고 돌아왔다. 아치가 입술 사이에 작은 돌기를 물었고(한입 베어문, 스프링클을 뿌린 도넛 모양이었다) 숨을 내쉬는 힘에 누금세공한 듯한 갈비뼈가 드러났다.

정말 불공평하게도, 아치가 훨씬 더 잘했다. 삼 년의 우위. 로즈는 그냥 동그랗고 납작한 모양이지만 그래도 편해 보이는 자기 튜브에 공기를 한 모금도 불어넣지 못했다. 짜증이 났다. 아치는 이제 거의 어른이고, 로즈는 그대로 멈춰 있었다.

"내가 해줄게, 아가." 어맨다가 흐물거리는 튜브를 다리 사이에 끼우고 나무 선베드 가장자리에 걸터앉아 모양을 매만졌다.

"도넛이 더 좋은데." 아무것도 뜻대로 되는 게 없었고, 로즈는 참지 못하고 그 점을 언급할 수밖에 없었다.

"느려터져가지고, 멍청이." 아치가 고리 모양 튜브를 수영장 물위에 던졌다. 다이빙대에서 튀어올랐다가 절반만 튜브 안으로 착륙했지만 의도했던 것인 척했다. 그는 동생이 떼써도 신경쓰지 않았다. 오랫동안 동생이 하는 말 대부분을 무시하는 법을 배워왔으므로.

"납작한 게 더 편해." 로즈는 루스가 자꾸 유감이라고 생각할 수밖에 없는 평범하고 통통한 소녀였다. 루스 생각에 아치는 그녀가 학교에서 보는, 자신의 매력을 확신하며 복도에서 무리지어 다니는

---

* 클라스 올든버그. 일상의 물건들을 크게 복제한 듯한 조각으로 유명한 조각가.

여느 남자애들과 아주 비슷했다. 어쩌면 그 확신은 엄마들이 아들들에게 심어준 것인지도 모른다. 그녀는 엄마가 둘이고 치맛바람도 두 배일 손자들이 걱정됐다.

로즈는 예의를 차릴 줄 아는 나이였다. 그럼에도 불구하고 칭얼거렸다. "그치만 도넛이 재밌잖아요." 로즈가 아이들이 부모가 아닌 어른들에게 뭔가 조를 때 쓰는 특유의 방식으로 말했다.

"길게 보면 재미는 좋은 게 아니란다." 파라솔 탁자에 앉아서 루스가 다리를 꼬았다. 그녀는 깨끗한 옷을 입고 있었다. 정리 안 된 침대, 쓰고 나서 욕실 바닥에 둔 수건들, 널브러져 있는 더러운 빨래에 눈살을 찌푸리면서 안방에 당당히 들어갔었다. 그녀는 좀 나아진 기분이었다. 긴장이 거의 풀린 기분.

"이거 보기보다 어렵네." 어맨다는 클레이의 담배를 떠올리며 숨을 몰아쉬었다. 나쁜 짓 하나 하지 않는데 좀 억울하다고 생각했다. 현대사회는 너무 즐거움이 없었다. 언제부터 우리가 서로에게 부모처럼 굴게 됐을까?

로즈는 여느 열세 살짜리처럼 참을성이 없었다. "엄마, 빨리요."

어맨다가 입에서 침으로 반짝이는 젖꼭지 모양의 반투명한 돌기를 꺼냈다. "여기." 그 정도면 충분했다.

로즈가 계단 위에 섰고 미지근한 물에 정강이까지 잠겼다. 로즈와 아치는 곧 자기들만의 게임에, 아이들의 사적인 공모에 빠져들었다. 아이들은 과거에 대항하는 미래로서 서로의 편이 되어주었다.

어맨다는 형제란 긴 결혼생활을 한 부부와 같다고 생각하곤 했다. 길게 말하지도 않는 그 다툼들을 보면. 하지만 어린 시절에만 그랬다. 그녀는 남자 형제들과 거의 교류가 없었다. 오빠 브라이언

이 간혹 한 번씩 보내는 너무 긴 이메일과 남동생 제이슨이 드물게 보내는 철자가 틀린 문자메시지 이상은 없었다. "이 사람 출발한 지 얼마나 됐죠?" 어맨다가 휴대폰을 확인했다. 적어도 시계는 작동했다.

"이십 분?" G. H.가 자기 시계를 들여다보았다. 시내까지는 그 정도 거리였고, 이 동네를 모르는 사람이라 천천히 운전한다면 더 걸릴 거리였다. "곧 돌아올 겁니다."

"점심을 차릴까요?" 어맨다는 배가 고프다기보다 지루했다.

"도울게요." 루스는 이미 일어서 있었다. 그녀조차 스스로 원해서 그랬는지 그래야 한다고 생각해서 그랬는지 분간하기 어려웠다. 요리를 좋아했지만, 그건 관습적으로 주방에 들어가야 하다보니 그곳에서 보내는 시간을 즐기는 법을 배워버린 게 아닐까?

"사람은 많을수록 좋죠." 어맨다는 그 여자와 같이 있고 싶지 않았지만, 남편에 대한 생각을 그만하게 될 수도 있겠다고 생각했다.

집안은 좀더 시원했는데, 루스가 너무 춥지 않을 정도로 온도를 조정했다. 낭비라고 생각해서였다. "저기, 너무 걱정 말아요."

상냥하다, 고 어맨다는 받아들였다. 클레이가 브리치즈와 초콜릿을 사두었다. 그런 샌드위치가 있었다. 로즈가 특히 좋아하는, 왠지 몰라도 그가 새해 첫날마다 만드는 요리. 전통이 이제 막 어찌저찌해서 만들어졌는데, 곧 사라진다. "미리 말해둘게요. 이상해 보이는 조리법이지만 진짜 맛있어요." 그녀가 재료를 늘어놓았다.

루스야말로 추수감사절에 먹는 새를 소금물에 담근 사람이었다. 베이컨을 트레이에 펼쳐놓고 바삭해질 때까지 오븐에 돌린 사람이었다. 자몽 과육과 속껍질을 발라내는 데 칼을 사용한 사람이었다.

이곳은 그녀의 공간이었다. "초콜릿이요?"

어맨다가 조리대 위에 정렬된 것들을 보았다. 초콜릿칩 하나하나가 왠지 사랑스럽고, 쐐기 모양의 부드러운 치즈가 대단해 보였다. "짭짤하고 달콤하고, 이게 마법 같은 거예요."

"정반대인 것들은 서로 끌리는 것 같아요." 이거 너무 작업 거는 말인가? 그럴지도. 루스와 어맨다가 정말 정반대인가? 우연한 상황 때문에 만났을 뿐인데. 하지만 결국에는 모든 것이 우연한 상황 아닌가? 그녀가 바질을 다졌다.

루스가 통에 얼음을 가득 담았다. 천 냅킨을 꺼내 사각형으로 반듯하게 접은 다음 쟁반에 올려놓았다.

어맨다가 손가락 끝에 남은 향을 맡았다. "정원을 직접 가꾸셨어요?"

"조지가 그런 노인네들 일을 하는 모습은 영영 못 볼 거예요." 루스는 자신의 좀 할머니스러운 성향—십자말풀이, 정원 가꾸기, 튜더왕조의 역사를 다룬 두꺼운 페이퍼백—이 무언가의 증거가 되지는 않는다고 생각했다. 그녀는 그저 자신이 좋아하는 것을 좋아하는 여자일 뿐이었다. 그녀는 늙지 않았다.

어맨다는 한번 맞혀볼 생각이었다. "조지는 법조계에 계시죠? 아니다, 금융 쪽. 아니, 법 쪽." 그녀는 비싼 시계와 깔끔하게 손질된 희끗희끗한 머리와 좋은 안경과 고급스러운 신발이 G. H.가 어떤 남자인지 설명해준다고 생각했다.

"사모펀드요. 이 치즈 얇게 썰까요?" 루스는 전에도 그 일을 여러 번 설명해보았다. 여전히 그녀에게는 별 의미가 없었다. 그래서 뭐? G. H.는 그녀가 돌턴에서 한 일들을 자세히 이해하지 못했다. 어쩌면 아무리 사랑한다 해도 다른 사람 삶의 사소한 것까지 신경쓰는 사람은 없는 것 같다. "그러니까 금융 쪽이라고 할 수 있죠. 하지만 큰 은행은 아니고. 작은 회사, 프리미엄 전문 회사예요." 이것이 루스가 그녀만큼이나 그 일을 어려워하는 사람들에게 설명하는 방식이었다.

"그냥 그릴 샌드위치 할 때처럼 얇게 썰어주세요." 재료가 넷이 먹기엔 충분했지만 여섯 명이라고 하면 별로 충분하지 않았다. 어맨다는 클레이를 위해 한 개 남겨둘 생각이었다. 그럴 이유가 없는데도 그를 생각하면 눈에 눈물이 고였다. 그가 가져올 소식을 기다렸지만, 그가 그저 돌아오기를 바라기도 했다.

"최소한 아이들은 즐겁게 시간을 보내고 있네요." 루스는 이 사람들이 여기 있는 것이 싫었지만, 그래도 이들과 어떤 인연이 맺어졌다고 느끼지 않을 수 없었다. 세상이 걱정됐지만, 다른 사람들을 신경쓰려고 하면 어떤 저항에 가까운 감정이 들었다. 이게 그들이 가진 전부인지도.

어맨다가 검은색 프라이팬에 버터를 녹였다. "그렇네요." 아치는 거의 성인이 다 됐다. 한 세기 전이었다면 유럽의 최전선으로 보내졌을 것이다. 무슨 일이 일어나고 있는지 말해줘야 할까, 말한다면 뭐라고 할까?

"양파 소스를 찾았는데. 간식으로 할까요?" 루스가 그릇과 큰 숟가락을 꺼냈고, 그들은 침묵 속에서 요리했다.

어맨다는 그 침묵을 참을 수 없었고, 그래서 깼다. "밖에서 무슨 일이 일어나고 있다고 생각하세요?"

"남편분은 곧 돌아올 거예요. 뭔가 알아내서요." 루스가 새끼손가락으로 소스를 맛보았다. 우아한 몸짓이었다. 그녀는 추측 게임을 하고 싶지 않았다. 어맨다가 그들을 믿지 않는다는 심증이 있었다. 루스는 창피당하고 싶지 않았다.

어맨다는 완성된 샌드위치 하나를 따로 빼두었다. "우리 아이들은 날씨가 어떤지까지도 휴대폰에 물어봐요. 몇시인지도 물어보고, 자기들을 둘러싼 세상 모든 것을 물어보고, 그 프리즘을 통하지 않으면 세상을 보질 못해요." 하지만 어맨다도 그랬다. 조이 데이셔넬이 비가 오는지 아닌지도 모르는 것처럼 나오는 텔레비전 광고를 비웃긴 했지만, 그녀 역시 똑같은 짓을 했다. "휴대폰이 없으니까, 사실은 우리가 여기 고립된 것 같아요." 사실이 그랬다. 그 느낌은 금단현상이었다. 비행기에서 그녀는 3킬로미터 상공 이하라는 것을 의미하는 띵 소리를 듣는 순간부터 비행기 모드를 끄고 이메일을 확인하려고 했다. 승무원들도 안전벨트를 하고 있어서 잔소리하지 못한다. 화면을 당기고 당기고 또 당기면서 연결이 되기를 기다리고 그동안 놓친 것들을 확인하려고 기다렸다.

"휴대폰으로 볼 수 있을 때 믿게 될 거예요." 루스는 그런 어맨다를 비난하지 않았다. 사실의 객관성을 논하는 이 모든 세월이 모든 이들의 뇌에 어떤 영향을 끼쳤다.

"우린 그냥 아무것도 모르잖아요. 일단 뭘 좀 알면 나을 텐데. 클레이가 오래 걸릴까요?"

루스가 다 쓴 숟가락을 싱크대에 넣었다. "좀 진부하지만 그런 거 있잖아요. 당신은 무인도에 갇혔습니다. 사회와 사람들은 아주 멀리 있고 책 열 권이나 음반 열 장 같은 걸 골라서 가져갈 수 있습니다. 덫이 아니라 천국처럼 보이게 만드는 것들." 무인도라는 게 그녀에게는 좋아 보였다. 해수면이 높아지고 있어서 그런 섬들이 모두 사라질지도 모르지만.

"하지만 저한텐 책 열 권이 없어요. 인터넷이 되면 제 계정으로 들어가서 킨들에 사놓은 책들을 다 다운로드할 수 있는데. 그런데 그게 안 되네요." 어맨다가 하지 않은 말은 이것이었다. 우리에겐 수영장이 있고, 이 브리치즈 초콜릿 샌드위치가 있고, 서로 모르는 사이이긴 하지만, 물론 그렇지만, 서로가 있네요.

18

어맨다가 와인을 가지고 나왔다. 휴가중이었다. 그리고, 해장술. 뭘 먹기엔 너무 이르다고 불평하는 아이들은 게임에 열중하게 놔두었다. 마음이 놓였다. 맑은 분홍색 와인을 아크릴 잔에 붓고 한 잔씩 돌렸는데, 의식을 치르는 듯 거의 종교적이었다. 주의깊고 참을성 있는 누군가가 천 냅킨을 눌러놓았다. 그녀는 그 사람이 루스인지 궁금했다.

"아이들이 아주 예의가 바르네요." G. H.는 이것을 최고의 칭찬으로 여겼다.

"고맙습니다." 어맨다는 이게 입에 발린 말이나 그냥 하는 말은 아닌지 확신할 수 없었지만 그래도 기뻤다. "딸이 있으시다고요?"

"마야라고. 매사추세츠에서 몬테소리를 가르쳐요." G. H.는 아직 이것이 어떤 의미를 수반하는지 완전히 확실히 알지 못했지만, 딸을 사랑했다.

"학교를 운영해요. 그냥 가르치는 게 아니라. 전체 운영을 책임지죠." 루스가 미니 당근을 깨물었다. 기분이 가벼웠다. 그녀의 몸 어느 부분이, 사망에 이르는 병을 진단받은 사람들은 병이 자리를 잡는 순간 차분해지고 거의 건강이 좋아지는 일종의 회복기가 온다는 내용을 읽었던 기억을 떠올렸는지도 모르겠다. 일종의 신혼여행. 막간의 기쁨.

"멋있어요. 아치가 어렸을 때 몬테소리에 보냈었는데. 정말 놀라웠어요. 실내화로 갈아신기. 손 씻기. 회사 동료들처럼 아침인사 하기." 그녀는 아이가 놀이를 '일'이라고 부르는 것을 정말 좋아했다. 덤벙덤벙한 아기들이 어른 연습을 한다고 티스푼으로 유리구슬을 들어올리고 점심시간에 쏟은 것들을 스펀지로 닦는다니.

"그게 발달에 중요하다고 하더라고요. 마야는 거기에 대단한 열정을 가지고 있어요. 우리 손자들도 다니기 시작할 거예요. 세상에, 그게 벌써 이 주 뒤인가." 루스는 방어적이었다.

"벌써 시간이 그렇게 됐다고!" G. H.는 진부한 말들이 알고 보면 모두 진리이고, 아이들은 정말, 아주 빨리 자란다는 걸 잘 알고 있었다.

"9월일 거예요." 루스가 희망을 가지고 말했다. 그녀의 어머니였다면 하느님을 끌어들였을 것이다—신의 뜻으로, 라고 숨을 들이마시는 것처럼 반사적으로. 그들은 그것을 비웃지 않았지만 그렇다고 그 여자의 헌신을 배우지도 않았다. 어쩌면 어머니가 더 많은 것을 알고 있었을지도 모른다. 어떤 일이 누군가—신, 그래, 왜 아니겠어—의 뜻 없이 일어난다고 생각하는 것이 어리석은지도 모른다.

어맨다는 왜 어스, 윈드 앤드 파이어*의 노래를 생각했을까, 아니

136

왜 그 생각이 인종차별인 것 같았을까? 아니, 그들의 가장 친한 친구들 몇이 흑인이 아닐 뿐이다. 피터라는 친구는 마티카라는 이름을 가진 여자와 결혼했는데, 그 여자의 어머니는 1970년대에 유명했던 흑인 모델이었다. 1층에 사는 이웃은 흑인이면서 트랜스젠더, 아니 논바이너리**, 아니—어맨다는 조심하려고 항상 이 사람을 이름으로 불렀다. 조던, 만나서 너무 반가워요. 조던, 여름 재밌게 보내고 있어요? 조던, 요즘 날씨가 진짜 더워요. "정말 빨라요. 아치가 아기였을 때 저보다 나이가 많은 엄마 아빠들이 항상 저한테 그렇게 얘기했었는데, 전 그냥, 아, 얼마나 있어야 이 시간이 좀 가려나, 그랬어요. 너무 지쳤었거든요. 하지만 이제 그분들이 옳았다는 걸 알아요." 그녀는 수다를 떨고 있었다.

"딱 그 얘기 하려던 참이었어요. 선수를 쳤네요. 이 나이 때 마야가 생각나요." G. H.는 그리운 마음이 들면서 동시에 걱정이 됐다. 그들은 좋은 삶, 긴 삶, 행복한 삶을 살았다. 물론 마야와 그녀의 가족이 그 삶을 통해 일군 유일한 결과물이었고, 그건 대단한 일이었다. 아버지란 보호해주는 존재이므로, 전날 밤 운전하면서 그는 이먼 롱아일랜드에서 마야를 위해 할 수 있는 일이 무엇일까 생각했고, 별게 없다는 사실을 깨달았다. 그러나 도움이 필요한 사람은 마야가 아니라 그들이었다. 마야와 아이들은 잘 지내고 있었다.

루스는 남편의 마음속에 있는 아이가 어느 버전의 아이인지 궁

---

* 노래 〈9월〉을 부른 미국 밴드. 멤버 전원이 흑인이다.
** 남성과 여성으로 구분하는 기존의 이분법적 성별 구분에서 벗어난 성 정체성이나 성별을 지칭하는 용어.

금했다. 물어보고 싶지는 않았다. 이 낯선 사람 앞에서 하기에는 너무 개인적인 이야기였다. 다 같이 수영복을 입고 거기 앉아 있는 것만으로도 충분히 이상했다.

"조부모가 되는 건 재밌을 것 같아요. 버릇 나빠지는 거 다 해줘도 되고 밤을 새우지 않아도 되고 성적표가 엉망이라고 혼낼 필요도 없고요." 어맨다의 부모님은 무관심을 드러내며 그 지위에서 벗어났다. 그들은 아치와 로즈를 싫어하지는 않았지만 무조건적으로 사랑해주지도 않았다. 둘을 포함해서 손자 손녀가 일곱이었는데도 그들은 은퇴하고 샌타페이로 갔고, 거기서 아버지는 끔찍한 풍경화를 그리고 어머니는 개 보호소에서 자원봉사를 했다. 물을 끓이는 데 시간이 더 오래 걸리는 그 낯선 곳에서 그들은 노년의 자유를 즐기기로 결심했다.

"이 샌드위치 맛있네요." 먹기 전에 루스는 정말 맛있을까 의심했었다. 그리고 화제를 바꾸고 싶기도 했다. 사실을 말하자면, 마야는 베케트와 오토를 그들로부터 보호했다. 마야는 자신의 부모가 약하고, 또는 보수적이고, 자신과 클라라가 동의한 아이들에 대한 철학을 이해하지 못한다고 생각했다. 루스가 북스오브원더* 쇼핑백을 들고 가면 마야가 먼저 그것들의 죄를 찾아내려는 랍비처럼 유심히 살폈다. 좋은 의도였다. 마야의 불신은 부모에 대한 게 아니라 그들이 만든 세상에 대한 거였고, 그녀가 옳을지도 모른다. 루스가 참지 못하고 아이들에게 사랑스러운 것들─테디베어에게 입히는 것과 같은 조그마한 깅엄 셔츠─을 사주면 마야는 경멸을 감추려고 애

---

* 뉴욕에 있는 어린이책 전문 서점.

썼다. 루스는 그저 대우를 받고 싶었고, 깨끗한 향이 나는 아이들의 몸을 꼭 끌어안고 싶었다. 그것이 주는 느낌이란, 놀라웠다. 강력했다.

"맛있어요." G. H.가 동의했다.

"그래요, 조금 버릇 나빠지게 하긴 했어요." 루스가 인정했다. "그럴 수 있을 때요." 이것이 그녀가 원하는 거였다, 가족을 만날 수 있는 때.

어맨다는 이제 이 사람들이 사기꾼이라고 생각하지 않았다. 그런데 이게 치매의 전조, 첫번째 경고 신호인가? 냉장고에 두고 잊어버린 열쇠나 양말 신고 샤워하러 가는 것, 지금 대통령이 레이건이라고 생각하는 것처럼? 원래 그런 식 아닌가? 처음엔 소설 같다가, 편집증 같다가, 그러다가 알츠하이머가 되는 거? 부모님도 그런 것 같았다—그들의 강한 의지가 의심스러웠다. 뉴멕시코주에는 십 년 전에 한두 번 스키를 타러 간 게 다인데 샌타페이로 아예 간다니. 그녀에게는 말이 안 되는 일이었고, 그들이 만족스러워하는 게 자기기만처럼 보였다. "조부모란 게 원래 그런 거죠."

"조지는 나보다 더 심했어요."

"잠깐." 의도했던 것보다 더 무례하게 말이 나왔고, 어맨다는 부끄러워하는 눈빛으로 사람들을 봤다. "방금 알았어요. 성함이 조지 워싱턴이신 거예요?"

그런 데 특별히 수치심을 느끼지는 않았다. 그는 육십 년 넘게 그 설명을 해왔다. "제 이름은 조지 허먼 워싱턴입니다."

"죄송해요. 제가 무례했어요." 와인 때문인가? "그게, 왠지 잘 어울리시는 것 같아서요." 설명할 수는 없었지만, 그저 자명했달까. 언젠가 하나의 일화가 될 수도 있다. 그녀가 조지 워싱턴이라는 이름의 흑인 남자와 함께 수영장 옆에 앉아 있고 그동안 남편은 세상이 어떻게 잘못되었는지 알아보러 나갔던 때가 있었다고. 전날 밤 재난 이야기를 주고받았는데, 이것도 그런 이야기의 하나로 추가될 수도 있다.

"사과할 필요 없어요. 사업 초반에 이니셜을 쓰기로 결심했던 이유의 일부였답니다."

"좋은 이름이에요." 루스는 모욕당했다고 생각하지 않았고, 그저 이 여자가 그들에게 말할 때 보인 편한 태도에 놀랐다. 이렇게 말하면 더더욱 나이든 여자처럼 보이리라는 걸 잘 알지만, 상황에 맞는 예절 의식이 아쉬웠다.

"맞아요! 좋은 이름. 그리고 멋진 이니셜인 것 같아요. G. H.라고 하면 일단 업계의 거물 같고 사업의 대가 같아요. G. H.라는 사람에게는 저도 믿고 돈을 맡길 거예요." 어맨다는 지금 무리해서 수습하는 중이었고, 약간의 취기, 와인, 더위, 이상한 상황 때문에 그러는 것이기도 했다. "클레이가 곧 돌아오겠죠?" 그녀가 손목을 보았지만 시계를 차고 있지는 않았다.

19

아이들은 여가시간에 싫증이 났다. 수적 열세로 인해 아치와 로즈는 어떤 접점을 재발견했고, 다섯 살과 두 살로 되돌아가 어떤 무언의 목표를 향해 협력하고 있었다. 그들은 수영장에서 벗어나, 어른들로부터 벗어나 잔디밭으로, 그늘로, 수영장이 주지 못했던 위안으로 갔다.

"숲에 가자, 아치." 로즈는 아까 본 것을 생각하고 있었다. 그녀에게조차 말이 안 되는 일이었다. "아침에 대단한 걸 봤어. 사슴."

"그건 여기저기 다 있어, 멍청아. 다람쥐나 비둘기 같은 거라고. 뭐 별거라고." 이애가, 동생이 최악은 아니었고, 아직 어린아이라 멍청이일 수밖에 없었다. 열세 살 때 나도 이렇게 바보 같았나?

"아니, 내 말은. 와봐." 로즈가 어깨 너머로 점심을 먹고 있는 어른들을 쳐다봤다. '제발'을 붙일 순 없다. 구걸하면 더 지겨워할 테니까. 매력적으로 들리게 해야 한다. 탐험하러 가는 것처럼 연기하고 싶었는데, 실제로 탐험을 할 것이었으므로 술수라고 할 수도 없었다. "저 밖에 뭐가 있는지 보러 가자."

"저 밖엔 아무것도 없어." 그러면서도 아치는 저 밖에 무엇이 있는지 궁금했다. 원주민의 화살촉? 돈? 낯선 사람? 그는 평생 다녀본 다양한 숲에서 이상한 쓰레기들을 발견했었다. 지저분한 잡지에서 찢은 세 페이지, 그 속에 유행 지난 머리, 태운 피부, 거대한 가슴을 가진 한 여성이 몸을 이렇게 저렇게 내밀거나 구부리고 있었다. 1달러짜리 지폐. 어떤 병은 그다지 맑지 않은 액체로 가득차 있었는데, 그는 오줌이라고 확신했지만 다른 사람의 오줌이 담긴 병을 열고 싶지 않았기 때문에 어떻게 증명해야 할지 알 수 없었다. 세상에는 많은 미스터리가 있다는 것, 로지가 하려는 말은 결국 그거였고 그도 그렇다고 생각했지만 그애 입으로 듣고 싶지는 않았다.

"있다면? 저 뒤에 다른 집이 있을 수도 있어." 로즈는 무언가를 상상하고 있었지만 아직은 스스로도 불분명했다.

"이 근처에 다른 집은 하나도 없어." 아치가 자신도 믿을 수 없다는 듯이, 혹은 아쉽다는 듯이 말했다. 이해할 수 있었다. 그도 지루했다.

"저기 농장이 있어. 달걀 파는 거 봤잖아. 기억나지?" 어쩌면 그 농부들한테 자식이 있을지도 모른다, 딸이 하나 있을지도, 그애 이름이 케일라일 수도 있고 첼시일 수도 있고 매디슨일 수도 있고 휴대폰을 가지고 있을지도 모른다. 돈이 있을 수도 있고 아니면 뭔가 재미있는 일을 생각하고 있을지도 모른다. 그애가 집으로 오라고 초대할지도 모르고, 거긴 에어컨이 될지도 모르고, 같이 비디오게임을 할지도 모르고, 프리토스 옥수수칩을 먹고, 얼음을 넣은 다이

어트 콜라를 마실지도 모르지.

로즈는 덥고 근질거렸다. 오빠와 숲에 가고 싶었다. 어른들이 볼 수 없는, 귀찮게 할 수 없는 곳으로 가고 싶었다. 저 밖에 있을 증거를 상상했다. 발자국을. 발자취를. 증명을.

아치가 땅에 있던 막대기를 주워 투창을 하듯 나무에 던졌다. 아이들은 개가 막대기를 좋아하듯 막대기를 좋아한다. 아이를 데리고 공원에 가봐라, 막대기를 주울 것이다. 일종의 동물적인 반응이랄까.

"그네다. 좋은데." 그네는 높은 나무에 매달려 있었다. 놀이방인지 장비들로 가득찬 곳인지 모를 작은 헛간이 보였다. 그 너머부터는 잔디가 듬성듬성해지면서 흙과 나무뿐이었다. 로즈가 그쪽으로 걸어가 앉았다.

아치는 발밑의 나무뿌리와 돌멩이를 가지고 불평하느라 욕을 내뱉고는 남자다워진 기분을 느꼈다. "에이씨."

"저긴 뭐가 있지?" 헛간의 무언가가 로즈를 조심스러워지게 만들었다. 안에 무엇이든 있을 수 있었다. 로즈는 아까부터 연기를 하고 있었다. 아니면 연기하지 않은 적이 없거나.

"문 열어서 보자." 아치가 자신 있게 말했지만 내심 그곳에 대한 여동생의 두려움을 공유하고 있었다. 지금은 죽은 어떤 아이의 놀이집이었을 수도 있다. 안에 어떤 사람이 그들이 문을 열어주기를 기다리고 있을 수도 있다. 이런 건 영화에 나오는 이야기이지만, 그들의 인생 이야기가 되지 않았으면 하는 종류의 이야기이기도 했다.

어른들은 울타리 너머에 있었다. 마치 그들이 존재하기를 중단한 것처럼 느껴졌다. 로즈가 그네에서 뛰어내려 그 작은 구조물을 향해 다가갔다. 거미줄을 뚫고 지나갔다. 보기 전까지는 보이지 않았던 거미줄을 뚫으면서 그녀는 그럴 때 누구나 느끼는 끔찍한 전율을 느꼈다. 몸은 스스로 무엇을 하고 있는지 알았다. 독거미일까봐 겁을 주어 쫓는 것이다. 그녀는 비명을 지르지 말자고 다짐했다— 오빠는 그런 여자 같은 행동을 참아주지 않으니까. 그럼에도 불구하고 억눌린 혐오감 같은 소리가 튀어나왔다.

"뭐야?" 아치가 약간의 걱정과 경멸이 섞인 눈으로 동생을 쳐다보았다. 그것 역시 동물적인 반응이었다. 오빠들의 반응.

"거미줄." 로즈는 『샬롯의 거미줄』을 생각하고 있었다. 거미에게 인간과 같은 성격과 목소리가 없다는 사실을 알고 있었지만, 그래도 자신이 추방했을지 모르는 거미가 걱정됐고, 그 거미를 친절한 여자 거미로 상상하지 않을 수 없었다. 그녀는 모르는 사이에 그 이야기의 교훈 중 하나인 관대함을 여성스러움으로 묘사했다. 그녀는 몰랐지만, 그들이 어려서 밤에 책을 읽어줄 수 있었던 몇 년 전 엄마가 그 책을 소리 내어 다시 읽어줬을 때 엄마는 그 교훈에 동의하지 않았다.

소년과 소녀가 무성한 풀숲을 헤치고 함께 나아갔다. 거의 벌거벗은 그들의 몸은 햇빛 때문에 분홍색이 됐고, 나뭇가지 밑의 서늘한 공기에 소름이 돋았고, 거미가 뽑은 실과 탐험의 가장 큰 재미인 두려움 때문에 닭살이 돋았다. 멀리서 보면 꼭 이른아침에 마주치는 어리고, 망설이고, 서툴지만, 존재 자체만으로 우아한 새끼 사슴 같았다.

아치는 이렇게 생각했지만 말하지는 않았다. 시끄러운 계집애. 그것은 나약함을 인식했을 때 나오는 반사적인 반응이었으나, 그래도

144

로즈는 그의 동생이었다. "열어봐."

로즈가 망설이다가 망설이지 않았다. 용감해져야 한다. 그게 술수다. 그녀가 단단히, 하지만 가볍게 잡은 손잡이 위에 엄지손가락으로 누르는 홈 같은 것이 있었다. 금속이 녹슬어서, 손에 닿자 전기 오르는 느낌이 났다. 로즈가 문을 잡아당겨 열자 삐걱거리는 소리가 크게 났다. 안에는, 아무것도 없었다. 한구석에 마른 나뭇잎들이 거의 계획적으로 보일 정도로 흩어져 있을 뿐. 로즈는 심장이 쿵 떨어졌고 그 소리가 들릴 정도였다. "아." 그녀는 약간 실망했다. 거기서 무엇을 발견하길 기대했는지 말할 순 없었지만.

아치가 들어가지는 않고 고개를 숙여 건물 안으로 들이밀었다. "존나 재미없는 곳이네."

"그러네." 몇 주 전에 연한 파란색으로 칠한 로즈의 발톱이 땅을 파고들어갔다.

이제 아치는 이게 즉흥 게임이라는 걸 알아차렸다. "그런데 여기가 바로 그 사람이 자는 데일 수도 있어. 밤에 숨는 데."

즉각적인 두려움. "누구?"

그가 어깨를 으쓱했다. "누군지 몰라도 저 흔적을 남긴 사람." 아치가 젖었다 말라서 표면이 두껍고 구불구불해진 나뭇잎을 가리켰다. "그러니까, 만약에 네가 갈 곳도 잘 곳도 없어서 이 숲속에 들어왔다면, 너라면 어떻게 하겠냐?"

그녀는 생각도 하고 싶지 않았다. "무슨 말이야?"

"그럴 순 없잖아, 나무에 기어올라가서 거기서 잔다든지. 그런데 땅은 어디든 위험하고. 뱀이나 그런 것들. 광견병 걸린 동물이라든가. 사방에 벽! 그리고 지붕. 그 정도면 사치지. 그리고 여기 이 창문이 있어서—" 아치가 문을 열고 들어오기 전까지는 있는 줄도 몰랐던, 헛간 한쪽 면의 더러운 창유리를 가리켰다.

"응, 그러겠네." 로즈라면 절대 밖에서 자고 싶지 않을 것이다. 나뭇가지 사이에서 자는 건 상상도 할 수 없었다. 애초에 나무에 기어오를 수 있을 것 같지도 않았다. 이 년 전에 파크슬로프 일일 캠핑에서 암벽 등반을 했었다. 허리에 줄을 묶고 있었고 헬멧과 무릎 보호대도 착용하고 있었지만, 그럼에도 암벽의 절반 이상 올라가는 건 거부했고, 지도 선생님인 다넬이 밧줄을 풀어 내려줄 때까지 거기 매달려 비명을 질러댔다.

아치가 의미심장하게 한 박자 쉬고 말했다. "······볼 수 있겠지."

"뭘?"

아치가 허리를 젖혀 헛간에 들어와서 창문을 내다보았다. "집안이지, 당연히. 네가 직접 봐봐. 시야가 완벽하잖아."

로즈는 걸음을 내딛다가 발밑의 맨흙 때문에 작게 움찔했다. 키가 오빠만큼 크지 않아서 구부릴 필요가 없었지만 그래도 몸을 숙이면서 그의 팔뚝에 손을 얹어 중심을 잡았다. 정말로, 거기서 집이 보였다.

아치가 말을 이었다. "저기가 ······ 네가 자는 방 아닌가? 우와. 아니면 말해. 그런데 나는 맞는 거 같아. 한번 상상해봐. 여기는 어두운데 저 집은 환하게 불이 켜져 있는 거야. 네 침대 옆 램프가 빛을 내고 있고, 네가 이불 속에서 멋지고 아늑하게 책을 읽고 있어. 이 사람은 그냥 불빛을 따라가면 네 앞에 갈 수 있어. 창문 안쪽이 바로 보여서 까치발 들 필요도 없을걸."

로즈가 몸을 뒤로 물리다가 머리를 문틀에 박았다. "닥쳐, 아치."

그가 웃음을 참았다.

"좀 닥쳐." 그녀가 가슴 앞으로 팔짱을 꼈다. "들어봐. 오늘 아침에 사슴을 봤어. 한 마리가 아니고. 엄청 많이. 백 마리. 아마 더 많았을 거야. 바로 여기 있었어. 너무 이상했어. 사슴이 원래 그렇게 많이씩 무리지어 다녀?"

아치는 작은 놀이집에 그늘을 드리워주는 나무 쪽으로 갔다. 팔을 뻗고 살짝 뛰어서 가장 낮은 가지를 잡고는 무릎을 가슴까지 들어올리면서 동물적이고 장난스럽게 그네를 탔다. 그가 쿵 하고 땅으로 내려왔다. 흙에 침을 뱉었다. "나는 빌어먹을 사슴은 존나 모르지."

복숭아색에 솜털이 자란 끈적끈적한 그들의 몸이 나뭇잎 사이로 사라졌다. 보이지도, 들리지도, 엿보이지도 않으면서 그들은 조사해나갔다.

무슨 일이 일어나기를 그들이 바라긴 했지만, 정말 어떤 일이 일어나고 있었다. 그들은 몰랐고, 그들과는 관계가 없었다, 그다지. 물론, 관계있게 될 것이다. 세상은 젊은이들의 것이니까. 그들은 숲속의 아기들이었고, 만약 그 설화가 믿을 수 있는 이야기라면 그들은 죽을 것이고, 새들이 그들의 시체를 보살필 것이고, 어쩌면 그들의 영혼을 하늘로 데려갈 수도 있다. 그 이야기를 어떤 버전으로 알고 있느냐에 따라 다르겠지만. 맨해튼에 내려앉은 어둠, 그렇게 실체가 있는 것은 설명이 된다. 하지만 그 밖의 모든 것이 어둠 너머에 있고, 그리고 그것들은 더 모호하고, 거미가 뽑는 실처럼 손에 잘 잡히지 않으며, 있기도 하고 없기도 하고, 주위 어디에나 있다. 그들은 숲속으로 더 깊이 걸어들어갔다.

20

그가 집을 나선 지 십사 분이 됐다. 차에 시동을 걸면서 디스플레이를 봤기 때문에 기억했다. 십육 분인지도 모른다. 그의 기억이 틀렸는지도 모른다. 더 짧을 수도! 그리고 멈춰서 담배도 피웠다. 그는 보통 칠 분이 걸린다고 말하지만 실제로는 사 분 정도 걸린다. 그러니까 클레이는 십 분 동안 운전을 했고, 이건 그리 긴 시간이 아니므로 그가 정말 길을 잃었다고 할 수는 없다는 뜻이었다. 그는 진정하자고 혼잣말한 다음 매키넌 농장 진입로에 차를 대고 담배를 피웠다. 물론 이 길을 따라 농가 또는 사람들이 있을 만한 다른 건물까지 갈 수도 있지만, 그러면 그가 정말로 당황했다는 뜻이 될 텐데 그는 그러지 않았다. 그래서 담배를 피우며 그 행동에 내재된 여유를 찾으려 노력했고, 그 물건이 완전히 끝을 보이기 전에 참을성 없게 비벼 꺼버렸다. 그들이 이 집으로 왔던 그 첫날에도 길에 그들의 차뿐이었는지 기억이 나지 않았다. 그 첫날이 몇 주는 지난 일

같았다.

그가 하려고 했던 것보다 더 세게 문을 닫았다. 정확히 말해서 쾅은 아니었지만, 그 전체적인 고요가 두드러질 만큼은 시끄러웠다. 그는 원래 이런 거라고 혼잣말을 했고, 사실 원래 그랬다. 그가 평화를 찾을 준비가 되어 있었다면 평화롭게 보였을 것이다. 지금은 좋게 말하면 짜증나고 나쁘게 말하면 무서웠다. 기호에는 아무 의미가 없다. 당신에게 가장 필요한 것이 무엇인가에 따라서 스스로 의미를 부여하는 것이다. 클레이가 껌을 하나 씹으면서 시동을 걸었다. 농장 진입로에서 빠져나와 좌회전한 다음 천천히 차를 몰며 오른쪽의 모든 진출로를 유심히 봤다. 하나, 또하나, 그다음에 마지막으로 또하나, 하지만 그중에 눈에 익은 건 하나도 없었고, 달걀을 파는 가판대가 근처에 있는 것도 하나도 없었다. '옥수수'라고만 적힌 팻말이 있었지만 이것은 아무것도 알려주지 않는 것 같았고, 오래된 게 틀림없었다.

그는 아치에게 혼자 지하철을 타도록 준비를 시키려고 그들이 쏟아부었던 정신적, 실제적인 준비들을 생각했다. 아이의 휴대폰이 없어지거나 고장났을 때를 대비해 그들의 전화번호를 외워야 한다고 강요했던 것, 아이가 어쩌다 노선이 변경된 열차를 타고 한 번도 가본 적 없는 동네로 향하고 있다면 어찌어찌하기로 계획을 세우고 모두가 동의한 것. 이제 아이는 매일같이 지하철을 탔다. 클레이는 이제 그런 생각을 거의 하지 않는다. 원래 그런 거다, 아마도. 당신은 아이가 밤새도록 자도록, 포크를 능숙하게 사용하도록, 변기에 오줌을 누도록, 주세요라고 말하도록, 브로콜리를 먹도록, 어른들에게 공손하도록 준비시키고, 그러면 아이는 준비된다. 그것으로 끝이다. 그는 자신이 왜 아치에 대해 생각하고 있는지 의아해하며 그 생각을 치우려는 듯 머리를 가로저었다. 이제 차를 돌려 지나온 세 개, 네 개, 다섯 개 진출로를 하나씩 나가보고, 그 길이 어디로 이어지는지 알아보고, 맞는 길인지 확인해야 할 것이다. 그중 하나는 맞을 것이다. 체계적으로 하기만 하면 된다. 집으로 돌아가는 길을 되짚고, 거기서 다시 시작할 것이다. 더 신중하게, 더 주의깊게 시내를 찾아서, 처음부터 그가 다다르려고 했던 곳을 찾아갈 것이다. 그는 지금 간절하게 코카콜라를 원했다. 카페인 부족으로 머리가 아팠다.

휴가가 엉망이 되었다. 마법은 이미 깨졌다. 진실로, 그가 해야할 일은 그 집으로 돌아가서 아이들에게 짐을 싸라고 하는 것이다. 저녁식사 전에 도시에 돌아갈 수 있을 것이다. 애틀랜틱 애비뉴에 있는 프랑스 식당에서 사치를 부리며 튀긴 안초비, 스테이크, 마티니를 주문할 수도 있다. 클레이는 일이 다 벌어진 뒤에야 결단력이 생겼다. 그리고 지금 그는—뭐, 길을 잃은 게 아니라 좀 돌아왔다고 말하고 싶겠지. 그는 이상할 정도로 강렬하게 아이들을 보고 싶은 욕망을 느꼈다.

첫번째 좌회전을 했고, 채 몇 미터 가지 않아 이 길이 아니라는 걸 알았다. 그 길은 오르막이었고, 원래 길이 평지였다는 것은 그도 알았으니까. 그는 차를 돌려 큰길로 되돌아갔고 어차피 어느 방향으로든 차가 다니지 않아 속도는 거의 줄이지 않았다. 두번째 좌회전을 했고, 거기가 맞는 길 같아 보였다. 좀더 직진하다 오른쪽으로 꺾었는데, 그냥 그럴 수 있어서 그랬다. 아마 여기가 거기인 듯, 페인트칠을 한 달걀 가판대도 바로 그 길가에 있었다. 나무와 풀이 예상한 모습과 정확하게 닮아 보였으므로 모든 게 낯익게 느껴졌다.

클레이가 다시 차를 돌려 큰길에서 꺾어 들어왔던 길로 돌아갔는데 거기, 큰길 건너편에 한 여자가 보였다. 여자는 흰색 폴로셔츠와 카키색 바지를 입고 있었다. 어떤 여자들에게는 레저용으로 보였을 옷인데 이 여자는 얼굴형이 넓고 토착민처럼 생겨서(고대 혈통, 시대를 초월한 품위) 꼭 유니폼처럼 보였다. 여자가 그를 보고, 손을 들어올리고, 그를 향해 손을 흔들고, 손짓을 하고, 몸짓으로 그를 불렀다. 클레이가 아까보다 천천히 길가에 붙어서 미끄러지듯 멈춰 섰다. 조수석 창문을 내리고 바깥의 여자를 향해 미소를 지어 보였다. 개에게 미소를 지어 보여야 두려움을 들키지 않는다고 배운 그대로.

"저기, 안녕하세요!" 그는 무슨 말을 해야 할지 확신이 없었다. 길을 잃었다고 인정할까?

"안녕하세요." 여자가 그를 한 번 보고는 매우 빠르게, 스페인어로 말하기 시작했다.

"미안해요." 그가 어깨를 으쓱했다. 그 말은 꼭, 혼자만의 생각 속에서도 인정하기 정말 싫었지만, 횡설수설 같았다. 그는 다른 언어를 할 줄 몰랐다. 시도조차 하고 싶지 않았다. 그러면 자신이 바보가 된 것처럼, 또는 아이가 된 것처럼 느껴졌다.

여자가 말을 이었다. 말들이 여자에게서 쏟아져나왔다. 숨도 간신히 쉬었다. 어떤 급한 사정이 있어 말은 해야 하는데, 그나마 알고 있던 영어—안녕하세요와 고맙습니다와 괜찮아요와 윈덱스와 전화와 문자와 벤모*와 요일들—도 잊어버렸나 싶었다. 그녀가 말했

---

* 간편 송금 서비스 앱.

다. 계속 말했다.

"미안한데요." 클레이가 다시 어깨를 으쓱했다. 그는 물론 알아듣지 못했다. 하지만 이해는 했는지도 모른다. 아, 그게 그 단어다. '콤프렌데.'* 영화에서 그렇게들 말했다. 이 나라에 살면서 스페인어를 조금도 모를 수는 없다. 만약 그가 좀 시간을 두고 생각해봤다면, 만약 그가 어떻게든 자신을 진정시켰다면, 이 여자와 의사소통할 수 있었을 것이다. 하지만 여자는 당황한 상태였고, 그를 당황시켰다. 그는 길을 잃었고 가족이 보고 싶었다. 애틀랜틱 애비뉴에 있는 그 레스토랑에서 스테이크를 먹고 싶었다. "스페인어 몰라요."

여자가 계속 말했다. 어쩌고저쩌고. 그는 쓴술이라고 들었는데 그녀는 사슴이라고 말한 거였다. 둘은 양쪽 언어에서 다 비슷하게 들린다. 여자가 계속 말했다. 전화라고 말했지만 그가 알아듣지 못했다. 전기라고 말했지만 그가 듣지 못했다. 그녀의 작은 눈 언저리에 눈물이 차올랐다. 그녀는 키가 작고, 주근깨가 많고, 몸이 넓적했다. 열네 살 같기도, 마흔 살 같기도 했다. 콧물이 흐르고 있었다. 울고 있었다. 그녀가 더 크게, 급하게, 부정확하게 말하는 게 어쩌면 스페인어도 아닌 어떤 사투리로, 더 고대의 것으로, 오래전에 사라져 정글의 잔해 더미가 된 문명들의 관용어로 완전히 넘어갔는지도 몰랐다. 그녀의 민족은 옥수수, 담배, 초콜릿을 발견했다. 그녀의 민족이 천문학, 언어, 무역을 발명했다. 그러고서 존재하기를 그만두었다. 이제 그들의 후손은 그들이 처음으로 알아낸 옥수수의 껍질을 까고, 카펫에 진공청소기를 돌리고, 연중 대부분 사용하지 않는

---

* comprende. '이해하다'라는 뜻의 스페인어로 영어와 철자가 유사하다.

사우샘프턴과 이스트햄프턴의 맨션들에서 수영장 옆에 심은 장식용 라벤더 화단에 물을 준다. 그녀는 아예 예의 같은 것도 잊고 그의 차에 손을 댔다. 그러면 침범이라는 것을 두 사람 다 아는 행동이었다. 그녀는 차문 위로 삐죽 올라온 5센티미터의 창문을 붙들고 있었다. 손이 작고 갈색이었다. 눈물을 흘리면서도 계속 이야기를 하고 있었다. 그에게 질문하고 있었다. 그로서는 이해할 수 없고 이해한다 해도 대답할 수 없는 질문을.

"미안합니다." 클레이가 고개를 저었다. 휴대폰이 작동한다면 구글 번역을 시도해볼 수도 있었을 것이다. 일단 차에 타라고 설득할 수도 있겠지만, 그는 길을 잃은 것뿐 그녀를 죽이거나 교외에 사는 부모들이 갓난아기한테 하는 것처럼 그녀를 재우려고 그렇게 같은 길을 도는 것이 아니라고 어떻게 이해시킬 수 있을까? 다른 사람은 다르게 대응할 수도 있겠지만 클레이는 그런 사람이었다. 이 여자에게 필요한 것을 제공할 수 없는 사람, 그녀의 긴박함과 공포, 그 번역이 필요하지 않은 것들을 무서워하는 사람이었다. 그녀는 무서워하고 있었다. 그도 무서워해야 한다. 그는 무서웠다. "미안해요." 클레이가 그녀에게라기보다 자기 자신에게 말했다. 그러고는 창문을 올리기 시작하자 그녀가 손을 놓았다. 진출로들을 모두 조사하려고 했던 건 제쳐두고 그는 길을 따라 더 멀리, 빠르게 달렸다. 가족과 함께 있고 싶은 것 이상으로 그녀에게서 멀어지고 싶었다.

21

숲에서는 아무리 애써도 보이지 않는 것들에 대한 감각이 생긴
다. 그곳에는 벌레가, 가만히 있는 회갈색 두꺼비가, 우연의 결과인
듯한 환상적인 모양의 버섯이, 부패의 달콤한 냄새가, 설명할 수 없
는 축축함이 있었다. 스스로가 수많은 다른 것들처럼 작게 느껴지
고, 또 가장 미미하게도 느껴진다.

어쩌면, 어쩌면, 그들에게 무슨 일이 일어났는지도 모른다. 어쩌
면 무슨 일이 일어나고 있는 중이었는지도 모른다. 수 세기 동안,
종양이 폐에서 만개하는 것을, 뿌리내리기 어려운 곳에 뿌리를 내
리는 꽃나무 같은 그 아름다운 봉사자들을 표현하는 언어는 없었
다. 뭐라고 불러야 할지 모른다는 것이 그것을, 가슴이 액체 주머니
로 가득차서 익사하는 죽음을 바꾸지는 못했다.

로즈는 그녀를 향한 시선을 느꼈지만, 곧 자신이 원래 종종 관찰
당했던 사람인 척했다. 휴대폰 카메라를 통해 자신을 보았다. 그녀

154

는 어렸고, 모두가 그렇게 자기 자신을 말 그대로 수십억 중 하나가 아니라 이야기의 주인공으로 본다는 사실을 이해하지 못했다. 우리 폐에 천천히 소금물이 차오른다.

숲의 빛은 달랐다. 나무들이 빛을 방해했다. 나무들은 살아 있었고 톨킨의 장엄한 생명체들처럼 느껴졌다. 공정하지 않게도, 나무들은 지켜보고 있었다. 나무들은 어떤 일이 일어났는지 알고 있었다. 나무들은 서로 대화했다. 그들은 먼 거리에서 일어난 폭탄의 여진을 민감하게 알아차렸다. 몇 킬로미터 밖—바다가 육지를 침범하기 시작한 곳—나무들은 죽어가고 있었다. 그들이 알비노 통나무로 전락하는 데는 몇 년이 걸리겠지만. 나무는 나머지 우리가 갖지 못한 시간을 가졌다. 맹그로브들은 그것도 능가해서 빅토리아 시대 숙녀의 치마처럼 뿌리를 치켜들고 땅의 소금기를 빨아먹으니, 아마 괜찮을 것이다. 악어와 쥐와 바퀴벌레와 뱀도. 우리 없이 더 잘살지도 모른다. 때로는, 때로는, 자살이 해소책이다. 그것이 지금 벌어지고 있는 일을 표현하는 적절한 명사였다. 땅으로, 공기로, 물로 발생하는 병은 모두 일종의 영리한 설계다. 숲속에 어떤 위협이 있었고 로즈는 그 위협을 느낄 수 있었는데, 다른 아이였다면 그것을 신이라고 불렀을 것이다. 태풍이 전이되어 아직 표현할 수 있는 명사가 없는 무언가가 되었는지가 중요할까? 전력 계통망이 레고로 만든 것처럼 부서졌는지가 중요할까? 레고가 영영 생분해되지 않아서 노트르담보다, 기자의 피라미드들보다, 라스코의 동굴벽화에 발린 안료보다 오래가느냐가 중요할까? 어떤 나라에서 자기들이 정전을 일으켰다고 주장했는지가, 그것이 전쟁 선포 행위라고 선언된 것이, 이것이 오랫동안 바라온 보복을 행할 구실이 되었는지가, 누가 전기선과 방송망으로 무슨 짓을 한 건지 사실상 증명할 수 없었다는 게 중요할까? 천식을 앓던 여성 데버라가 허드슨강 하저에서 멈춰 선 F라인 지하철에 갇힌 지 여섯 시간 만에 숨졌고 그 열차에 타고 있던 다른 사람들이 그녀의 시체를 지나치면서도 별다른 감정을 느끼지 못했는지가 중요할까? 마이애미, 애틀랜타, 샬럿, 아나폴리스에서 비상 발전기가 고장난 후 생명유지라는 힘든 일을 하던 기계들이 멈춰버렸는지가 중요할까? '영원한 수령'의 병적으로 비만한 손자가 정말 폭탄을 쐈는지가, 아니, 그자가 원한다면 그냥 그렇게 할 수 있다는 것이 중요할까?

아이들은 이중 일부가 이미 일어났다는 사실을 알 수 없었다. 포트빅토리라는 해안 마을의 한 양로원에서 피터 밀러라는 베트남전 참전 용사가 60센티미터 깊이의 물에 얼굴을 박은 채 떠 있었다는 것도. 델타항공의 비행기 한 대가 항공관제 시스템이 마비된 동안 댈러스와 미니애폴리스 사이에서 실종되었다는 것도. 송유관에서 원유가 유출되어 와이오밍의 사람이 살지 않는 지역 땅 위로 흘러나오고 있다는 것도. 유명한 텔레비전 스타가 79번가와 앰스터댐 애비뉴 교차로에서 차에 치였고 앰뷸런스가 아무데도 가지 못했기 때문에 사망했다는 것도. 시골에서는 사람을 매우 편안하게 해주는 소리 없음이 도시에서는, 말도 안 되게 덥고 정적이고 고요한 도시에서는 너무나 위협적으로 느껴진다는 것을 그들은 알 수 없었다. 아이들에게는 그들 자신 말고는 아무것도 중요하지 않다. 아니아마도 이것이 모든 인간의 습성이다.

맨발, 맨머리, 맨가슴인 아이들이 발을 아치 모양으로 들고 발가락으로 진저리를 쳐가며 조심스럽게 나아갔다. 나뭇가지가 피부를 할퀴었지만, 나뭇가지가 만든 흔적을 볼 수는 없었다. 이 행성의 병은 전혀 비밀이 아니었고, 그 병의 본질에 의심의 여지가 전혀 없었으며, 만약 무언가가 변했다면(실제로 변했는데), 그들이 그것을 아직 모른다는 사실은 그 문제 자체와 전혀 관련이 없었다. 그것이 무엇인지는 몰라도 이제 그들 안에 있었다. 세상은 논리에 따라 움직이지만 그 논리가 한동안 진화해왔으므로 이제 그 점을 고려해야 했다. 무엇이 됐든 그들이 안다고 생각하는 것은 틀리지는 않지만 무관한 것이 됐다.

"아치, 봐." 말이 속삭임으로 나왔다. 존중의 표시로, 성스러운 장소에 있을 때처럼 목소리를 낮춘 것이었다. 로즈가 가리켰다. 지붕. 개간해서 만든 잔디밭. 그들이 있는 곳과 같은 벽돌집, 수영장, 튼튼한 나무 그네.

"집이네." 비웃는 투도 아니고, 그저 선언하는 말투였다. 아치는 뭔가 발견하리라고 예상하지 않았다. 루스가 밖에는 아무것도 없다고 말했었는데, 그들은 루스가 왔던 것보다 더 멀리 왔고 루스가 궁금해하지 않은 방식으로 세상을 궁금해했다. 만족스러운 발견이었다. 다른 사람들이라니. 휴대폰을 충전하느라 침실에 두고 왔다. 아치는 휴대폰을 가져왔으면 좋았을 텐데, 이 사람들의 와이파이를 빌려 썼으면 좋았을 텐데 하고 생각했다.

"저기 가볼까?" 로즈는 그네를 마음에 두고 있었고, 저 집 아이들은 그네를 탈 나이가 지났을지도 모른다고 생각하고 있었다. 낯선 사람하고 말하면 안 되는 것은 도시에서만 해당되는 일이라고 생각하고 있었다.

"됐어, 가자." 아치가 그들이 왔다고 생각하는 방향으로 돌아섰다. 그는 지구가 매일 착실하게 회전하는 것을 느끼지 못하는 것처럼 발목을 파고드는 진드기를 느끼지 못했다. 아무런 기운도 느끼지 못했다. 변화가 없다고 느껴졌기 때문이었다.

그들은 느리지 않게, 하지만 서두르지 않고 걸었다. 숲속에서는 시간이 다르게 흘렀다. 떠나온 지 얼마나 됐는지 알 수 없었다. 무엇을 하려고 했는지 알 수 없었다. 그저 나무 그늘 사이를 거니는 일이, 공기와 태양과 벌레와 피부에 맺힌 땀이 왜 만족스러운지 알 수 없었다. 바로 그때 아빠의 차가 1킬로미터도 안 되는 곳에서, 500미터도 안 되는 곳에서, 달려가 만날 수 있을 만큼, 구해줄 수 있을 만큼 가까운 곳에서 지나가고 있었다는 사실도 알 수 없었다. 그들이 있는 곳에서는 도로의 소리가 들리지 않았고, 그들은 아빠도, 엄마도, 그 누구도 생각하고 있지 않았다.

걸으면서 아치와 로즈는 나뭇잎을 헤치고 몸을 약간 떨 뿐 거의 말을 하지 않았다. 그들의 몸은 그들의 정신이 모르는 것을 알고 있었다. 아이들과 나이가 아주 많은 사람들의 공통점이 이것이다. 태어나자마자는, 세상에 대해 좀 안다. 그래서 아기들이 유령과 대화했다고 말해서 부모를 불안하게 만드는 것이다. 나이가 아주 많은 사람들은 그것을 기억해내기 시작하지만 명확히 표현할 수 있는 경우가 거의 없거니와, 그럴 수 있다 해도 나이가 아주 많은 사람들의 말을 아무도 들어주지 않는다.

무섭지 않았다. 아이들은, 딱히 그렇지 않았다. 편안했다. 그들에게 어떤 변화가 닥치고 있었고, 그 모든 것에 변화가 닥치고 있었다. 그것을 뭐라고 부르는지는 상관없다. 머리 위에서 나뭇잎들이 살랑거리며 바스락거렸고, 그리고 거기에 아치와 로즈가 서로에게 무언가 이야기하는 소리도 있었다. 알아들을 수 없는 무언가, 그들 사이에만 존재하는 무언가, 젊은이들만의 언어가. 그리고 그 외에는, 나무들이 가지를 뒤척거리는 부드러운 바스락거림과 눈에 보이지 않는 곤충들의 속삭거림만이 있었다. 그것들은 곧 갑작스러운 여름 폭풍우 전에 세상이 조용해지는 것처럼 잠잠해질 것이다. 벌레들은 알고 있으니까, 그래서 자기들 몸을 이미 점박이가 된 나무껍질에 바짝 붙인 채, 다가오는 무언가를 기다릴 테니까.

22

그러니까 클레이가 떠난 지 사십오 분이 지났다. 그 정도면 차를 세워놓고 담배를 피웠다는 뜻이다. 그 정도면 장을 보러 갔다는 뜻이다. 어맨다는 생각했다, 뭐 걱정이지?

루스가 빨강보다는 까망에 가까운 체리 한 그릇을 탁자 위에 내려놓았다. 의식을 치르는 것 같은 분위기가 났다.

"고마워요." 어맨다는 왜 이 여자에게 고마워하는지 모르겠다고 생각했다. 11달러를 내고 이 체리를 산 건 나 아닌가?

구름 하나가, 그 부드러운 솜 같은 것 중 하나가, 아이가 그린 그림처럼 전부 동글동글한 구름 하나가 비를 떨어뜨리며 하늘을 가로질렀다. 큰 변화여서 G. H.의 몸이 떨릴 정도였다. "잠깐 온탕에 들어가야 할 것 같아요."

어맨다는 이 말을 초대로 받아들였다. 탁자 앞에서 일어나 낯선 남자 옆, 거품 속에 몸을 담갔다. 물이 몸을 떠오르게 해서 앉기가 힘들었다. 어맨다는 몸을 숙이고 숲 쪽을 살폈다. 이제 아이들이 보이지 않았다.

"애들은 괜찮을 거예요." 조지는 이해할 수 있었다. 아이가 생기면 영원히 방심할 수 없다. "저 밖엔 나무만 더 있지 아무것도 없어요."

루스가 그 두 사람을 쳐다보았다. 점심식사에 곁들인 와인 때문에 졸음이 왔다. "커피를 좀 내릴까봐요."

"그거 좋지, 여보, 고마워."

어맨다가 미소 지었다. "저는 뭘 할까요?"

"쉬어요." 루스가 집안으로 들어갔다.

"수영장. 야외 온탕. 이런 데 전기요금이 엄청 듭니다. 태양전지판을 설치하려고요. 성수기에는, 우리가 이 집을 쓰는 동안에는 안 되고요. 9월, 10월까지 기다렸다가요. 우리 업자는 전력 생산량이 많아서 전기 회사에 되팔 정도래요. 다들 그렇게 해야 돼요." G. H.는 이 여성이 함께 있어주는 것을 거의 즐기기 시작했다. 그는 청중을 좋아했다.

"깨끗한 에너지. 이 행성을 구하라. 법으로 제정하라." 가끔 영화관에서나 인도를 걷다가 팸플릿과 공짜 배지를 나눠주는 풍력 에너지 전도사들을 봤는데, 어맨다에게는 그게 항상 일종의 사기로 보였다. "어떻게 그 일을 시작하게 되셨어요?" 이어지는 한담.

"멘토가 있었어요, 대학 때. 그분 덕이죠―무슨 말이냐면, 난 사람들이 밥벌이로 무슨 일들을 하는지 몰랐거든요. 우리 어머니는 미용실을 운영하셨고요." 그의 말투에서 어머니의 일에 대한 존경심이 전달됐다. 그녀는 암―간, 위, 췌장―으로 사망했는데 아마도 자신과 같은 여자들이 머리를 예뻐 보이게 만드는 데 썼던 화학물질을 다루다 그렇게 됐을 것이다. "스티븐 존슨이라고. 지금은 돌아가셨는데, 사람 인생이란 게 참."

"제 생각에 그건 식물 잘 키우는 거랑 비슷해요. 아니면 루빅큐브 잘하는 거랑. 어떤 사람은 돈을 잘 불리고, 어떤 사람은 못하고." 그녀는 자신과 클레이가 어떤 사람인지 잘 알고 있었다.

이건 G. H.가 가장 좋아하는 주제 중 하나였다. "그런 통념이 있죠. 왜 그런지 자문해봐야 해요. 부자는 못 되더라도 최소한 편하게 살 수도 없을 거라고 당신이 생각하길 바랄 사람이 누구겠어요? 이건 기술이에요. 배울 수 있어요. 정보가 다죠. 신문을 읽어야 해요. 세상에 무슨 일이 일어나고 있는지 귀를 기울여야 해요." 물론 똑똑해야 한다고도 생각했지만, 그건 그냥 당연한 사실이었다.

"저 신문 읽어요." 자신은 세상물정에 밝은 여자라고, 어맨다는 생각했다. 자신이 하는 일에 대해 뭔가 말하고 싶었지만, 할말이 별로 없었다.

"세상이 돌아가는 패턴만 이해하면 됩니다. 〈다 걸고 한 판 더〉* 게임쇼에서 이긴 사람 얘기 들어본 적 있어요?" G. H.가 레이밴 선글라스 테 너머로 그녀를 내려다보았다. 그는 지금 신문을 원했다. 숫자들을 생각했다. 무엇이 움직였는지 궁금했다.

"웨미가 나왔어요? 안 나왔어요?"

"그 사람이 한 일은 그저 집중해서 보다가 웨미가 나오는 게 전

---

* 미국에서 방영했던 텔레비전 게임쇼. 현재까지 딴 돈을 가지고 게임을 종료할지, 더 많이 따기 위해 한번 더 게임에 참여할지 선택하는 방식으로 진행된다. 잘못되면 웨미라는 캐릭터가 현재까지 딴 돈을 모두 빼앗아갈 수 있다.

혀 무작위가 아니란 걸 알아낸 거였어요. 항상 일정한 순서에 따라 나타난다는 걸. 그 정보는 늘 거기 있었지만 아무도 찾아서 보려고 애쓰지 않았던 거예요." 부자들에게 도덕적 권위는 없다. 그들은 단지 웨미가 어디 있는지 알 뿐이다.

"흥미롭네요"라고, 전혀 흥미를 느끼지 못했음을 암시하며 그녀가 말했다. 애들은 어디 있지? "회사 안 가니 좋네요, 당분간은. 오해하지 마세요, 그래도 저는 일이 재밌으니까요. 사람들이 자기 회사 이야기를 들려주도록 돕고 소비자를 찾게 해주고 연결해주는 일이요. 다만 외교술이 많이 필요하죠. 점점 지쳐요."

조지가 계속해서 말했다. "그 멘토가 월 스트리트 회사에 들어간 최초의 흑인 남성 중 하나였어요. 어느 날 오후에 같이 점심을 먹었거든요. 점심이요! 내가 스물한 살이었어요." 그전에는 레스토랑에서 점심을 먹는다는 생각을 해본 적이 없었다는 걸 어떻게 전달할까? 특히 그런 데서, 카펫이 깔려 있고 거울이 많고 놋쇠 재떨이가 있고 유니폼을 입고 포니테일을 한 여자들이 살뜰하게 챙겨주는 그런 데서. 그가 넥타이도 없이 나타나자 스티븐 존슨은 그를 블루밍데일백화점에 데리고 가서 랄프로렌 넥타이 네 개를 사주었다. G. H.는 어떻게 매는지도 몰랐다. 크리스마스에 했던 넥타이들은 클립으로 끼우는 것이었다.

"저는 항상 직장에서 여자들끼리 단합해야 한다고 생각해왔어요. 아니 어디에서든. 멘토들이 없었으면 전 어디서도 살아남지 못했을 거예요." 전적으로 사실은 아니었다. 어맨다는 여자 상사들과도 일해봤지만 내심 남자들과 일하는 것을 선호했다. 그들을 움직이게 하는 동기는 매우 단순했다.

"그분이 그랬어요. '우린 모두 기계야.' 그거예요. 우리는 자신이라는 기계의 특성을 선택할 수 있어요. 우리는 모두 기계지만, 우리 중 일부는 똑똑해서 자신의 프로그래밍을 결정할 수 있어요." 그가 한 말은 이랬다. 바보들은 반란이 가능하다고 믿는다. 자본이 모든 것을 결정한다. 당신은 그것에 자신을 맞추거나, 또는 자신이 그것을 거부했다고 생각할 수 있다. 그러나 후자를, 스티븐 존슨은 착각이라고 말했다. 부자가 될 거다 또는 아니다. 당신은 선택만 하면 된다. 스티븐 존슨과 그는 같은 유의 인간이었다. 그렇게 되기로 선택했기 때문에 그는 그런 사람—애국자, 지성인, 남편, 고급 시계 수집가, 일등석 여행자—이었다.

어맨다는 흐름을 놓쳤다. 그들은 서로에게가 아니라 서로 자기 얘기만 하고 있었다. "하시는 일을 정말 좋아하시나봐요."

좋아하나? 아니면 좋아하게 된 건가? 중매결혼의 배우자들이 시간이 흐르면서 거래가 애정 비슷한 것으로 자리잡는 것을 발견하듯이. "운이 좋은 사람이죠."

오르가슴이 뚜렷해지는 것처럼, 코를 풀 때처럼, 더위가 뚜렷해졌다. 뜨거운 태양, 뜨거운 물, 그럼에도 이런 에너지가 있었다. 뛰어서 이 블록을 한 바퀴 돈다거나, 아니면 낮잠을 잔다거나, 턱걸이를 할 수 있을 것 같은. 그녀는 클레이가 도로에 나타나기를 기다리고 있었다. 한 시간이 지났나? 자동차 소리가 들리는지 귀를 기울였다.

그들은 떠나야 한다. 시간을 잘 맞추면 저녁시간에 집에 도착할 수 있을 것이다. 그들 자신을 위한 선물로, 자주 가기에는 아주 살짝 너무 비싼 동네 레스토랑 중 한 곳에 갈 수도 있다. 물론 그녀는 클레이도 같은 생각을 하는지 몰랐다. 이것을 보면 두 사람이 얼마나 잘 어울리는지 알 수 있다는 사실을 몰랐다.

마당은 증기를 뿜어내며 물결치는 온탕을 빼고는 고요했다. 어맨다는 숲 쪽을 보았고, 뭔가 움직이는 것을 봤다고 생각했지만 아이들의 몸을 알아볼 수는 없었다. 옛날에는 엄마라면 그럴 수 있어야 한다고 생각했었는데, 실제로 막 걷기 시작한 아이들을 놀이터에 데리고 갔다가 도착하자마자, 그녀와 아무 상관 없는 작은 인간들의 바다 속에서 아이들을 잃어버렸었다. 아이들에게 서로가 있어서, 자기들만의 게임에 빠져 그녀의 상상 속 시골 아이들처럼 숲속을 쏘다닐 만큼 아직 어린이로 있어주어서 다행이었다.

어맨다가 거기 앉아 더이상 아무것도 하지 않을 때, 그 일이 일어났다. 무언가가 일어났다. 소음이랄까, 하지만 완전히 설명되지는 않는다. 소음은 충분치 못한 명사랄까, 아니 어쩌면 소음이란 무엇이든 말로 표현하기 불가능한 것인지도 모른다. 소음이 아닌 음악은 무엇일까. 말로 베토벤을 설명할 수 있을까? 이것은 소음이었다. 그랬다. 그런데 너무 커서 물리적인 존재라고 해도 좋을 소음이었고 당연히 예고가 없었기 때문에 너무 갑작스러운 소음이었다. 아무것도 없다가(현실이니까!) 소음이 들렸다. 당연히 그들은 전에 그런 소음을 들어본 적이 없었다. 그런 소음은 듣는 것이 아니라 겪고, 견디고, 살아남고, 목격하는 것이었다. 그 소리를 듣기 전과 후로 그들의 인생이 나뉜다고 말해도 좋을 것이다. 그것은 소음이었지만, 변화였다. 그것은 소음이었지만, 확인이었다. 어떤 일이 일어났고, 어떤 일이 일어나고 있고, 진행중이라는. 그 소음은 미스터리이면서 확인이었다.

이해는 사후事後에 왔다. 인생이라는 게 그렇다. 나 차에 치이고 있어, 심장마비가 오고 있어, 내 가랑이 사이에서 나오고 있는 저 회자주색 물체가 내 아기의 머리야. 깨달음. 이것들은 그 깨달음에 도달하기 전까지는 보이지 않는 일련의 사건들의 끝이다. 당신은 뒤로 걸으면서 앞뒤를 끼워맞춰야 한다. 다들 이렇게 하고, 이렇게 배운다. 그렇다. 그러니까. 그것은 소음이었다.

쾅도 아니고, 짝도 아닌. 천둥보다 크고, 폭발음보다 큰. 그들 중에 폭발음을 들어본 사람은 없었다. 폭발이란 게 영화에서 자주 묘사되어 흔한 것 같지만 사실은 드문 일이었고, 혹은 그들 모두 운이 좋았어서 폭발에 가까이 있을 일이 없었다. 그것은 소음이었고, 그들이 소음이란 무엇인지 정의하는 바를 바꿔놓을 수 있을 만큼 컸다고, 그 순간에는 이렇게밖에 말할 수 없었다. 그렇게 무섭고, 놀라고, 또는 이해할 수 없는 어떤 방식으로 영향을 받지 않았다면 울어버렸을 것이다. 그럼에도 불구하고 울어버렸을 수도 있다.

소리는 빨리 지나갔지만, 아마도 그랬지만, 그로 인한 공기의 웅웅거림은 오래 지속되는 듯했다. 그 소리는 뭐였고, 어떤 여파를 남겼지? 대답할 수 없는 질문들 중 하나. 어맨다가 일어섰다. 그들 뒤에서 침실과 테라스 사이 문의 유리에 금이 갔다. 잘지만 긴 금, 아름답고 수학적이고 한동안 아무도 눈치채지 못할 만한 금. 그 소음은 한 남자의 무릎을 꿇릴 정도로 컸다. 아치가 그랬다. 멀리 떨어진 숲속에서, 맨 무릎을 꿇었다. 사람을 무릎 꿇게 만드는 소음은 그 이름을 소음이라고 할 수 있을 뿐이다. 그것은 그것을 위한 명사가 필요 없는 다른 어떤 것이었다. 그도 그럴 게, 그런 단어를 얼마나 자주 쓰겠나?

"뭐야 씨발?" 이것이 어쩌면 유일하게 적절한 대응이었는지도 모른다. 어맨다가 조지에게 한 말이 아니었다. 누군가에게 한 말이 아니었다. "뭐야 씨발?" 그녀가 그 말을 세번째, 네번째, 다섯번째 했고, 몇 번 했는지는 중요하지 않았다. 그녀는 계속 그 말을 했고, 대답은 없었다. 마치 기도처럼.

어맨다는 전율하고 있었다. 떨리는 게 아니라 떨고, 진동하고 있었다. 그녀가 조용해졌다. 그렇게 큰 소음을, 그런 걸 침묵이 아니면 무엇으로 맞이하겠나? 그녀는 자신이 하는 행동이 비명을 지르는 거라고 생각했다. 비명의 느낌, 비명의 감정이라고. 그러나 사실은 연못에서 튕겨져나온 물고기처럼 헐떡거리고 있었다. 농아(聾啞)들이 격정의 순간에 내는 소리, 말의 그림자, 실루엣 같았다. 어맨다는 화가 났다.

"뭐야―" 그녀는 혼잣말하고 있었기 때문에 문장을 끝낼 필요를 특별히 느끼지 못했다. "뭐야. 뭐야. 뭐야."

조지가 온탕에서 벌떡 일어서 있었는데, 수건으로 몸을 가리지도 않았다. 세상의 모든 것이 조용하고 다만 잔광의 감각 같은 것, 방금까지 그 소음이 있었던 자리의 공허만이 있었다. 그녀는 귀가 손상된 것 같았는데, 착각이었다. 뇌가 손상된 것 같았다. 그런 이야기가 있었다. 아바나의 영사관 직원들에게 소리와 관련이 있다고 여겨지는 신경학적 증상이 생겼다는 이야기. 어맨다는 무기가 음파로 만들어질 수 있다는 생각을 해본 적도 없었고, 소음이 두려워할 만한 것일 수 있다는 생각을 해본 적도 없었다. 천둥 번개가 칠 때 아이들과 반려동물들에게 걱정하지 말라고 했었지.

어맨다는 떨고 있었다. 혓바닥 위에 케네디 50센트 동전*을 얹어놓은 듯한 날카로운 맛이 났다. 움직이면 소음이 재발할 수도 있다.

그렇게 되면 견딜 수 있을지 그녀는 확신할 수 없었다. 다시는 듣고 싶지 않았다. "뭐였지?" 그 무엇보다도 자신에게 하는 질문이었다. 국지적인 걸까—이 집안에서, 이 주변에서—아니면 날씨나, 행성과 행성 사이나, 또는 하늘이 갈라지면서 하느님의 강림을 전하려는 것과 관련된 걸까? 질문하는 동시에 그녀는 그 소음이 결코 만족스럽게 설명되지 않을 것임을 깨달았다. 논리를, 적어도 설명을 초월했다.

처음에는 매우 느렸다. 어맨다는 걷다가 계단을 건너뛰며 내려갔다. 방금까지 그녀는 숲 쪽을 내다보고 있었다. 그 많은 초록색과 갈색 사이에서 아이들의 몸을 찾으려고 애썼다. 소리쳐 불러야 했는데, 그랬다고 생각했는데, 그러지 않았다. 목소리가 나오지 않았다. 그게 아니면 목소리가 몸을 따라잡지 못했거나. 그녀는 그냥 움직였다. 천천히, 그러다 빠르게, 조깅하듯이, 그러다 내달리며 어맨다는 수영장을 지나쳐 문을 힘껏 밀고 풀밭으로 넘어갔다. 아이들, 아이들의 완벽한 얼굴, 아이들의 흠잡을 데 없는 몸이 거기 어딘가에 있었다. 풍경이 하나의 큰 덩어리로만 보였다. 그녀에게는 그렇게, 근시인데 안경을 쓰지 않은 것처럼, 불분명하게, 밝게, 불가능하게 보였다.

그녀는 더 멀리 달렸다. 마당은 그리 크지 않았고 달려갈 만한 곳이 많지 않았다. 그녀는 여전히 소리쳐 부르지 않고 달리기만 했다. 그늘진 곳에 작은 헛간이 있었다. 문을 당겨 열어보니 안이 비어 있

---

* 존 F. 케네디 미국 대통령의 초상화가 양각된 동전으로 처음에는 은 90퍼센트로 만들다가 가치가 높아 시장에서 거래되지 않자 구리 니켈 합금으로 만들고 있다.

었다. 그녀는 한달음에—말 그대로 달리기를 멈추지 않았다—마당 끝까지, 부드러운 흙과 마른 이파리들에까지 갔다. 그 소음은 끝났는데 여전히 어떤 소리가 났다. 혈관 속의 피, 그녀의 심장은 그렇게 잘 회복했다. 그녀는 아이들 몸에 바짝 붙어 있고 싶었다.

작아서 충분히 밟고 지나가도 될 만한 막대기를 뛰어넘자 어맨다의 두 발이 부엽토 카펫에 파묻혀 조약돌과 뾰족한 나무껍질, 가시, 무언가 축축하고 기분 나쁜 것에 닿았다. 소리쳐 아이들을 불러야 했지만 아이들의 목소리가 묻히면 안 되었다. 아이들이 그녀를 부르고 있다면, 죄수들이 처형을 앞두고 그런다는 것처럼 다급하게 엄마를 외치고 있다면.

아이들, 아이들 어딨지? 나무들은 거의 움직이지 않는 것 같았다. 나무들은 그녀에게 무관심한 채 그저 서 있었다. 어맨다가 바닥에 주저앉았다. 나뭇잎, 나무껍질, 흙의 촉감이 위안처럼 느껴졌다. 분홍색 무릎에 묻은 진흙은 꼭 연고 같았다. 깨끗했던 발바닥이 새까매지고 곳곳이 움푹 패었지만 고통스럽지 않았다. 마침내 그녀는 정신이 들었다. 그녀는 아이들을 소리쳐 부르려고, 그들이 애정을 듬뿍 담아 고른 이름들을 소리쳐 부르려고 마음먹었지만, '아치'와 '로지'(지소형*이 튀어나왔을 테니까, 사랑과 그리움으로) 대신 비명이 터져나올 뿐이었다. 끔찍한, 동물적인 비명, 그녀가 평생 들어본 것 중에 두번째로 충격적인 소리가.

---

* '아치'는 '아치볼드'의 지소형, '로지'는 '로즈'의 지소형이다.

23

그들은 평소보다 조용히 말했다. 물론, 그 소음을 경외하는 중이었다. 그들은 그게 돌아오기를 기다리고 있었다. 불시에 습격당하고 싶지 않았서였지만, 사실 어떻게 그런 걸 미리 알 수 있을까? 아무리 들어봤다 한들. 항상 그렇듯이, 견해차가 있었다.

G. H.는 스스로도 자신이 하는 말을 전적으로 믿지 않았다. "천둥이었을 거예요." 어떤 때는 의지의 힘으로 자신이 말한 것을 믿게 만들 수도 있다.

"구름도 없는데!" 어맨다의 분노는 안도감으로 다소 무뎌졌다. 그녀는 거지처럼 눈이 불거지고 더러워진 아이들을 찾아낸 뒤 그들을 놓아주지 않으려 했다. 예전처럼, 몇 년 전 아이가 버릇없이 굴던 때처럼 로즈의 오른손을 쥐고 있었다. 아이의 왼손 손바닥에 빨갛게 금이 새겨졌다. 끊기지 않은 완벽한 선 하나. 피부가 벗겨진 왼쪽 무릎, 더러운 게 번져 있는 턱과 어깨, 말랑한 윗배—로즈는 몇 달 동안 투피스 수영복을 얻기 위해 시위를 했다―기름진 머리와 빨간 눈, 하지만 이런 것 말고 아이는 괜찮았다. 아이들은 괜찮은 모습이었다. 괜찮아 보였다.

어맨다는 숲속으로 냅다 달려들어 자신에게 있다는 사실을 잊고 살았던 본능으로 아이들을 찾아냈다. 아니면 그냥 눈먼 행운이었는지도. 그 소리가 세 사람을 뛰게 만들었고 우연히 경로가 교차했다. 그 소리는 클레이가 사람을 미치게 할 정도로 텅 빈 길가에 차를 세운 뒤 문을 열고 하늘을 쳐다보는 모습을 지켜보았다. 그 소리는 커피포트를 채우던 루스를 놀래켜 숟가락을 바닥에 떨어뜨리게 했다. 그 소리는 사슴이, 천 마리가 넘는 사슴들이, 이미 인간이 그린 대지 경계선을 개의치 않는 사슴들이 풀을 뜯어먹을 새도 없이 정원에서 날뛰게 만들었다. 집주인들은 정신이 팔려서―산산조각난 창문 때문에, 소리치는 아이들 때문에, 회복할 수 없을 정도로 타격을 입은 갓난아기의 고막 때문에―그 짐승들을 멍하게 보고 있지도 못했다.

어맨다와 아이들이 숲에서 나오자 서로 잘 모르는 그들 사이에 재회로 인한 진실된 기쁨이 생겼다. 루스는 소년의 맨어깨에 팔을 둘렀다. G. H.는 안심한 아버지처럼 어맨다의 팔뚝을 꽉 잡았다. 소음의 여파―웅웅대는 소리와 진동감―가 지속되는 듯했다. 마치 집요한 벌레떼 같았다. 해변에서 가끔 마주치는 그 흡혈파리들. 있는데 없고. 끈질긴. 어맨다가 안으로 들어가자고 제안함으로써 모두가 느끼고 있던 것을 정확히 표현했다. 하늘이 새파랗고 아주 예뻤지만 야외는 왠지 믿을 수 없어 보였다. 그 소음은 자연의 것 같았는데, 루스가 이미 알고 있던 대로 벽돌로는 막아지지 않았다. "폭탄인가?" 버섯구름의 이미지들.

"아빠는 어딨어요?" 큰 충격을 받으면 그러듯 퇴행한 아치의 목소리가 아빠에서 갈라져 새되고 이상하게 나왔다. 아빠는 어딨지?

"볼일 좀 보러 갔어." 어맨다가 말을 아꼈다.

"곧 돌아오실 거야." 루스가 컵에 물을 따랐다. 아이들은 지저분하고 땀에 젖어 있었다. 어떻게 도와줘야 할지는 잘 모르겠고, 그저 그렇게 해주고 싶었다. 그녀는 손주들을 끌어안고 살지 못했다. 이 낯선 사람의 아이들에게는 물 한 잔을 가져다줄 수 있었다.

"고맙습니다." 아치가 예의를 기억해냈다. 좋은 징조였다.

"좀 씻지 그래요? 내가 아치를 보고 있을게요." 루스가 허리를 숙여, 커피 가루를 계량하다가 떨어뜨렸던 티스푼을 주웠다. 돕고 싶었던 것도 맞지만, 그보다 신경을 분산시키고 싶었다.

어맨다가 로즈를 데리고 화장실로 가서 상처를 씻어주었다. 대수롭지 않은 상처였다. 이 의식이 두 사람 모두에게 위안을 주었다. 축축한 휴지와 네오스포린 연고, 뜨거운 입김의 냄새가 맡아질 만큼 가까이 있는 아이의 얼굴. 대량학살 이후 르완다 사람들이 극복하는 데 미용실이 도움이 되었다. 다른 인간을 만지는 것에는 치유의 힘이 있다. 그녀가 젖은 수건으로 아이의 얼굴을 닦고 맨투맨 티셔츠와 반바지를 입혔다. 더는 벌거벗은 모습을 보이고 싶지 않던 로즈는 항의조차 하지 않았다. 그 소음이 그녀를 겁먹게 했다.

루스는 뭔가 해야만 했다. "물 좀 마셔, 아가." 이 달콤한 말은 자연스럽게 나오지 않았다. 학교 사람들은 모든 아이들을 '친구'라고 불렀다. 그들 역시, 아이들을 혼낼 때조차 '선생님'이 아니라 '친구'로 불렸다. 친구, 네 행동에 대해 대화가 필요하겠어. 친구들, 목소리 좀 낮춰주세요. 애매모호해서 거룩한 면이 있었다.

아치의 털 없는 등은 땀과 먼지 반죽으로 덮여 있었다. 장난꾸러기들이 버려진 차에 '나 좀 닦아줘'라고 쓰는 것처럼 피부를 덮은 먼지에 어떤 말을 새길 수도 있을 것 같았다. 의무감으로 그가 한 모금 마셨다. "귀가 이상해요."

"정상일 거야." 루스는 귀는 이상하지 않았지만 다른 모든 부분이 이상했다. "그건 정말…… 컸어." 고막이 손상되었을지도 몰랐다.

어맨다가 돌아왔고, 다시 어린아이가 된 깨끗해진 작은 여자아이가 그녀의 손을 잡고 있었다. "아아, 아치. 너 완전 엉망이야." 그녀가 아치의 더러운 등을 쓰다듬으며 안심하고, 안심시켰다.

G. H.는 창밖을 유심히 보며 보이는 모든 것이 수상하다고 생각했다. 수영장도, 바스락거리는 나무들도. 밖에는 이것들뿐, 그가 볼 수 있는 것도 이것들뿐, 하지만 그런 것들은—뭐? 폭탄? 미사일? 그게 그건가?—보이리라는 예상도 하지 않았다.

"비행기였나?" 어맨다가 그 일을 재구성하려고 해봤으나, 소음은 고통과 같았다. 몸은 구체적인 것을 기억하지 못한다. 기계 소리였을 것 같은데, 비행기가 기계 중에 가장 고도의 형태인 것 같았을 뿐이었다.

"비행기 추락이요?" 루스는 이 말이 자기가 생각한 게 맞는지 몰랐고 그게, 로커비 상공에서 폭발한 비행기*나 미국 국회의사당으로 향하다 고꾸라진 비행기 같은 게 어떤 소리를 내는지 짐작도 할 수 없었다. 이번에도 그녀가 아는 건 할리우드 영화뿐이었다.

"아니면 음속 장벽을 깨는 거. 소닉붐. 그거 소닉붐 맞나요?" 그

---

* 1988년 스코틀랜드 로커비 지역 상공에서 미국 비행기가 폭발한 사건.

들은 한 번 콩코드 여객기를 타봤다. 십오 주년 기념 일탈로. 프랑수아 미테랑도 그 비행기에 있었다. "육지 상공에 있을 때는 음속의 장벽을 깰 수 없는 것 같아요. 그런데 바다 위에 있다가 헤맬 수도 있죠. 그게 맞는 것 같아요."

"보통 비행기는 음속 장벽을 깨지 않아요." 아치는 6학년 때 그에 대한 숙제를 한 적이 있었다. "콩코드는 이제 운행을 안 하고요."

콩코드 때문에 두려워했던 건 북대서양의 고래들뿐이었다는 점에서 그의 말이 맞았다. 하지만 지금은 예외적인 시기였다. 그는 알지 못했다. 로마, 뉴욕에서 파견된 비행기들은 통상 북쪽으로 비행해 공해로 가는 가장 빠른 경로를 탄다는 것. 그런데 그 비행기들이 영토의 동쪽 측면으로 접근해오는 무언가를 저지하기 위해 출발했다는 것. 그것들이 일으킨 소음의 바깥지름이 약 80킬로미터였다—그들의 작은 집 바로 위 뜯어진 하늘.

특이한 샌드위치로 식사하는 동안 루스는 이런 생각을 하고 있었다. "오늘 깨달았는데, 당신도 알았어요? 항공기가 안 다녔어요. 비행기가 한 대도 없었고, 헬리콥터도 없었고."

아내 말처럼, G. H.는 그렇다는 사실을 이미 알고 있었다. "맞아요. 보통은 아주 자주 들리는데 말이에요. 비행기도, 헬리콥터도."

"무슨 말씀이세요?" 어맨다가 물었다. "그렇다는 건 분명—"

"취미로 강습을 받는 사람들. 맨해튼을 날아서 빠져나오는 성질 급한 사람들. 지역 신문 논평에 나는 큰 이슈예요." 루스 자신은 이미 소음 공해에 이골이 날 만큼 나서 반대로 그 부재를 알아차리는 수준이 됐다. 그것이 무엇을 의미하는지는 알 수 없었지만 뭔가 있을 거라고 생각했다.

어맨다는 아이들을 방에서 내보내고 싶었지만, 텔레비전이 없어서 아이들의 주의를 끌 게 없었다. "아치, 가서 옷 좀 입어." 그녀의 손이 아이의 먼지투성이 등에 닿았다. 아이의 몸이 뜨거웠다. "물을 더 마셔야겠다. 샤워를 하는 게 어때?"

루스는 이해가 갔다. 아마 어떤 부모라도 그랬을 것이다. "로즈, 넌 가서 좀 눕는 게 좋겠어."

아이는 이 낯선 여자의 말을 들어야 하는지 알 수 없었다. 어찌해야 하는지 고개를 들어 엄마를 쳐다봤다.

"그게 좋겠다, 얘." 어맨다는 고마웠다. "엄마 침대에 쏙 들어가. 책 읽든지."

"전 샤워하러 갈게요." 아치는 불현듯 헐벗은 자신이 의식됐다. 말은 안 했지만, 그 소리를 들었을 때 수영복을 입은 채로 오줌을 쌌다. 아기처럼. 어렸을 때, 언젠가 어른들의 대화를 이해할 수 있기를 꿈꿨던 때가 있었다. 이제 그는 그럴 수 있었고, 그 일을 과대평가했다는 사실을 깨달았다. "가자, 로즈." 오빠다운 친절함.

어맨다가 아이들이 사라질 때까지 기다렸다. "무슨 말이에요?"

루스의 시선이 남편을 지나쳐 창밖을, 평평하고 파란 하늘을 향했다. "날씨는 아니겠고—" 수영하기 딱 좋은 날이었고, 아무튼 천둥소리라면 그렇게 크고 그렇게 오래 계속될 리 없었다. 만약 하와이에 살고 있었다면 화산이라고 말했을 수도 있다.

G. H.는 참을성이 없었다. 그가 끝을 냈다. "우리 둘이 같은 생각일 텐데, 그게 무슨 의미인지는 모릅니다." 그가 말했다.

"클레이는 어딨을까요?" 어맨다가 루스가 책임자인 것처럼 그녀를 쳐다보았다. 그 소음이 여자아이를 십대 청소년에서 어린아이로 바꾸어놓았듯 어맨다도 부드러워지고 무력해졌다.

루스는 시간이 얼마나 지났는지 알 수 없었다. "그렇게 오래되지 않았어요. 느낌이 그런 거지."

"곧 돌아올 거예요." G. H.가 약속을 하고 있었다.

"하지만 이걸로 확인된 거잖아요. 뭔가…… 일어나고 있다는 게." 휴대폰 신호가 잡히지 않는 것이 공격이었다. 텔레비전이 나오지 않는 것이 전술이었다. "뭔가 해야 해요!"

"뭘 해야 될까요, 우리 어맨다?" 루스도 동의하지 않는 건 아니었지만, 어찌할 바를 몰랐다.

"공격받고 있는 거예요. 이건 공격이에요. 공격받는 상황이면 어떻해야겠어요?"

"공격받고 있지 않아요." 하지만 G. H.는 확신이 없었고, 그게 티가 났다. "아무것도 달라진 건 없어요."

"달라진 게 없다?" 어맨다의 목소리가 더 커졌다. "우리 그냥 여기 그거처럼 앉아 있다가, 음 그게 뭔지 모르겠는데. 앉아 있는 오리인가요? 그냥 앉아서 총에 맞기만을 기다리는 오리?" 이게 무슨 멍청한 관용어인지. 오리가 왜 그냥 앉아 있겠어?

"내 말은, 아직 무슨 일이 일어나고 있는지 모른다는 거예요. 클레이가 돌아올 때까지는 그냥 기다려야 돼요. 그리고 클레이가 뭘 알아왔는지 봐야죠."

"제가 시내로 가서 클레이를 찾아봐야 할까요?" 어맨다는 집을 떠나고 싶지 않았지만 정말 그럴 작정이었다. 뭔가 해야만 했다. "욕조에 물을 채워놔야 될까요? 배터리랑 타이레놀 있어요? 주변에 사는 사람들을 찾아야 할까요? 음식은 충분해요? 비상사태인 걸까요?"

G. H.가 갈색 손으로 버몬트 석재로 된 조리대 상판을 짚었다.
"비상사태예요. 우린 대비돼 있고요. 그리고 여기는 안전합니다." 이
말은 사실이었다. 그의 에너지바와 와인 한 박스가 있으니.

"발전기가 있나요? 방공호 있어요? 그거 있어요? 모르겠다. 자가
발전 라디오? 그 빨대인데 더러운 물 마셔도 안전하게 해주는 거는
요?"

"클레이가 곧 돌아올 거예요. 확실해요." G. H.는 자기 자신도 설
득하려 애쓰고 있었다. "여기 있읍시다. 여긴 안전해요. 우리 모두.
여기 있어요."

"시내까지 십오 분 걸려요. 그리고 돌아오는 데 십오 분. 그러면
삼십 분이에요. 적어도." 루스가 안절부절못했다. 우리 뭐하는 거
지? "길을 모르면 더 오래 걸릴 수 있어요. 아마 이십 분 더. 사십
분, 갔다 와야 되니까."

어맨다는 그들 모두에게 화가 났다. "만약에 그 사람이 돌아오
지 않으면요? 차가 퍼졌거나 그 소리 때문에 어떻게 됐다면, 아니
면—" 그녀에게 무슨 그림이 떠올랐을까? 영영 가버린 클레이.

"조지 말이 옳아요. 우린 안전해요. 그냥 가만히 있어요."

"우리한테 무슨 일이 일어나고 있는지도 모르는데 어떻게 안전
하다고 할 수가 있어요?" 어맨다는 아이들이 그녀의 말을 들을 수
없기를 바랐다. 그녀가 울었다, 이제 와서.

"그 소리를 들었잖아요." 루스가 논리적으로 말했다. "그저 기다
려야죠. 다음에 무엇을 해야 할지 보일 때까지."

어맨다가 격노했다. "우리한텐 인터넷도 없고, 휴대폰도 없고, 뭐

가 뭔지 아무것도 모르는데요." 그녀는 이 사람들 탓이라고 생각했다. 그들이 문을 두드렸고 모든 것을 망쳤다.

"어쩌면 이게 그…… 뭐더라? 텐마일섬?" 루스는 술 한 잔이 고팠지만 좋은 생각인지 결론을 내릴 수가 없었다. "이 근처에 발전소가 있지 않나?"

"스리마일섬.*" G. H.는 항상 그런 것들을 알고 있었다.

어맨다는 역사책을 통해 알고 있었다. "원전 사고요?" 청춘기 내내 지속된 두려움. 대통령의 빨간색 전화기**, 번쩍이는 불빛, 낙진 같은 것들. 그러다 어느 시점에 그 모든 것을 잊어버렸다. "세상에. 창문에 테이프를 붙여야 되나? 병에 걸리는 걸까요?"

"그게 소음의 원인이 될지는 모르겠어요." G. H.가 기억해내려고 애를 썼다. 증기가 생성되는 건 에너지를 발생시키는 반응을 일으키는 물질을 바닷물로 냉각시키기 때문이다. 일본 지진으로 그 오류가 드러났다. 바닷물이 도로 흘러들어가서 독성 물질이 바다를 따라 이동할 수도 있다. 오리건에서도 그 잔해가 발견됐다. 원전 사고로 그런 소리가 날까? 이 근처에 있는 원자력발전소가 뉴욕에 전력을 공급했고, 그래서 시설이 파괴된 게 정전의 원인이 된 건가?

"미사일인가?" 어맨다가 생각나는 대로 말했다. "북한. 루스, 당신이 북한 얘기 했었잖아요."

"이란." G. H.는 말할 생각이 없었는데 말이 나왔다.

---

* 미국 펜실베이니아주에 있는 길이가 3마일인 섬으로. 1979년 이곳에서 원전 사고가 발생했다.
** 미국. 러시아간 핫라인을 의미하는 비유적인 표현.

"이란이요?" 어맨다가 마치 그런 장소를 처음 들어본다는 듯 말했다.

"함부로 추측해서는 안 돼요." G. H.는 후회가 됐다.

"맞을지도 몰라요. 그렇잖아요. 정전되고 그다음에…… 소음의 출처, 폭탄이든 뭐든요." 테러리스트는 계획자들이었다. 그 행동 자체는 충동적으로 느껴지는데, 그건 텔레비전에서 그 이전의 것들을, 회의, 전략, 초안들, 돈 같은 것들을 보여주지 못하기 때문이다. 그 열아홉 명*은 모의 비행 장치에서 연습도 했다! 도대체 모의 비행 장치는 어디 가면 있는 거야?

"우리 너무 흥분하고 있어요—" G. H.는 실제로 보이는 것에만 집중하는 게 중요하다고 생각했다.

루스는 한잔하기로 했다. 와인 따개를 찾아왔다. 수납장으로 가서 카베르네 한 병을 꺼냈다. "그런데요…… 클레이가. 만약에, 만약에 클레이가 뭔가 알아냈다면요?" 뭐가 더 심각한 문제일까? 그가 돌아오지 않는 것일까, 아니면 돌아오고 있는데 정말 견딜 수 없는, 그들이 짐작이나마 할 수 있는 일보다 더 끔찍한 뭔가를 저 바깥 세상에서 발견했고, 그 소식을 가지고 돌아와서 이 사람들에게 그걸 함께 견뎌야 한다고 강요하는 것일까?

어맨다는 이제 더 많이 울었다. "하지만 무슨 일이 일어나고 있는지 알 수가 없잖아요. 우린 그저……" 그녀가 새것이면서도 세기말 시골 학교에 있던 것처럼 보이도록 만든 펜던트 조명들을, 스테인리스스틸 식기세척기를 숨겨놓은 똑똑한 수납장을, 레몬이 가득

---

*9.11 테러 때 비행기를 납치한 테러리스트가 열아홉 명이었다.

담긴 유백 유리그릇을 보았다. 그토록 매혹적인 집이었는데. 더는 안전하다는 느낌이 들지 않았고, 예전 같지 않았다. 그 무엇도 예전 같지 않았다.

"텔레비전이 다시 켜질 수도 있어요." 루스가 낙관적으로 들리게 하려고 애썼다.

"아니면 휴대폰이 다시 될 거예요." 어맨다가 기도하듯 말했다. 조리대 상판을 내려다보다가, 아마도 처음으로 그 돌의 아름다운 추상화가 눈에 들어왔다. 튼튼해 보이지도 단단해 보이지도 않았지만 새삼 아름다워 보였다. 그거면 됐다.

24

남자의 책임감, 그건 완전 개소리라는 걸 클레이는 깨달았다. 그들을 구해주고 싶어했던 마음의 허영! 그 소음 때문에 그는 집에 있고 싶어졌다. 보호자가 되고 싶지 않았다. 보호받고 싶었다. 그 소리에 눈물이 터졌다, 좌절과 짜증의 눈물이. 그는 헤매고 있었고 완전히 길을 잃은 느낌이었다. 심지어 담배도 피우고 싶지 않았지만, 이미 속도를 줄여 정차하고 있었을 때 그 일이 일어났다. 하늘이 열리고 이 형태 없는 것이 하늘 전체에서 떨어졌다. 그는 그것이 새와 청설모와 다람쥐와 나방과 개구리와 파리와 진드기를 놀라게 한 것은 알아채지 못했다. 오직 자기 자신에게만 신경쓰고 있었다.

어차피 차가 없어서 길을 막는 것도 아니었으므로 클레이는 거기서 시간을 죽였다. 소리가 돌아올 거라고 확신하며 팔 분을 기다렸다. 소리는 다시 났다. 하지만 퀸스에서였고, 거리가 멀어서 그에게는 들리지 않았다. 고독이 클레이로 하여금 그 소리를 견딜 수 없

게 했지만, 반대로도 그랬다. 퀸스에서는 군중이 모이면서 공포가
전이됐다. 사람들이 도망쳤다. 사람들이 울었다. 경찰은 뭔가 하는
척조차 하지 않았다.

그러다, 클레이가 길을 찾아냈다. 이전의 사십사 분은 전혀 일어
나지 않은 일 같았다. 오른쪽으로 꺾자 달걀을 예고하는 표지판이
보였다. 너무 어이가 없어서 생각하기도 싫었다. 클레이에게는 정
보도, 차가운 콜라도 없었다. 몇 분 전에는 집에 돌아가면 가족들을
차에 밀어넣고 이곳을 떠나겠다고 결심했었다. 다시는 그 집을 보
고 싶지 않았다.

이제 그 페인트칠한 벽돌이 그를 오랜 친구처럼 맞이했다. 그는
두려움의 눈물 대신 안도의 눈물을 흘렸다. 차의 시동을 껐다. 하늘
을 보았다. 차를 보았다. 나무들을 보았다. 집 쪽으로 뛰어가면서 자
신이 알고 있는 것을 설명해보기 시작했다.

해수면이 높아진다는 말이 있다. 사람들이 그린란드에 대한 이
야기를 많이 한다. 허리케인 철의 피해가 매우 심각하다. 미국 45대
대통령은 치매에 걸린 것 같다. 앙겔라 메르켈은 파킨슨병에 걸린
것 같다. 에볼라 바이러스가 돌아왔다. 금리가 심상치 않다. 8월 둘
째 주다. 강의가 시작되기까지 정말 얼마 남지 않아 남은 날들을 셀
수 있을 정도다. 〈뉴욕 타임스 북 리뷰〉의 담당 편집자가 그의 서평
에 대한 의견을 이메일로 회신했을 것이다.

만약, 이를테면 오늘밤 해가 진 뒤에—주위를 온통 둘러싼 논밭
의 깊은 어둠이 자기주장을 시작한 뒤에—그 소리가 돌아온다면
그는 살아남지 못할 것이다. 당신은 살아남지 못할 것이다. 그것이
소리의 본질이었다. 정수만을 뽑아 말하자면, 아주 짧은 한순간에

전해지는 공포라는 것. 클레이는 그것이 무엇인지 추론하기 위한 수단으로써 그게 어떤 소리였는지 기억해보려 하기만 해도 소름이 돋았다. 잠드는 것조차 무서웠다. 어떻게 차를 끌고 달아나려고 했을까?

클레이는 아버지를 생각했다. 미니애폴리스의 집에서 텔레비전을 보고 있을 아버지는 롱아일랜드 상공에서 난 수수께끼 같은 소리에 대해 전혀 모르고 있을 가능성이 농후해 보였다. 정말 큰 사건만이 인생에 영향을 미친다. 그가 십대였을 때 그의 어머니는 스스로 독감이라고 추측한 어떤 병을 앓았다. 졸음을 도저히 떨쳐내지 못했다. 어머니는 몇 달 후 백혈병으로 죽었다. 열다섯 살이었던 클레이는 햄버거 헬퍼*를 요리하는 법과 흰 빨래와 색깔 있는 빨래를 분리하는 법을 배웠다. 사람들이 돌연히 죽어나가도 저녁을 먹어야 한다. 전쟁이 시작됐을 수도 있고, 산업재해 같은 게 일어났을 수도 있고, 뉴욕 시민 수천 명이 지하철에 갇혀 있을 수도 있고, 미사일이 발사되었을 수도 있고, 그런 일이 일어날 수 있다고 상상도 못했던 어떤 일이 펼쳐지고 있을 수도 있지만—공교롭게도 이 모든 게 어느 정도 사실이었다—클레이는 여전히 담배가 피우고 싶거나 아이들의 예절에 대해 걱정했고 저녁으로 무엇을 먹을지 생각했다. 여느 때와, 산 사람의 여느 때와 다름없이.

어맨다와 G. H., 루스가 안에 있었다. 그들이 마치 연극에 나오는 사람들처럼, 마치 이 순간을 이미 리허설한 것처럼—너 여기 서고, 너 여기 서고, 너 여기 서고, 네가 들어와—그를 쳐다봤다. 그는 박

---

* 파스타 면과 소스가 포함된 즉석식품 이름.

수갈채를 기다려야 할 것 같았다. 그리고 박수갈채가 잠잠해지기를 기다렸다가 말해야 할 것 같았다. 그런데 대사가 뭐였지?

"예수그리스도여." 어맨다는 달려와서 클레이를 끌어안지도, 큰 소리로 이 말을 하지도 않았다. 이 말은 그저 어맨다에게서 떨어져 나온, 쿵 하는 안도의 소리였다.

"다녀왔습니다." 클레이가 어깨를 으쓱했다. "모두 잘 있었나요?"

G. H.는 자기를 증명한 사람처럼 보였다. 기뻐 보였다.

어맨다가 클레이를 껴안았다. 그녀는 아무 말도 하지 않았다. 몸을 빼서 그를 올려다보고 다시 한번 그를 껴안았다.

그는 또 무슨 말을 해야 할지 알 수 없었다. 그 소리를 듣고 움찔했고, 그러다 그 소리가 사라지고 몸속에서 피가 쿵쾅거리는 소리가 들렸다. "난 괜찮아. 나 여기 있어. 괜찮아? 애들은 어딨어?"

"우린 잘 있었어요." G. H.가 단언했다. "모두 여기 있어요. 모두 잘 있었어요."

"괜찮으면 함께해요." 루스가 영화 속 바텐더처럼 그를 향해 와인병을 밀었다. 그녀는 생각보다 훨씬 더 안심이 됐다. 그렇다는 걸 깨달으면서 부끄러움이 오고, 그뒤에 공포감이 왔다. 사실은 클레이가 돌아오리라고 생각하지 않았던 것이다.

클레이가 나무 바닥에 의자 다리를 소리 나게 끌어서 앉았다. "그 소리 들으셨어요?"

"시내에 갔었어? 어떻게 된 거래?" 어맨다가 남편의 손을 잡았다.

클레이는 그 소리를 감당할 수 없었다. 자기 자신의 수치심을 감당해야 하니까. 스스로 그 사실을 인정할 수 있을지 알 수 없었다. "안 갔어." 그는 그냥 그렇게 말했다. 단조롭게, 억양 없이.

"안 갔다고?" 어맨다도 혼란스러웠지만, 그들 모두 혼란스러웠다. "그럼 어디 있었어?" 그녀는 화가 났다.

클레이가 빨개졌다. "별로 멀리 못 갔어. 그러다 그 소리를 들어서—"

"그럼 뭐했어?" 어맨다는 혼란스러웠다. "우리가 얼마나 기다렸다고. 미치는 줄 알았는데—"

"몰라. 담배 한 대 피웠어. 생각 좀 하다가. 또 한 대 피웠어. 달리기 시작했는데 그 소리를 듣고 바로 돌아온 거야." 그는 부끄러워서 거짓말을 하고 있었다.

어맨다가 웃었다. 웃음이 잔인하게 터져나왔다. "난 당신이 죽은 줄 알았어!"

"그럼 아무도 못 봤다는 거군요. 무슨 일이 일어나고 있는 건지 파악하는 데 도움이 될 만한 건 아무것도." G. H.는 모두가 집중하길 원했다.

"당신 왔으니까. 가자. 여기서 나가자. 집에 가자!" 어맨다는 자신이 진심으로 말한 건지, 아니면 그러지 말자고 설득당하고 싶은 건지, 아니면 다른 무슨 생각이 있었는지 확신할 수 없었다.

클레이가 고개를 가로저었다. 거짓말이었다. 그는 그 여자를 만났다. 울고 있었다. 그녀는 도와줄 사람을 찾았을까? 그는 시험에 들었을 때 자신이 어떤 사람이었는지 결코 인정할 수 없었다. 그 여자는 이 일과 상관없다고 합리화하는 건 쉬웠다. 여자가 어떻게 생겼는지 거의 기억도 나지 않았다. 그는 그 여자가 소리를 듣고 어떻게 했을지 궁금했다. "아무것도, 아무도 못 봤어요. 차도 안 다니고, 아무것도 없었어요."

"여기 나오면 원래 그래요." G. H.는 이성적이려 애를 썼다. "그래서 우리가 여기 나오는 걸 좋아해요. 대체로 아무도 안 만나죠."

그들 모두 조용했다.

루스는 창밖의 수영장 쪽을 보고 있었다. "밖이 캄캄하네요. 확실해졌어요." 그녀가 일어섰다. "태풍이에요. 아마 천둥소리였던 것 같아요."

"천둥 아니었어요." 이제 하늘에 구름이 두툼하게 차 있고 색이 회색에서 검은색으로 물들어가고 있는 건 사실이었다. 하지만 클레이는 이미 알고 있었다.

루스가 돌아서서 그들을 보았다. "몇 년 전에 G. H.가 발레 공연에 데려간 적이 있어요. 〈백조의 호수〉요."

그런 게 클레이가 뉴욕에서 살아야 한다고 주장하는 첫번째 이유였다. 하지만 그건 기획부터 악몽이었다. 상호 합의할 수 있는 날의 티켓, 여섯시 삼십분에 저녁식사를 할 수 있는 곳, 보모를 쓰는 데 드는 시간당 18달러. 그들은 너무 바빴다. 스스로 과도한 자원을 투입한다는 생각에 몰두했다. 자기초월을 위해 몇 시간 정도도 할애할 수 없었을까?

"기억나는 게, 처음엔 아, 이거 너무 이상하다 생각했어요. 사람들이 스팽글 달린 의상을 입고 몇 분 동안 춤을 추더니 황급하게 무대를 내려갔다가 다시 춤을 추는 거예요. 발레라는 게 이야기인 줄 알았는데 한 가지 주제를 중심으로 느슨하게 연결된 짧은 것들의 집합체일 뿐이라 처음에는 말이 안 돼요."

인생처럼요, 클레이가 말은 하지 않았다.

그녀가 말을 이었다. "흰색으로 입은 새들과 검은색으로 입은 새들, 크고 웅장한 음악. 재밌어지더라고요. 내 평생 들어본 음악 중 가장 아름다운 음악이었던 것 같아요. 전에 들어본 적 없는 무용곡 하나가 있었는데, 왜 영화나 광고에서 안 쓰는지 모르겠을 정도로 정말 아름다워요. CD도 샀어요. 〈백조의 호수〉, 앙드레 프레빈이 지휘한 거. 곡명도 기억해요. '파닥시옹' '오데트와 왕자'. 그보다 더 웅장하고 낭만적이고 그러면서도 그렇게 달콤하고 생기 있는 음악은 들어본 적 없을 거예요."

"그렇겠죠." 어맨다는 발레를 전혀 몰랐다. 그녀는 이 여자가 이야기해줘서, 침묵을 채워줘서 좋았다.

"차이콥스키가 서른다섯 살에 〈백조의 호수〉를 작곡한 거 알아요? 실패작으로 여겨졌지만, 아시다시피 발레의 기본 개념이 됐죠. 새처럼 입은 무용수 말이에요." 루스가 주저했다. "이런 생각을 했던 기억이 나요—음, 좀 감상적인 생각이긴 한데 우리 모두 때때로 이런 생각을 한다고 봐요—내가 죽는다면, 우리는 모두 죽으니까, 죽을 때 음악을 들을 수 있다면, 아니면 죽기 전에 마지막으로 들을 음악을 정할 수 있다면, 그것도 아니면 죽을 때 머릿속에 떠오를 음악을, 그 기억만이라도 고를 수 있다면 이거였으면 좋겠다고요. 차이콥스키의 〈백조의 호수〉 속 이 무용곡. 그런 생각을 여기 앉아서 하고 있었어요. 듣고 싶지 않은 얘기겠지만, 그러고 있었는데, 망할, CD가 아파트에 있네요."

"여기서 돌아가시지 않을 거예요, 루스." 여기서? 이 매혹적인 작은 집에서? 불가능하다. "여긴 안전해요." 클레이가 말했다. 마치 어릴 때 하는 전화 게임* 같았다. 다 같이 대화를 하지만 자꾸 흐름을 놓쳤다.

"어떻게 알아요?" 그녀는 차분했다. "진실은, 불행한 진실은 그걸 모른다는 거예요. 우린 무슨 일이 일어날지 모르고 있어요. 난 다시는 〈파닥시옹〉과 〈오데트와 왕자〉를 못 들을지도 몰라요. 음악이 내 속에 있는 것 같아요." 루스가 관자놀이를 두드렸다. "들리는 것 같아요. 하프. 현악기들. 아닐 수도 있죠. 하지만 여기 이 안에 있는 것도 아름다워요."

"우린 화성에 있는 게 아니야. 몇 킬로미터만 가도 사람들이 있어. 무슨 소식을 듣게 될 거야. 이미 들은 것도 있지. 다시 들을 수 있을지도 몰라." 안심시키려고 하면서 동시에 이성적이려고 하는 G. H.였다. "차 타고 주변 이웃들한테 가봅시다. 아니면 누가 먼저 찾아올 거예요. 시간문제일 뿐이죠."

"그런 소리는 다신 듣고 싶지 않아요." 클레이는 그 소리를 들었다는 사실 자체를 부인하고 싶었다. G. H.가 묘사한 것들을 상상하고 싶었지만, 그럴 수 없었다. 겁이 났다. 그는 떠나고 싶지 않았다. 현명하지 않은 결정이어서가 아니라 두려워서였다.

어맨다가 아직도 그녀에게 팔을 올리고 안도감으로 멍해져 있던 남편에게서 몸을 떼고 G. H.를 들여다보았다. "저, 덴절 워싱턴이랑 좀 닮으셨어요."

G. H.는 어떻게 반응해야 할지 잘 몰랐는데, 게다가 이 말을 들은 게 처음도 아니었다.

"누가 그런 말 한 적 없어요? 게다가 성이 워싱턴이라니! 친척

---

* 첫번째 참여자가 전달받은 문구를 다음 사람에게 귓속말로 전달하고 또 다음 사람에게 전달하는 것을 반복해서 마지막 참여자가 들은 문구와 원래 문구를 비교하는 게임.

이에요?" 어맨다가 남편을 보았다. "성함이 조지 워싱턴이시래. 몰라—죄송해요, 실례했어요." 그녀가 웃었고, 그들 중 누구도 말을 하지 않았다.

25

다른 방에 있던 아이들은 엄마의 웃음소리를 듣지 못했다. 다른 방에 있던 아이들은 아빠의 귀환을 듣지 못했다. 그 작은 집은 너무 잘 만들어지고(벽이 정말 튼튼했다!) 너무 매혹적이어서 다른 사람들을 완전히 잊게 했다.

아치가 샤워기를 아주 뜨겁게 틀었다. 불알이 몸에 딱 달라붙어 있었고 수영장에서 막 나온 것처럼 오톨도톨했다. 하수구로 흘러내려가는 물을, 더러웠다가 깨끗해지는 물을 지켜보고 있자니 등 근육이 풀렸다. 그가 흰색 수건으로 몸을 닦았다. 트렁크 팬티를 입고 침대로 가서, 드라마 〈더 오피스〉를 볼 수 없게 된 대신 소중한 저장소를, 휴대폰의 숨겨놓은 앨범을 보며 기분전환을 했다. 사진들은 대부분 아름다웠다. 아치가 가장 좋아하는 것은 그다지 끔찍하지 않았다. 그는 인터넷에 있는 복잡한 구성을 불편해했다. 여자 셋, 여자 다섯, 여자 일곱, 거대한 자지(내 건 저렇게 커지지 않을 거야,

그는 걱정했다), 남자 둘, 남자 셋, 근친상간 콘셉트, 인종차별적 폭력, 침, 밧줄, 운동 장비, 공공장소에서 하기, 무대조명, 망가진 화장, 수영장, 이름을 모르는 장난감과 기구들, 아름답다고 하는 학대 같은 것들. 그는 그냥 여자를 좋아했다. 검은 머리에 그을린 피부. 그는 완전히 나체인 쪽을 선호했다. 울 스웨터를 비단 같은 젖꼭지가 달린 묵직한 가슴 위로 들어올리는 것, 격자무늬 미니스커트를 하얀 엉덩이 위로 올려 정확한 단어를 몰라서 그가 보지라고 부르는 부분을 보여주는 것, 청 반바지를 트거나 찢은 것, 입술을 내미는 것처럼, 옷을 입고 어떤 신체 부위가 잘 보이는 자세를 취하는 것보다. 그는 여자가 예쁘고 행복해 보이는 것을 좋아했다. 아치는 기쁨을 주고 기뻐하고 싶었다.

로즈는 부모님 침대의 솜털 이불을 턱까지 끌어올렸다가 더 위로, 코 위까지 끌어올려 세제와 비누와 자신의 피부와, 흔적으로 남아 있는 부모님의 화학적 특징의 냄새를 들이마셨다. 위로가 되었다. 꼭 개들이 그러는 것처럼. 그녀가 읽는 책은 현실도피(청소년기의 시행착오, 몸의 배신, 마음의 새로운 욕망)가 아니라 대비였다. 곧 갈 계획이 있는 나라에 대한 포더스*였다. 하지만 거기에 계속 집중할 수가 없었다. 그녀는 숲의 고요를, 상공에서 난 폭음에 구멍 나버린 그 고요를 생각했다. 브루클린에 있는 자신의 작은 침실은 머릿속에 그려보는 것도 거의 불가능했다. 머리를 흔들어 떨쳐내려 했지만 아무 소용 없었다.

로즈는 침대 속에 숨어 있고 싶지 않았다. 전혀 숨고 싶지 않았

---

* 여행 전문 출판사 및 가이드북 시리즈의 이름.

다. 마치 하룻밤 회복의 잠을 자고 일어날 때처럼 일어서서 기지개를 켰다. 팔다리를 뻗어보니 모두 힘이 넘치고 생기 있다는 느낌이 들었다. 로즈는 창문으로 다가가서 숲속을 들여다보려고 애썼다. 자신이 무엇을 찾고 있는지는 잘 몰랐지만 그것이 나타나면 알 수 있을 것이고, 나타나리라는 것도 알았다. 아까는 사슴 무리를 봤다는 사실을 증명하고 싶었지만 땅이 그 흔적을 보여주지 않았다. 그 동물들은 이 땅을 가볍게 밟고 갔다.

로즈는 유리로 된 뒷문 앞에 서서 평평한 하늘과 손닿을 듯 낮은 구름을 내다보고 있었다. 창유리에 금이 간 것을 발견하고 전에는 없었던 거라고 생각했다. 말이 된다. 비가 늘 그렇듯, 처음에는 주저했으나 곧 대담해졌다. 이파리가 아주 무성한 나무가 대부분의 빗물을 빨아들이고 나면 물이 땅에 떨어질 것이다. 문 위의 물받이 홈통에서 넘친 물이 폭포를 만들었다. 비가 올 때 사슴이 어떻게 하지? 동물은 몸이 젖는 걸 싫어하나? 로즈는 수영을 한번 더 하거나 야외 온탕에 그냥 앉아 있으면 좋겠다고 생각했다. 휴가를 조금만 더, 한 시간만이라도 더 즐기고 싶다고 생각했다.

한 손에는 휴대폰을, 다른 손에는 자기 자신을 쥔 아치의 몸은 평소처럼 반응하지 않았다. 그는 아침 샤워중에도 할 수 있었고, 음량을 줄인 노트북 빛으로만 밝혀진 밤의 침실에서도 할 수 있었다. 가끔은 오후에도, 춥고 오줌냄새 나는 칸 안에서 웅크린 채 손바닥에 침을 바르고 했다. 처음엔 밧줄 같은 정액, 그다음엔 그것의 짧은 재채기, 마지막으로 마른 전율과, 붉어지고 지친, 조금 아프기도 한 자지. 그는 매번 그 짓을 그만두겠다고 맹세했지만, 그게 방법을 찾아낸다. 그것이 인생이다!

바깥에는 태풍이 몰려오고 있었고 빛도 오묘했지만, 그렇지 않았어도 아치는 지금이 몇시인지 짐작하는 방법을 몰랐을 것이다. 그는 집의 주인이라는 사람들이 나타난 게 이상한 일인 걸 알았지만 관심 갖지 않았다. 아니 그들이 좋은 사람 같아 보이기까지 했다. 워싱턴 씨는 그에게 어른들이 항상 물어보는 질문들을 했고, 좋은 사람처럼 보였다. 아치는 휴대폰을 포기했다. 아름다운 공허 속으로 미끄러져들어갔다. 만약 어떤 꿈(그 소리에 대한?)을 꾼다면, 너무 멀어서 스스로 거의 제어할 수 없는 머릿속의 어떤 부분과 관계 있을 것이다.

열이 있나? 뭐, 방금 샤워를 했으니까. 그가 손목을 뺨 아래 대보았지만 그런다고 알 수는 없었다. 피부를 만지는 걸로는 진단이 안 된다. 그 몸은 훌륭하고 복잡한 기계였고 거의 항상 즐겁게 콧노래를 흥얼거렸다. 무언가 잘못되었을 때는 필요한 변화를 만들어낼 수 있을 만큼 똑똑했다. 빛은 어지럽고 걸쭉했고, 머리 위 지붕에 내리는 비의 음악과 공간 안에 놓인 물건들—아치의 몸, 침대, 베개, 물컵, 『아홉 가지 이야기』페이퍼백, 낮잠 자는 반려동물처럼 바닥에 똬리를 튼 젖은 수건—의 겸손한 소리로 방안이 가득차 있었다. 그의 부모가 갓난아기였던 그를 속여서 재울 때 썼던 백색소음 기계 같았다.

손을 씻고 있던 루스는 빗소리를 듣지 못했다. 그러다 손님방 욕실에서 나와 물이 쏟아지는 것을 보고 알았다. 와인은 그녀에게 아무것도 해주지 못했다. 그녀는 졸리지도, 갈증이 가시지도, 정신이 딴 데 돌려지지도 않았다. 그녀가 더러운 옷들을 모아 작게 쌓았다. 어떻게 벌써 이렇게 많지? 침대맡 스탠드의 노란색과 창밖의 회색이 왠지 위안이 됐다. 침대에 들어가서 책을 읽을 수도 있었다. 별장에 가면 원래 그렇듯 게으르게 좀 수도 있었다—휴식이 필요해서가 아니라 그냥 그럴 수 있으니까.

그러는 대신 그녀는 복도를 따라 커다란 벽장으로 가서 선반 위에서 조지의 온갖 비축품들, 와인, 유용한 통조림 음식들, 수십만 칼로리를 담고 있는 튼튼한 플라스틱 용기들 옆에 있던 빨래 바구니를 찾아냈다. 이번엔 특별히 이렇게 생각하기로 했다—잘됐네. 그들은 무엇인지 알 수 없는 이 일에 준비되어 있다. 이것들로 안심이 되리라고 생각했으면 좋았겠지만 그녀는 통조림 토마토나 끈적끈적한 카인드 에너지바는 먹고 싶지 않았다. 그렇다면 원하는 것이 무엇인지 곰곰이 생각해봤자 소용없는 일이었고, 그런 이유로 그녀는 그저 무엇이든 하자고 결심했다. 루스는 바구니에 더러운 빨랫거리를 가득 채웠다. 침대 위의 장식용 베개를 바로 놓았다. 쓸모없는 텔레비전 리모컨을 수납장 위에 되돌려놓았다. 아무도 쓰지 않는 독서등을 껐다. 욕실에서 젖은 수건을 가지고 나왔다.

너무 친밀한 행동이긴 하지만 어맨다를 불러 더러운 옷을 같이 넣으라고 해야 한다는 걸 루스는 잘 알고 있었다. 전기와 물을 더 효율적으로 쓰는 일이니까. 이웃 사람다운 행동이니까. 비록 이 단어가 그들의 관계를 말해주지는 않지만—아마 그 어떤 단어로도 할 수 없을 것이다. 루스는 그런 대화가 정당화될 수 있다는 것도 알고, 그런 대화를 하려면 그녀가 원하는 것보다 더 나은 사람인 척해야 한다는 것도 알았다. 그녀는 자기 몸에 실리던 손자들의 무게가 주던 만족감을 떠올렸다.

로즈가 창문에 손을 대보았다. 유리가 원래 그렇듯, 차가웠다. 규

칙적으로 떨어지는 빗방울이 섞여들어 파문이 이는 수영장 수면이 왠지 만족감을 주었다. 천둥은 치지 않았고, 그렇더라도 로즈는 아까의 소리가 천둥소리가 아니라는 걸 알았다. 그렇게 믿고 싶은 충동이 들었지만 그녀는 십대답게 믿음과 사실이 서로 아무 관련이 없다는 것을 잘 알았다.

문제는 그것이 무엇이냐가 아니라, 이제 그들이 어떻게 할 것이냐였다. 로즈는 부모님이 그녀를 진지하게 대하지 않고, 그녀가 어른이라고 생각하지도 않는다는 것을 알았다. 그러나 로즈는 그들의 문제가 하늘에서 난 어떤 소리가 아니라는 것을 알았다. 그녀는 무엇이 문제인지 봤고, 해결하려고 노력할 것이다. 그러다 엄마가 비가 오면 케이크를 굽겠다고 약속했던 사실이 기억났고, 그래서 로즈는 책을 잊어버리고 그거나 하려고 나갔다.

26

텔레비전이 있으면 좀 나았을 것이다. 텔레비전이 그들을 놀라게 하거나, 재밌게 해주거나, 정보를 주거나, 잊도록 도와주었을 것이다. 대신 이랬다. 아무것도 보여주지 않는 텔레비전 주위에 둘러앉은 세 사람, 천창, 지붕, 테라스, 캔버스 천으로 된 파라솔, 나무 우듬지에 빗방울이 떨어지며 만드는 유쾌한 오케스트라, 주방에서 로즈가 달그락거리는 소리—"나 혼자 할 수 있어요!"—그리고 가스오븐에서 뿜어져나오는, 믹스로 만든 케이크의 화학적인 향.

"욕조를 채워놔야 해요." 어맨다는 무엇을 꼭 해야 하는지 잘 몰랐다. 그냥 추측이었다.

"욕조를 채워?" 클레이는 그 말을 비유적으로 받아들였다.*

그녀가 목소리를 낮췄다. "만약에…… 물 말이야."

---

* '욕조를 채우다'라는 말은 섹스한다는 의미로 쓰이기도 한다.

"전기 나가면 물이 안 나와요?" 클레이는 전혀 몰랐다.

나오지 않는다. 다음날 아니면 그다음날, 그다음날의 다음날에는 확실히, 맨해튼의 최고층에 사는 사람들은 최종적으로 탈수가 오기 전의 전조 증상인 정신착란에 빠질 것이다. "그럴 거예요. 전동 펌프로 탱크를 채우니까. 그러니까 전기가 들어오면 물이 나오겠죠." G.H.는 이 집에 계속 전력이 들어온다는 사실에 감탄했다. 전혀 상관없는 일인 줄 알면서도 그는 잘 만들어진 작은 집 덕분이라고 생각했다.

"전기가 나갈까요?" 클레이는 그날― 노란 스펀지케이크 냄새, 비의 타악 연주―이 불안할 정도로 평범해 보인다고 생각했다.

"태풍이 오면 나가지 않아요? 왜, 나뭇가지 부러지듯이요. 그리고 도시에 뭔가 문제가 있는 거면요. 또 그 소리도 그렇고요, 그게 뭐든. 운좋게 아직은 들어오는 것 같은데 운만 믿을 일은 아닌 것 같아요." 어맨다가 남편을 쳐다보았다. "가봐!"

클레이가 일어서서 부탁받은 일을 하러 갔다. 욕조도 그의 욕조가 아니고 물도 그의 물이 아니라는 사실은 굳이 말하지 않았다.

어맨다가 앉은 자리에서 몸을 기울여 맞은편에 앉은 G. H.에게 가까이 갔다. "천둥은 없었어요. 번개도 없었고요. 비만 왔죠."

"사실 천둥이라고 생각하지 않았어요."

"그럼 뭐예요?" 그녀는 로즈가 듣지 않기를 바라며 속삭였다. 아이가 멍청하다고 생각하지는 않았다. 단지 아이를 보호해야 한다고 생각했다.

"저도 궁금해요."

"이제 어떡하죠?"

"따님이 굽는 케이크를 기다리죠."

"떠나야 할까요?" 어맨다는 이 늙은 남자를 전에 가져보지 못한 아버지를 보듯, 적절한 조언을 해주리라 신뢰할 수 있는 아버지를 보듯 쳐다봤다. "집에, 그러니까 도시에 다른 사람들하고 같이 있는 게 더 낫지—안전하지—않을까요?"

"모르겠어요."

"무슨 일인 건지만 알아도 좀 나을 텐데." 어맨다가 복도 쪽을 바라보았고 욕조에서 물 튀는 소리가 들렸다. 이 말은 사실이 아니었지만 그녀는 몰랐다.

클레이가 반바지에 손을 닦으며 돌아왔다. "다 했어."

"아래층에도 욕조가 있어요. 내가 채워놓을게요." G. H.가 고개를 끄덕여 감사를 표했다.

"그래요, 그럼." 어맨다는 자신을 납득시키려고 노력하고 있었다. "물은 있고, 지금은 필요하지 않고. 앞으로도 필요 없을 수도 있고."

"대비하고 있는 게 낫지." 클레이가 동의했다.

"집으로 가야 할까?" 어맨다가 남편을 쳐다보았다.

"아니면 내일 시내에 다시 가볼 수도 있고요? 아니 처음 가는 거지." G. H.가 바로 정정했다.

"죄송해요." 클레이가 두 손을 무릎에 얹었다. 부끄러움의 몸짓이었다.

"뭐?" 어맨다가 물었다.

"내가 갔어야 했는데…… 그 소리를 듣고 걱정이 돼서 돌아와버려서. 그런데! 차가 한 대도 안 보였어." 클레이는 그 여자에 대해서는 말하지 않았다. 여자가 빗속에 있을지 궁금했다.

"난 또 당신이…… 대체 무슨 일을 겪고 있는지를 모르니까."

G. H.는 이해할 수 있었다. "원래 차를 별로 못 봐요. 계절에 따라 다르긴 하겠지만. 그래도 조용한 곳이에요. 그게 애초에 여기로 왔던 이유이기도 하고."

"그냥 가만있는 게 좋을 것 같아요." 클레이는 그 혼란의 도로에 다시 가고 싶지 않았다.

"어떻게 그렇게 말할 수 있어?" 어맨다가 물었다. 부모 노릇을 하려면 허세와 영웅적인 행동과 용기와 확신을 가장해야 했다. 그건 그냥 본능이고, 그냥 사랑이었다.

"비가 퍼붓잖아. 태풍이 올 때 이동하는 건 좋은 생각이 아닐 거야."

"좋아. 그럼 내일." 어맨다는 그에게서 원하는 답을 끌어내고 있었다.

"시내에 가볼 거야." 클레이가 말했다. "그러면, 결정할 수 있어. 뉴욕에 전기가 나간 거라면 상황이 정리될 때까지 기다려야 할 것 같아."

"여기서?" 그들에게 임차권이 있었다. 이건 그다지 중요하지 않아 보였다. 어맨다는 그녀의 믿음을 증명하려고 준비할 것이다. 짐을 싸고, 떠날 준비를 할 것이다. 일종의 계획서였다.

"내일요. 클레이, 나하고 같이 아침에 가봐요. 내가 길을 알아요." G. H.는 클레이의 이야기를 믿지 않았고, 그가 맞았다. "그리고 거기서 우리 상황이 어떤지 알아봐요. 전기가 있는지, 문제가 있는지, 그 소음은 뭐였는지. 더 많은 걸 알게 될 거고, 그리고 더 많은 걸 알게 되면 최선의 방법을 결정할 수 있어요." 그가 고개를 들어 어른들에게 다가오는 여자아이를 보았다. G. H.도 어맨다와 같은 열망을 느꼈다. "여기까지 맛있는 냄새가 나는데." 그는 가볍게 말했지만 진심이었다.

"식히고 크림만 바르면 돼요."

"벌써 다 했어?" 어맨다가 시간을 계산해보려고 애썼다. "됐다가 저녁 먹고 먹어야겠다."

"시트를 따로 만들었어요. 빨리 구워지게요. 큰 케이크 하나 말고 작은 케이크 두 개로. 뭔가 장식할 만한 게 있으면 좋겠어요. 스프링클 같은 거요."

"팬트리 안에 보면 될 것 같은데. 워싱턴 부인한테 가서 베이킹 재료를 어디다 두는지 알려달라고 해봐. 보관해둔 게 있대도 놀랄 일이 아니지." 아이는 G. H.의 딸과 전혀 닮지 않았지만 그는 자연스럽게 딸을 생각하고 있었다.

"저녁거리 좀 준비해봐야겠어요." 클레이는 이것을 그의 앞선 실패에 대한 속죄로 생각했다. 욕조에 물을 받았고, 저녁을 먹이고, 자신의 가치를 증명할 것이다. "로즈, 케이크 장식 시작하기 전에 주방 정리부터 하자."

"아치는 어딨지?" 어맨다는 아이들이 눈에서 멀어지기를 바랐지만 마음에서 멀어지게 할 수는 없었다.

클레이가 어깨를 으쓱했다. "낮잠 자나."

"깨워야겠다." 너무 늦게까지 낮잠을 자면 어떤 위험이 있는지─그 무엇으로도 떨칠 수 없는 혼미─그녀는 알고 있었다. 아기 때 잠에서 깬 아치는 침구 때문에 주름이 지고 격렬한 휴식 때문에 빨개진 얼굴로 언짢은 표정을 지었고, 최소한 십 분 넘게 입술을 삐죽

거리는 것 말고는 아무것도 하지 못했다. 그녀는 G. H.에게 "실례할
게요"라고 한 후 아이방 문 앞으로 갔다. 어맨다가 노크했다. 십대
들에게는 우선 그런 존중이 필요하기 때문이었다(그녀도 이런저런
꼴을 봤다). 그러고 나서 문을 밀어 열며 아이의 이름을 불렀다.

아이는 꿈쩍도 하지 않았고, 그녀의 존재를 알아차리지도 못하는
것 같았다.

"아치?" 담요 밑으로 배배 꼬인 그의 형체가 보였다. "아가, 자
니?"

아이는 대답하지 않았다, 그녀의 말을 들은 거라면. 그래서 어맨
다는 아치의 얼굴을 덮은 이불을 끌어내려 찬란하게 흐트러진 머
리카락을, 마치 고목의 뿌리처럼 이리저리 뻗은 넝쿨손을 드러나
게 했다. 그녀가 헝클어진 머리를 손빗으로 빗어주다가 반사적으로
그의 이마에 손바닥을 얹었다. 뜨거운 게 열 때문일까, 아니면 속잠
때문일까? "아치?"

아치가 깜빡이지도 않고 문득 눈을 떴다. 잠에 빠져 있다가, 문득
아니게 됐다. 그가 엄마를 쳐다봤지만 엄마가 초점에 맞춰지지 않
았다.

"아치? 괜찮니?"

그가 천천히, 길고 떨리는 숨을 내쉬었다. 그는 자신이 어디 있는
지 몰랐고, 무슨 일이 일어나고 있는지 이해하지 못했다. 일어나 앉
는 이 움직임 또한 갑작스러웠다. 그가 입을 열었지만 말하기 위해
서가 아니라 통증이 있는, 또는 그나마 거기 있다고 인지할 수 있는
턱을 뭔가 새롭거나 다르거나 잘못된 방식으로 움직이기 위해서였
다. "모르겠어요."

"모르겠다니 무슨 말이니?" 어맨다가 누비이불을 젖히자 아치의 얇은 몸통이 드러났고, 손을 대보지 않아도 느껴질 정도로 강력한 복사열이 몸에서 방출됐다. "아치?"

그가 웅 하는 소리를 냈다. 그러고는 몸을 앞으로 숙이더니 자기 무릎에 대고 토했다.

27

부모가 되면 강해진다. 부모의 임무는 그 신체를 유지해주는 것
이고, 거기에 어떤 일들이 수반되는지 알고 있다. 토하는 모습에 한
번은 구역질이 났지만, 그녀의 아이 것이니까―어맨다는 그것을
똑바로 보았다. 위기가 그녀를 이성적으로 만들었다. 클레이를 불
렀다. 그녀는 아들이 아기일 때 해줬던 것처럼 아들의 몸을 씻겼다.

　아이들이 아기였을 때 클레이와 어맨다는 맨투맨 수비를 했다.
그 비참했던 첫번째 겨울, 클레이는 아치를 데리고 뉴욕 교통박물
관에 가곤 했다. 옛날 지하철역에 지어졌기 때문에 실내 관광지인
데도 항상 몹시 추운 곳이었다. 어맨다는 찌찌를 갈구하는 로지와
집안을 왔다갔다하며, 비요크가 매슈 바니와의 섹스가 얼마나 훌륭
한지에 대해 쓴 앨범을 들었다. 그때 생각을 하면 어맨다는 지금도
주방 근처 한 부분에서 발밑 마룻바닥이 삐걱거리는 소리가 들렸
다. 그때 생각을 하면 클레이는 지금도 좀더 순수했던 시대의 기차

들이―라탄 좌석, 천장 선풍기―박물관의 퇴출된 선로에 주차된 모습이 떠올랐다. 어맨다가 더러워진 침구를 벗겼다. 클레이는 아이를 거실로 데리고 나갔다.

"체온계 있어요." 준비성이 철저한 루스는 화장실도 가득 채워두었다. 성인용 진통제와 소아용 진통제, 붕대, 아이오딘, 식염수, 바셀린.

"다행이에요." 클레이는 아이가 너무 큰 맨투맨 티셔츠를 입는 걸 도와주었다. 헝클어진 머리를 매만져주는 것으로. 그러고는 소파의 아이 옆자리에 앉았고, 둘은 집 뒤쪽, 수영장을 가득 채우는 비의 드라마를 바라보았다.

어머니의 몸의 기억은 강력했다. 루스가 물품을 가지고 돌아왔다. "체온을 재봅시다."

아버지의 본능 또한 강력했다. G. H.가 로즈를 위해 숨어 있던 용품들을 찾아주었다. 크림용 설탕, 데코 펜, 생일 초, 플라스틱 병 속에서 잘각거리는 스프링클. 로즈는 바보가 아니었지만 너무 기뻐서 기분전환이 됐다. 함께 케이크를 조심스럽게 접시에 올리고, 그녀가 크림이 두껍게 발린 스패출러를 가만히 위에 대고 능숙하게 접시를 돌렸다.

"고맙습니다." 클레이가 말했다.

루스가 아이의 턱을 잡고 유리관 끝을 혓바닥 아래 놓았다. "확실히 열이 있네. 그래도 열이 얼마나 나는지 한번 보자."

"지금 기분이 어때, 아치 군?" 클레이는 가장 불안할 때 이런 남성적인 애칭에 의존했다. 그는 아까도 물어봤고 아치는 이미 대답했다. 아이에게 팔을 두르고 싶고 아이의 몸을 감싸안고 싶었지만,

이제 거의 남자가 된 아이가 좋아하지 않을 게 분명했다.

"괜찮아요." 아치가 온도계를 물고 있어서 특유의 청소년적 경멸을 미처 표현하지 못하고 중얼거렸다.

루스가 그 심오한 도구를 들여다보았다. "38.9도. 그렇게 나쁘지도 않고. 좋지도 않네요."

"물 좀 마셔, 친구." 클레이가 유리컵을 아이 손에 쥐여주었다.

"이거 먹어." 루스가 타이레놀 두 알을 흔들어 꺼내는 순간 G. H.와 로즈는 케이크에 설탕 장식을 흩뿌리고 있었다. 귀엽고 멋진 듀엣.

아치는 시키는 대로 했다. 입안에 물 한 모금을 머금고 알약을 넣었다. 약을 삼키고 목이 깔깔하지 않은지 골똘히 살폈다. 텔레비전을 보거나 집으로 돌아가거나 휴대폰에 정신을 뺏기고 싶었지만 이중 어느 것도 가능하지 않았기 때문에 그냥 거기 앉아서 아무 말도 하지 않았다.

"어맨다를 도와주러 가봐야겠어요." 루스는 해결해야 할 문제가, 아니 그녀가 해결할 수 있을 것 같은 문제가 있다는 것이 즐거웠다. "여기서 쉬고 있어요."

그들의 생명을 구하려고 받아놓은 물로 가득찬 욕조를 보고 어맨다는 더러워진 침구를 가지고 안방 화장실로 가서 타일을 댄 샤워실에서 (감사하게도 물기가 많은) 토사물을 씻어냈다. 가능한 한 바짝 물기를 짜려고 찢어지지 않을까 걱정될 때까지 침구를 비틀었다. 그녀는 화나 있었고, 이런 감정으로 하기 좋은 일이었다. 손의 물기를 닦고 침실로 들어갔다. 지저분한 속옷 무더기, 쓰고 버린 냅킨, 잡지, 물컵, 그들이 존재하고 생존했다는 이 온갖 작은 흔적들은 왜 이렇게 빨리 퍼지는 건지. 나무는 보이지 않는 테로 삶의 흔적을 남긴다. 반면에 사람은 어디에나 버려놓은 쓰레기로 흔적을 남긴다. 그들의 지위를 주장하기 위해서. 어맨다가 방을 정리하기 시작했다.

"똑똑." 루스가 텔레비전에 나오는 사람처럼 말하며 엉덩이 옆에 세탁 바구니를 낀 채 복도를 성큼성큼 지나 방으로 들어왔다. "방해해서 미안해요. 그런데 어차피 빨래를 좀 해야겠다고 생각하고 있었거든요."

어맨다는 어쩐지 무릎을 굽혀 인사하게 됐다. 그게, 이 방은 이 여자 것이니까. "죄송해요. 아치 침구는 제가 빨게요."

"죄송하긴요. 그냥 여기다 넣어요. 아치는 괜찮은 거 같아요. 체온이요. 38.9도."

"38.9도요?"

"높은 숫자 같지만, 원래 어린애들은 체온이 높잖아요. 전시장의 새 상품 같은 면역 체계가 일을 너무 많이 하니까. 타이레놀도 먹었어요."

"고맙습니다."

"옷도 넣어요. 그냥 하게요, 전기 들어올 때."

너무 친밀한 행동이었지만 루스는 선견지명이 있었다. 그렇게 하면 그들이 집에 가서 또 빨래방에 가야 하는 여정을 면할 수 있을 것이다. 어맨다는 빨래방이 열지 않았다는 사실은 몰랐다. 그곳을 운영하는 중국인 남자가 브루클린하이츠에 있는 R라인 지하철역의 회전식 개표구에서 승객들을 승강장으로 실어나르는 엘리베이터 안에 있고, 이미 몇 시간 동안 거기에 있었고, 거기서 죽을 테지만 그것도 많은 시간이 지난 미래의 일일 것을 몰랐다. "현명한 생각이네요. 고맙습니다."

그들은 서로를 마치 운명의 결투 상대처럼 생각했다. 불가피한 일이었는지도 모른다. 루스는 이 여자를 동정했다. 그녀는 자신에게 무엇이 요구되는지 알았고, 그게 싫었다. 그녀는 좋은 사람인 척 행동해야 했다. 그런데 마야와 손자들은? "저, 여기 있어도 괜찮아요. 원한다면."

작은 집이 구명보트가 되는 것. 무지가 일종의 앎인 것. 이것에 어맨다는 혹하지 않았다. 이 사람들과의 영원(그것이 허락되기라도 한 양). 그녀의 어떤 부분은 여전히 이것이 속임수나 망상이 아닌지 의문을 가지고 있었다. 강간도 총도 없는 가택 침입이라니, 이건 고문이었다. 하지만 이 여자는 어맨다에게 주어진 가장 가까운 동맹이기도 했다. 어맨다가 고개를 저었다. "아치는 의사가 필요해요."

"우리 모두 그렇다면요? 이미 우리 안에 뭐가 있다면요? 뭔가 시작되고 있는 거라면, 아니면 전부 끝나고 있는 거라면?" 이 말에 숨겨진 뜻은 부정할 수 없다. 사람들은 아직도 아마존을 지구의 허파라고 부른다. 허리 높이의 물이 베네치아의 대리석에 철썩철썩 부딪히고 관광객들은 미소를 지으며 사진을 찍고 있다. 그것은 마치 암묵적인 합의 같다. 모두가 그저 무너지고 있는 것들에 자신을 내맡겼다. 상황이 나빠 보이면 실제는 분명 더 나쁘다는 게 일반적인 상식이다. 루스는 그런 사람이 아니었는데도, 몸속에서 만개하는 질병을 느낄 수 있었다. 그것은 어디에나 있고, 부정할 수 없었다.

"모르는 것까지 생각할 겨를이 없어요. 이 문제에 집중해야 해요. 아치는 의사가 필요하고, 내일 아침에 병원에 데려갈 거예요."

"하지만 무섭잖아요. 나도 무서워요."

"그런다고 해결되는 일은 아무것도 없어요. 그냥 여기 있을 수는 없어요. 숨어 있을 수는 없어요. 저는 아치 엄마니까. 그거 말고 우리가 할 수 있는 게 있어요?"

루스가 침대 끄트머리에 앉았다. 그녀는 시내까지, 더 먼 노샘프턴까지 갈 수 없었다. 그저 침대에 눕고 싶었다. "그 말이 맞겠죠."

"제가 기운 낼 수 있게 무슨 말이라도 해주세요." 어맨다는 우정 또는 인정 또는 안심 또는 구원을 찾고 있었다.

루스가 다리를 꼬고 어맨다를 올려다보았다. "할 수가 없어요. 위로라는 거."

어맨다는 그 말을 듣자마자 절망했다.

"나한테 필요한 건지도 몰라요. 위로라는 거요." 루스는 간절하게 빨래를 하고 싶었다. 비누의 특색 없는 냄새, 천둥 같은 물소리. "그래서 위로해줄 수 없어요. 하지만 여기 있어요. 그래야 될 것 같아요. 그게 맞을 것 같아요. 기운 나게 해줄 수는 없지만. 지혜로운, 뭔가 교회 같은 말은 못해주지만."

"알아요, 그러신 거 알아요."

"적어도 당신은 아이들이 여기 함께 있잖아요. 난 내 딸한테 무슨 일이 일어나고 있는지도 몰라요. 내 손자들한테 무슨 일이 일어나고 있는지 몰라요. 우리는 세상에 대해 아무것도 몰라요. 다 그런 거죠."

어맨다도 다 그래왔다는 건 알았다. 이번엔 그러지 않기를 바라지 않을 수 없었다. 옷에서 아들의 토사물 냄새가 났고, 공기에서 딸의 케이크 냄새가 났다. "우리 뭐 좀 먹어요. 전 샤워 좀 해야겠어요. 그러고 나서 우리 뭐 좀 먹어요. 도움이 될 것 같아요." 아니, 그건 아니었다. "달리 뭘 해야 할지 모르겠네요."

28

왠지 축제 같은 느낌이 날 정도였다. 출전 전의 한잔 같은. 어떻게 보면 평온해 보였고, 재밌어 보였고, 휴가처럼 보였다. 진취적인 루스가 닭고기 수프 한 캔을 찾아냈고, 아치가 마지못해 그것을 떠먹었다. 어맨다가 정리해둔 침대에 그를 집어넣었다. 진취적인 로즈는 기억해냈다. 일 년 전 엄마 노트북에 영화 한 편을 다운로드해놨다는 사실을. 별로 끌리는 영화는 아니었지만 없는 것보다는 나았다. 어맨다가 로즈에게 케이크 한 조각과 거의 쓸모없는 컴퓨터를 들려 침대로 보내고, 어른 넷은 어른들의 저녁을, 또는 어린 귀가 듣고 있을 때는 즐길 수 없는 솔직한 시간을 가졌다. G. H.는 오래된 〈이코노미스트〉를 대충 넘겨보았다. 루스는 움푹한 도자기에 미니 당근과 후무스를 가득 담았다. 어맨다는 와인 한 잔을 내내 마셨다. 클레이는 아일랜드 식탁에 서서, 있는 재료로 소시지 파스타를 만들었다.

빗줄기가 잦아들고 처마 밑의 테라스가 말랐다. 그래도 그들은 실내에서 식사할 것인데, 자기들의 계절이 끝나간다는 죽음의 고뇌에 시달리는 모기가 두려워서는 아니었다. 숲이 그들을 위협했다. 차오르는 달이 연노란색으로 부서진 구름들 사이로 솟아올랐다. 그 소리의 여진은 없었다. 아니, 있었는데 모두 그들의 머릿속에 있었다. 그들이 들은 것은 헤니 페니*가 예언한 것처럼 하늘이 갈라지는 소리였을 수도 있었다. 무엇이라고 해도 될 것 같았다. 누구도 그들에게 무슨 일이 일어나고 있는지 몰랐고, 어쩌면 그래서 그 의식이 묘하게 즐거웠을 수도 있었다. 아니면 집단 히스테리일 수도, 아니면 색깔이 사과주스 같은 차가운 샤르도네 때문이었을 수도 있었다.

음식 접시를 전달하고, 잔을 채우고, 수다를 떠는 게 꼭 추수감사절처럼 능숙하고 익숙한 느낌이었다. 조지 얘기 들어보고 싶은 사람 있어요? 바스키아**작품이 위조로 밝혀지면서 거액을 떼먹힌 고객, 혼전계약을 회피하기 위해 칠 개월 된 자식 앞으로 수십만 달러를 옮겨놓은 남자, 마카오에서 3백만 달러를 잃은 남자, 아들의 바르 미츠바***를 축복하기 위해 부른 뉴욕 양키스 선수에게 지불할 현금이 필요했던 고객. 그의 이야기는 사람이 아닌 돈에 관한 이야기였다. 경이롭고 비이성적이고 거의 전지전능한 돈. 조지는 돈으로 자신들에게 무슨 일이 일어나고 있는지 설명할 수 있을 거라고, 돈으로 그 일에서 자신들을 구할 수 있을지 시간이 알려줄 거라고

---

* 나무에서 떨어진 도토리에 맞고 하늘이 무너진다고 생각한 동화 속 닭의 이름.
** 미국의 그라피티 아티스트.
*** 유대교에서 남자아이가 열세 살이 되면 치르는 성인식.

생각했다. 만일 이 사람들이 다음날 떠난다면 그는 그들에게 불편을 끼친 대가로 1천 달러를 주기로 한 약속을 기억해야 할 것이다. G.H.는 다만 그들이 떠날지 확신이 없었다.

디저트도 뭐 안 될 것 있나? 마지막 같은 분위기가 있었다, 적어도 클레이에게는. 이제 깨끗해진 옷들이 4천 달러짜리 건조기의 뜨거운 포옹 속에서 이리저리 굴러다녔다. 그는 아치의 열이 떨어질 거라고 생각했고, G.H.에게 길을 물어야겠다고, 연필로 그린 약도를, 안전한 해방을 부탁해야겠다고 생각했다. 아침이 와서 그 아름다움으로 놀라움을 주면 그들은 집으로 돌아갈 거라고 생각했다.

그들은 로즈의 케이크를 잘랐다. 루스가 종이 통에 든 파인트 사이즈 아이스크림들을 식탁에 놓았다. 도구가 잘 갖춰진 주방에는 스테인리스 아이스크림 스쿱도 두 개나 있었다. 식기가 식기세척기를 쓸 만큼 많이 나왔다.

어맨다가 말했다. "음, 전기가 아직 들어오네." 사람들은 더이상 전력의 흐름 같은 것을, 보이지 않지만 약간의 위안을 얻을 수 있는, 어찌 보면 신 같은 것을 신경쓰지 않았다. 물이 천천히, 아주 천천히 아이들 방 욕조에서 빠져나가고 있었지만 그녀는 몰랐다.

대화 주제가 전에 여행했던 곳으로 바뀌었다. G.H.가 냉소적으로 말했다. "분명 이번 휴가보단 더 재밌었겠죠."

어맨다는 밤에 절대 어두워지지 않는 곳들을 떠올렸다. 헬싱키, 상트페테르부르크, 땅에 대고 뭔가 하라고 돈을 받고 파견된 사람들을 위해 건설된 알래스카의 작은 마을. 그녀는 어둠 속에서 알수 없을 그 소리가 다시 돌아올까봐 두려웠다. 그들은 이미 아무것도 몰랐지만. "디즈니?" 그녀가 웃었다. 당시에는 그곳을 싫어했지만 그 추억은 소중했다.

"아치는 그때도 토했어요." 클레이가 말했다. 그렇게 생각하고 싶었다—휴가란 아이들이 자연스럽게 바이러스에 항복하는 때라고. 항상 토하는 아치! 그만 좀 해, 아치! 그게 아치가 아프다고 믿는 것보다 유쾌했다.

루스는 파리 이야기를 했다. 그녀와 마야는 조지 V 호텔에서 티타임을 갖고, 갤러리 라파예트 백화점에서 신발을 신어보고, 튀일리궁에서 회전목마를 탔다. 열세 살이 되자 마야가 이런 것들을 저급하다고 하기 시작했지만. "항상 듣던 것처럼 멋진 도시예요."

"우리도 겨울방학 때 가야겠다. 파리는 너무 아름다워서 추워도 괜찮을 거야." 아이들이 에펠탑 전망대에 서서 발아래 세계를 관찰하며 토해내는 얼어붙은 숨이 클레이의 눈에 선했다. 파리 대홍수 영상이 기억났다—그게 언제였지? 루브르박물관은 센강이 망가뜨릴 수 없게 미술품 3만 5천 점을 옮겨야 했다. "〈여인과 일각수〉를 보는 거야."

"돈 많이 나가게 생겼네." 공허한 약속은 어맨다를 겁먹게 했다. 만약 전쟁이 난 거라면, 전 세계가 연루될 만큼 큰 전쟁이라면, 그래서 국경이 성벽이 된다면? 그녀는 상황이 더 심각하다는 것, 전쟁으로는 설명할 수 없다는 것을 몰랐다. 비행기들이 로마, 뉴욕에서 파견되어 서아프리카에서 접근하고 있는 다른 비행기를 만날 예정이었다. 가짜 정보 때문에, 그것들은 입국 서류를 작성해야 할 만큼 우리 국경에 가까이 오기도 전에 사백 명 가량의 영혼을 죽이고 말았다. 전에는 일이 진행되는 속도가 느렸다. 이제는 미친놈 하나가 오스트리아 대공을 쏠 필요도 없다. 매일이 거의 동시에 일어나는 이상한 일들의 대혼란이니까.

종이 통들이 비었다. 모두 믹스로 만든 케이크에 감탄했다. 접시에 묻은 초콜릿이 굳었다. 진짜 어둠이 깔리면 날개 달린 밤의 생물들이 부드럽게 유리에 부딪히고, 야외 조명이 딸깍하고 켜지며 머리 위 나뭇가지들을 비출 것이다. 침묵이 내려앉았다. 레스토랑이나 파티에서 간혹 경험하는 자연스러운 휴식시간 같은 이런 때 대화는 느슨해지고 모인 사람들은 알아듣기 힘든 목소리를 들으려는 듯 무리하게 몸을 내민다. 냉장고에 이제 달걀이 없지만, 아침으로 시리얼을 내놓을 수 있을 것이다.

의논을 한 건 아니지만 그들은 모두 그저 앉아서 만족감을 느끼기로 결정했다. G. H.는 잔을 만지작거렸다. 클레이는 담배를 피우고 싶은 미칠 듯한 충동으로 씰룩거렸다. 너무 강력해서 조금 무서워지는 충동이었다. 그는 자신이 나약하다는 사실을 직시해야 했다. 루스는 창문을 바라보고 있었는데 대부분 자신의 반영을 보고 있었다. 어맨다가 집에 도착한 날 샀던 보드카를 가지고 왔다.

G. H.가 레몬을 얇게 썰어 동그랗고 노랗고 향미가 풍부한 동전들로 만들었다.

첫번째 잔을 바닥까지 비운 뒤 어맨다는 얼음들 사이로 손가락을 넣고 후비더니 가톨릭 신자들이 성체를 가지고 하는 것처럼 그 감귤류 열매를 혓바닥에 얹었다. 새로운 사람으로 성변화. 그녀는 취했다. 단서는 목소리의 크기였다. "한 잔 더." 이것은 요청이라기보다 명령이었다.

G. H.가 술을 따랐다. "얼마든지요."

클레이에게 방금까지 즐기다 돌아온 담배 냄새가 풍겼지만, 즐거움이 그 경험의 큰 부분은 아니었다. 귀뚜라미들이 음모를 꾸미고. 뭔가 일어날 가능성이 저 밖에 도사리고. 그는 전조등 불빛이 보이길 바랐다. 아니면 하늘을 가로지르는 비행기 같은 것. 독방이 사람을 미치게 만든다는 연구 결과가 있다. 그는 다른 인간들의 존재가 그리웠는데, 남자로서의 의무 때문에 용감한 척하고 있었다. "조지, 약도 하나 그려주실래요? 내일? 길 좀 가르쳐주세요. 확실히 저를 믿을 순 없겠어요."

"나도 시내로 갈게요. 날 따라와요."

루스는 아무 말도 하지 않았다.

어맨다는 발음이 새진 않는지, 스스로 자각하고 있는 것보다 더 취해 보이진 않는지 걱정됐다. 그녀는 상황을 통제할 수 있는 여자였다. "여기로…… 돌아오실 거예요?"

"네, 그럴 거예요." 루스도 그와 함께 갈 것이다. 이곳에 혼자 있지 않을 것이다. 그녀는 그들이 떠나길 원했고, 또 남기를 원했다. 관심 갖고 싶지 않은데도 그럴 수가 없었다. 그녀는 죄책감을 느끼고 싶지 않았다.

"노샘프턴까지 가는 길을 알고 있으면 좋겠지만." G. H.가 말을 아꼈다. "거긴 멀어요. 그저 바라건대 휴대폰이……" 그는 군이 결론을 내리지 않았다.

"저흰 아치를 돌봐야—" 어맨다의 더듬거림이 해야 할 말을 대신했다. 아이가 아팠다. 원인이 무엇인지는 중요하지 않다. 그래서 어떻게 했는지만이 중요하다. 비싼 에피네프린 자가주사를 가지고 전전긍긍, 그걸 대통령의 핵무기 발사 코드*처럼 항상 아치 곁에 두었던 오랜 시간, 그런데 아치는 단발의 소리에 쓰러졌다. 부모 됨이란 무엇이 아이를 해칠지 결코 모르는 것, 하지만 결국 그렇게 된다는 사실은 아는 것, 그런 것이다.

"떠나기 전에 환불 꼭 해줄게요."G. H.는 공정했다. 아니면, 약속은 약속이니까. 그도 보드카를 마시고 있었다. 네 사람은 망각의 일시적인 평화를 찾는다는 점에서 단결했다. 거의 효과가 있었다. 그는 애초에 왜 그들이 함께 있게 됐는지 거의 잊어버렸다.

"안 까먹을 거예요. 약속해요."클레이가 농담으로 넘기려고 했다. 병원비를 내려면 그 돈이 필요할지도 모른다. 썩은 음식이 가득 찬 냉장고를 교체하려면 그 돈이 필요할지도 모른다. 〈뉴욕 타임스 북 리뷰〉의 담당 편집자가 그의 에세이를 너무 좋아해서 계약하자고 할지도 모른다. 무엇이든, 무엇이든 가능했다. 그들이 옳은 선택을 하는 거라고 생각한다는 뜻을 전달하기 위해 그가 한 손을 아내의 손 위에 포갰다.

"우리 모두 괜찮을 거예요."어맨다는 클레이를 향해서만이 아니라 이 사람들에게도 말하고 있다는 사실을 신경쓰지 않을 만큼 취했다. 그들은 이제 가족이었다. 아니면 뭐 그런 비슷한 거.

"두 분한텐 이게 휴가 마지막날 밤인 거면, 진짜 즐겨야겠네요."루스는 다 먹은 접시들을 하나씩 하나씩 쌓아올리며, 자신이 질서를 회복시키는 일을 즐긴다는 사실은 별로 생각하지 않았다. 이 사람들은 친구이자 손님이 되었고 루스는 주인이 되었으므로, 그녀는 그저 식탁을 치워야 했다.

---

* 미국 대통령이 있는 곳에 항상 따라다니는 '핵 가방' 안에 핵무기 발사 코드가 들어 있어, 테러나 전쟁 등 미국이 바로 공격해야 하는 상황에 사용할 수 있다.

"즐기자. 휴가를 즐기자. 아니, 인생의 모든 순간을 즐기자. 순간을 즐기는 것이 승리다. 우리가 이걸 잊지 말아야 한다고 생각합니다." G. H.가 잔을 들어올렸다. 그 몸짓은 진심이었다.

"즐긴다, 즐긴다." 어맨다는 방어해야 한다고 느꼈다. 꼭 이렇게 말하는 듯했다. 좋은 시간 보내고 있어, 내가 좋은 시간이야. 낙관론자들은 그들이 세상을 바꿀 수 있다고 믿는다. 밝은 면을 보면 그들은 덜 밝은 면이 더는 존재하지 않을 거라고 생각한다.

"명령이 아니에요. 제안하는 거예요." G. H.는 편안했다. 그는 시황을 보고 싶어 견딜 수가 없었다. 누가 부자가 됐는지 알고 싶어 견딜 수가 없었다. 이런 순간에는 항상 용감한 사람, 아니면 그저 운이 좋은 누군가가 부자가 되니까. 그는 밤에 더 추워지기를 바랐다. 야외에 서서 몸을 떨다가 야외 온탕에 깊숙이 들어가 나무의 검은 팔다리들을 바라보고 싶었다.

어맨다가 잔에 술을 다시 채웠다. 아이스크림, 그 입안 가득 풍부한 달콤함을 더 먹고 싶었다. 아이스크림은 더 없었지만 도넛이 있었고, 쿠키 한 통도 있어서 선택지가 있었다. 그녀는 자신이 그날 밤 잠자리에 들기 전에 주방에 숨어들어 무엇이든 발견하는 대로 뜯어발기리라는 걸 알았다. 두 손 가득한 짭짤한 골드피시 크래커, 후들후들한 미국식 체더치즈, 한 손가락에 찍은 후무스. 그녀가 일어서자 방이 조금 움직였다. 손끝 아래 식탁이 그녀를 지탱해주었다.

"한 잔 더 해야겠어요." 루스가 만족해하며 식기세척기 문을 닫았다.

"전 빨래 개야 해요. 짐도 쌀까 싶고." 어맨다가 일어섰다.

"도와줄게요. 빨래 개는 거. 같이 개요. 짐 싸는 건—한 번에 하나

씩만 해요."

"준비해놔야 될 것 같아서요." 어맨다가 말했다.

"이따 자기 전에 한잔할까요?" 클레이는 그러는 게 예의라고 생각했다. 아마도 함께하는 마지막 밤이 될 것이다. 그들과 몇 주는 함께한 것 같았다. 하루밖에 안 됐는데.

침실에서 그들은 조용히 움직였다. 여전히 따뜻한 옷들이 분류되어 차곡차곡 쌓이고 바퀴 달린 더플백 바닥에 놓였다. "밖에 나가서 우리 플립플롭 다 가져오는 거 잊지 마."

"우리 신중하게 하자."

"짐 싸고 있잖아. 여기 다시 올 거 아냐. 집에 가는 거야."

클레이는 어맨다의 고집을 이해할 수 있었다. 그들이 그렇게 하기로 했다면, 그럴 것이다. 그가 서랍장에서 깨끗한 팬티를 꺼내 침대 위에 올려놓았다. "이상한 하루였어. 현실감이 필요해."

어맨다가 침대에 앉았다. "일주일 같은 하루였어."

"우리 휴대폰 중독이었나? 진짜 중독? 몸이 안 좋은 것 같은 거 보니까." 클레이는 휴대폰을 충전하고 있었다. 망이 복구돼서 다시 온라인 상태가 되면 바로 쓸 수 있게 확실히 해두려는 것이었다.

어맨다는 초조해졌다. "그 소리 때문에 아픈 거면 어떡하지?"

"가능성이 있지." 텔레비전 방송에 나온 화학요법 받는 환자들처럼 머리카락이 빠지면 어떡하지, 손톱이 고무처럼 되고 벗겨져서 몸안의 가장 부드러운 속살이 드러나면 어떡하지, 뼈에 구멍이 뚫리고 약해지면 어떡하지, 피에 독극물이 흐르고 있으면 어떡하지, 눈알 뒤에 종양이 잠복하고 있으면, 그러다 어맨다가 폐의 힘으로 수영장 튜브를 부풀렸던 것처럼 천천히 자라면, 숨 한 모금, 또 한

218

모금, 그러다 그게 소프트볼 공이 돼서 눈구멍을 압박하면 어떡하지?

"그리고 저 사람들." 그녀가 속삭였다. 그녀는 그들을 배신하고 있었다. 그녀는 조지 워싱턴이 싫었고(무슨 이름이 그래?) 루스가 싫었고 그들이 세상을 이 집안으로 가져온 게 잘못이라고 생각했다. 어맨다는 안전하게 벨트를 하고 보조석에 앉아 있고 싶었다. 왼손으로 아무렇게나 허우적대다가 기어 변속기 위에 걸친 클레이의 오른팔을 꽉 잡고 싶었다. 그녀는 차를 타고 이 공간과 이 사람들로부터 떠나고 싶었다.

두려움은 사적이다. 근원적이다. 새어나가지 않게 지키면 폭발을 막을 수 있다고 생각하기 때문에 억제하는, 그런 것이다. 서로를 구할 수 없다는 걸 깨달았는데, 어떻게 계속 서로를 사랑할 수 있을까? 그 누구도 결연한 테러범이나 점차 바뀌는 해양의 pH 수치를 막을 수 없다. 세상은 사라졌고, 클레이도 어맨다도 할 수 있는 일이 없는데, 뭐하러 의논을 할까?

달리 말하면 이렇다. 세상이 끝났으니, 춤이나 추지 그래? 아침이 올 테니, 잠이나 자지 그래? 끝이 불가피하니, 먹고 마시고 그 순간을, 그 안에 뭐가 있든 그 순간을 즐기지 그래? "내가 뭘 하고 싶은지 알아?" 클레이가 셔츠를 머리 위로 끌어올려 어맨다 쪽으로, 더러운 것들의 무더기 위로 던졌다. 씩 웃으며, 발기한 채.

29

어맨다가 탐욕스러운 걸 수도 있다. 어떤 때는 달리 뭘 해야 할지 몰라서 섹스를 한다. 클레이는 심리적으로는 아니지만 육체적으로 그녀의 기운을 북돋울 수 있었다. 그녀는 그가 자신을 흥분시키도록 내버려두었다. 육체로서 그녀는 정신과 달랐다. 그것에 마음을 열었다. 물론 보드카 덕분일 수도 있지만. 그녀도 동의했다. 그 이상이었다. 그것을 원했다. 그녀가 축축한 속옷을 벗어던졌다. 새하얀 누비이불 위에 등을 대고 누웠다. 정리하던 옷들이 나무 바닥으로 떨어졌다.

클레이가 입고 있던 셔츠는 갑작스럽게 났던 땀, 그 소리에 대한 공포 반응이었던 땀의 기억을 품고 있었다. 그녀가 그의 겨드랑이에 코를 묻고 두 눈을 감았다. 그의 허벅지 안쪽을 따라 소금맛을 느꼈다. 그들이 내는 소리는 비명에 가까웠다. 상관없을 것 같았다. 그 무엇도 상관없을 것 같았다. 어맨다는 그녀의 상상 속 오페라 가

수들처럼 가슴속 깊은 곳에서 소리가 올라오게 했다. 살과 살이 짝짝 맞닿는 소리. 침으로 피부에 달라붙는 털들. 잊어버릴 기회.

어맨다는 최고이자 최악인 것들을 생각했다. 성적 판타지가 그랬다. 자지 하나, 자지 둘, 자지 셋, 넷! G. H.가 문턱에서 눈짓을 보내다가 방안으로 들어와 훈수를 두고, 클레이의 섹스를 응원하고, 그리고—그래 안 될 거 없지—그녀와 섹스하는 것을 생각했다. 섹스, 섹스, 잊어버려. 그녀는 한 번 느끼고, 또 한번 느꼈다. 그녀의 배 위에 샷잔 하나를 채우기 충분한 것이, 연하남의 업적이 남았다. 그 정도면 아기를 만들 수도 있었다. 아기를 만드는 데는 아주 조금이면 된다. 그들은 둘도, 셋도, 열 명도, 한 부대도 만들 수 있었다. 이미 있는 아이들을 대체할 분홍색이고 깨끗하고 건강하고 튼튼한 버전으로, 구 세계가 너무 질서 없이 엉망이니까 새 세계의 질서로서. 어맨다가 팔꿈치를 받치고 몸을 일으켰다. 그게 잔디 위의 달팽이처럼 그녀를 타고 흘러내려 아름답고 하얀 누비이불 위로 떨어졌다.

클레이는 숨이 찼다. 이 정도로 그녀와 하는 건 튜브 오십 개를 부는 것과 같다. 때로는 폐에 검고 끔찍한 종양이 피어나는 모습이 상상됐다. 그래도 위험을 감수하지 않고는 살 수 없다. 그가 배를 대고 엎드려 있다가 몸을 굴려 등을 대고 누웠다. 살갗에 맺힌 땀이 원래의 역할대로 몸을 식혀주었다. "사랑해." 그 숱한 호흡과 권유 탓에 목소리가 거칠게 나왔다. 그는 방금 한 것 때문에 복종심이 들진 않았다. 회복된 기분이었다. 루스를 떠올리며 집으로 돌아가면 〈백조의 호수〉를 듣겠다고 맹세했다. 그리고 그는 어맨다를 사랑했다, 그녀를 사랑했다, 사랑했다. 이게 사실인 한 견딜 수 있다.

사랑의 선언을 돌려주는 건, 억지스러운 느낌이었다. 메아리는 물

리학의 속임수에 불과하다. 그녀는 자유롭다고 느꼈다. "아치가 걱정돼."

그들이 한 것 중에 최고의 섹스였을 수도 있다. 물론 쾌락도 고통처럼 너무 금방 잊히겠지만. "괜찮을 거야. 집에 갈 거고, 윌콕스 박사님한테 가야지."

걱정에 잠긴 어맨다가 장식용 이불에 묻은 얼룩을 쿡쿡 찔렀다. "그걸 누가 신경써?" 그가 잉크에 깃펜을 찍듯 손가락에 정액을 찍었다. 그녀의 배 위에 유령 글자를 썼다.

그녀는 이 침구도 벗겨서 세탁실 바닥에 둘 것이다. "돌아가면 좀 특별한 거 뭘 할까봐. 아직 휴가잖아. 차를 타고 호보컨에 가서 옥상에 수영장 있는 호텔에 묵는다든가. 거긴 좀 쌀걸."

"나는 집에 가는 길에 식당에 들르고 싶어." 클레이는 그 순간 배가 고팠다. "옛날식인 데 있잖아. 크롬 도금. 주크박스. 절인 소고기 볶음." 사람이 변함없이 원하는 것은 음식과 집뿐이었다.

"스테이케이션. 영화. 메트로폴리탄미술관 가기. 테이블에서 주문하고, 계산서 갖다줄 때 은주전자에 차랑 오렌지 조각 갖다주는 중식당에서 저녁." 그들의 삶은 완벽했다.

클레이는 여름 끝 무렵의 도시를 상상했다. 일렁이는 더위, 머리 위 창문형 에어컨에서 떨어지는 물, 아이스크림 트럭들의 합창, 사무실 건물들에서 습한 인도로 새나가는 에어컨 바람과 그 인도에서 넋을 잃고 두리번거리며 돌아다니는 뚱뚱한 관광객들. 이 정도면 그에게는 충분하다. 대리석 조리대 상판과 이 완벽한 수영장, 터치식 조명 스위치 물론 다 좋지만, 아무리 초라해도 어쩌고저쩌고.

"로즈는 별문제 없겠지?" 오르가슴보다 더 짧은 항복의 순간.

클레이가 반사적으로 다 괜찮다고 말하기 시작했지만, 그도 그렇게 믿지는 않았다. 아무래도, 사실 믿음은 눈에 잘 보이는 게 아니니까. "내가 보기엔 괜찮아 보이던데. 뭐가 이상해?"

"아니." 어맨다가 침을 삼키며 손을 목에 갖다댔다. 그애한테 문제가 있나? "당신은 괜찮아?"

"평소 같아. 평소 나 같아." 클레이는 관찰력이 뛰어난 사람이었던 적이 없다.

어맨다가 일어섰다. 개어놓은 그의 팬티로 배를 닦았다. 그녀의 팔, 다리, 허리—그것들은 그녀의 사십삼 년 세월을 보여주었다. 출렁임, 잔잔한 물결을 일으키는 여분의 살집, 은근한 탄력이 있었지만 손으로 잡았을 때 감촉이 부드러운 게 느낌이 좋았다. 물론 그녀에게도 어깨를 웅크리고 남의 눈에 띄지 않으려고 하는 날들이 있었다. 그녀는 보통 주변에 녹아드는 데 관심이 있는 유의 여자였다. 머리를 하는 방식, 좋아하는 옷의 종류에 대해서. 어맨다는 전형의 하나였다. 그걸 부끄러워하지 않았다. 하지만 어떤 순간에는—지금 이 순간도—개성 있고 완벽하다고 느꼈다. 거의 인식할 수 없는 오르가슴의 반향이었을 수도 있다. 그녀는 보기에 아름다운 존재였다. 얼룩지고 땀에 젖고 처지고, 동시에 매끄럽고 성숙하고 욕망의 대상이 되는. 인간은 괴물이지만 완벽한 창조물이기도 하다. 그녀는 자신이 섹시하게 느껴졌다. 섹시하다고 표현하지만 사실은 동물이 동물이라는 사실에 만족감을 갖는 것에 불과했다. 만약 그녀가 사슴이었다면 나뭇가지 위로 뛰어올랐을 것이다. 새였다면 하늘로 날아올랐을 것이다. 집고양이였다면 자기 혀로 온몸을 핥을 것이다. 그녀는 여자였기 때문에 고대 조각상처럼 몸을 쭉 뻗고 체중을 한쪽 다리에서 다른 쪽 다리로 옮겨보았다.

"담배 피우러 가자." 소년 같은 클레이는 포환을 던지거나 농구공을 골대에 넣은 것처럼 자기 성과를 자랑스러워했다. 그녀가 그의 속옷을 더럽혔기 때문에 그는 벌거벗은 채 문으로 걸어갔다. 그 모습에는 품위가 없었다. 대칭성을 무너뜨리는 그의 고추는 아름다움에 대한 모욕이었다.

"옷 입어."

"옷 벗고 앉아서 밤공기 쐬면서 담배 좀 피우면 안 돼?"

"음…… 루스랑 G. H.가 있잖아."

"무슨 상관이야?"

클레이가 문을 열었지만, 알아차린 사람은 어맨다였다. 창유리에 문제가 있었다. 흠집이라기엔 더 심각한 균열. 가늘지만 깊고, 십몇 센티미터는 돼 보이는 베임, 찢어짐이었다. "저거 봐."

클레이가 유리를 들여다보았다. 한 손을 그녀의 두 손에 얹었다.

"원래는 없었는데." 누가 듣지 않기를 바라며 어맨다가 목소리를 낮추었다.

"확실해?" 담배를 무느라 오므라든 입술의 중얼거림.

어맨다가 손가락으로 균열을 따라 더듬었다. 소리 때문이다. 유리가 갈라질 정도로 큰 소리. 손에 만져지는 존재로서의 소리. 찬 공기와 상기된 기억에 그녀는 몸이 떨렸다. 등뒤로 문을 닫고, 옷의 보호도 없이 차가운 공기 속에 벌거벗고 섰다. 밤과 저 밖에 있는 다른 무언가에 대한 도전으로.

30

 여전히 벌거벗었고 네안데르탈인 같은, 본질만 남은 클레이가 마실 거리를 만들러 갔다. 짐은 나중에 쌀 것이다. 아침에 쌀 것이다. 짐 싸는 건 건너뛰고 바로 타깃 마트로 가서 새 칫솔과 수영복과 책과 로션과 잠옷과 오픈형 이어폰과 양말을 살 것이다. 아니, 아니다! 물건은 필요 없다. 물건은 정전이나, 유리에 금이 갈 만큼 크고 갑작스러운 소음이나, 기타 다른 설명할 수 없는 현상으로부터 그들을 안전하게 지켜주지 못할 것이다. 그것들은 관련이 없다. 물건은 중요하지 않다.
 어맨다가 야외 온탕의 무거운 덮개를 열어젖혔다. 수증기가 그녀를 기다리고 있다가 어둠 속으로 사라졌다. 나무들을 비추는 조명이 있어 경치가 더욱 만족스러웠다. 그게 다 자기 거라는 느낌이 들 만했다. 그 누구도 나무가 자기 거라고 주장할 수는 없지만. 그녀는 앞이 보이지 않았다. 버튼이 있다고 생각되는 위치를 기계가 윙윙

하고 작동할 때까지 눌렀다. 이상한 자매*의 가마솥처럼 거품이 일었다. 정말 그랬으면. 어맨다는 가엾게도 열병에 걸린 아들에게 건강을 달라고, 아니 물론 두 아이 모두에게 건강을 달라고 거래했을 것이다. 그녀는 마녀에게 줄 게 없었지만, 살아 있는 모든 인간들의 동일한 바람이니까. 그녀는 깨달았다. 그녀가 지금 할 일은 일어나서 가운을 입고 까치발을 하고 어두운 방에 들어가 손에 느껴지는 온기로 아치의 체온을 재보는 것임을.

어맨다의 도전적인 알몸에 응답한 것은 G. H.였다. 그는 증조부의 이름을 물려받은 백인 아들들이 낸터킷**에서 입을 법한 단정하고 보수적인 수영복을 입고 있었다. 그의 미소에는 그 어떤 당황의 흔적도 없었다. 잘 알지도 못하는 이 여자가 벌거벗고, 성교 직후인 게 분명한 상태로 그의 집 테라스에 있을 줄 정확히 예상했던 것처럼. "우리 둘이 같은 생각을 했나보네요."

부끄러움을 가장했다면 솔직하지 못한 행동이었을 것이다. 그녀는 그런 것에서 자유로워졌다. 얼굴도 붉히지 않았다. "알고 보니 멋진 밤이었던가보죠."

G. H.가 온탕을 향해 손짓했다. "먼저 들어가세요. 동석이 괜찮으시다면." 그는 이제 그 무엇도 이상하게 느껴지지 않았다. "같은 생각을 한 게 맞아요. 루스가 같이 오고 싶어하지 않았는데, 밖에 혼자 있지 않아도 돼서 좋네요." 그로서는 공포를 인정하는 최대치의 말이었다.

---

* 셰익스피어의 희곡 「맥베스」에서 맥베스의 운명을 예언하는 세 마녀.
** 미국에서 가장 비싼 별장들이 있는 것으로 유명한 섬.

물이 매우 뜨거웠지만 탕에서 미친듯이 뿜어내는 거품은 차가웠고, 거품이 그녀의 피부에 닿아 터지면서 스타카토식으로 뜨거움이 덜해졌다. G. H.가 적당히 먼 맞은편에 앉았다. 그런데 그게 뭐 중요한가? 그녀는 그의 딸뻘이었다. 둘은 서로에게 아무것도 아닌 사람, 벌거벗은 낯선 사람일 뿐이었다. "문에 금이 갔어요." 그녀가 문을 가리켰다. "방금 전에 봤어요. 제 생각엔 분명―"

그도 이미 나름의 조사를 했다. "아래층 문에도 하나 있어요. 헤어라인이라고 하죠? 멋진 표현이에요. Y자 모양이던데. 내가 힘을 주면, 진짜 힘을 줘버리면 깨부술 수도 있을 거라고 장담해요." 그는 유리에 힘을 가하지 않을 것이다. 깨부수지 않을 것이다. 그는 그 유리가 필요했다. 유리가 제공하는 건 안전하다는 착각뿐이지만.

"생각하시기에 그게 생긴 이유가―"

G. H.가 표정으로 말했다. 왜 아직도 이걸 가지고 토론을 해야 하지? "저는 항상 저 자신이 지적인 사람이라고 생각했어요. 세상을 있는 그대로 보는 사람이라고. 하지만 이런 일은 평생 본 적이 없어서, 그래서 지금껏 나라고 생각해온 이게 다 망상이었나 의문이 들기 시작했어요."

그들의 침묵은 불편한 게 아니었다. 해야 할 말을 다 한 거였다. 연애가 우호적으로 끝난 것과 같았다. 그들은 해가 뜨기만 기다리면 되고, 그러면 모든 것이 끝나고, 그다음엔 안도와 후회뿐일 것이다. 집안에서는, 루스가 침대에 누워 딸을 생각하고 있었고, 아치가 꿈도 꾸지 않고 자고 있었고, 로즈가 꿈으로 가득한 잠을 자고 있었고, 클레이가 아무 생각 없이 잔에 얼음을 채우고 있었다.

"모든 게 괜찮길 바랄 뿐이에요."

G. H.가 고개를 들어 별을 보았다. 어두워서 진짜 별이 보였다. 그게 어떤 식으로도 그에게 무언가 느끼게 한 건 절대 아니었다. 그는 시골에 있는 것을 좋아했지만 그의 영혼에 좋기 때문은 아니었다. 별을 보면 자신이 작게 느껴지느냐고? 아니다. 그는 자신이 작다는 것을 이미 알고 있었다. 그렇기 때문에 부자가 될 수 있었다. 그는 그저 그녀의 이름을 부르고, 그 이상 아무것도 하지 않았다.

"당신을 안 믿었어요. 제가 틀린 거죠. 뭔가 일어나고 있어요. 뭔가 나쁜 일이 일어나고 있어요." 어맨다는 참을 수 없었다.

"조용하다는 건 참 시끄러워요. 그게 여기서 밤을 보내기 시작했을 때 처음 느낀 거였어요. 잠을 잘 수가 없더라고요. 집에서는 아무것도 안 들려요. 높잖아요. 가끔 사이렌 정도가 들리는데, 그마저도 바람이 날려버려요." 그들의 집에서 세상은 마치 무성영화처럼 보였다.

"여긴 아직 전기가 들어오네요." 어맨다의 눈에 어둠을 덮은 베일 같은 수증기가 보였다.

"아까도 얘기했는데, 정보가 있으면 무엇이든 가능합니다. 내 재산은, 미천하지만, 다 정보 덕분입니다." G. H.가 말을 멈췄다. 거품이 부글거렸다. "내가 봤어요, 그거. 불이 나가기 전에. 시황을 보고 뭔가 일어날 걸 알았어요."

"어떻게 그게 돼요?" 이 말은 경제에 관한 것이 아니라 영적인 것으로 들렸다.

클레이가 문을 열었다. "당신 괜찮아?"

"우리 그냥 얘기하고 있었어요." G. H.가 클레이를 향해 손을 흔들었다.

이렇게 벌거벗은 모습이 보여지는 것이, 벌거벗은 아내가 낯선 사람과 함께 있는 모습을 본 것이 이상하지 않다는 듯 그가 온탕으로 걸어갔다. 클레이는 종종 연기를 했다.

"곡선을 읽는 법을 배우는 거예요. 나만큼 시간을 투자하면 읽을 수 있게 될 겁니다. 그게 미래를 말해줍니다. 동일하게 유지되면 조화로울 거란 얘기예요. 위로든 아래로든 움직이면 뭔가 있다는 걸 알 수 있죠. 더 자세히 보고 그게 뭘 의미하는지 이해하려고 노력해보세요. 그걸 잘하면 부자가 됩니다. 그렇지 않으면 다 잃는 거고요."

"그걸 잘하시나봐요?" 어맨다가 남편이 내민 잔을 들었다.

클레이가 물속으로 미끄러져들어가며 너무 크게 물을 튀겼다. "무슨 얘기 하는 거예요?"

"정보에 대해." G. H.가 간단한 얘기인 양 말했다.

"무슨 일이 생길 걸 아셨대." 어맨다가 설명했다. 그녀는 그를 믿었다. 뭔가를 믿어야만 했다.

"아셨다고요…… 뭘요? 아무튼, 무슨 일인 거예요? 전기가 나가고. 어맨다한테 〈뉴욕 타임스〉에서 알림이 오고. 큰 소리가 들리고." 스스로 열거하는 말을 듣고 보니 클레이는 대답이 필요 없다는 걸 깨달았다.

"세상의 종말을 보셨어요?" 숫자가 정말 그런 걸 예측할 수 있을까? 그녀의 손에 든 잔은 차갑고 완벽했다.

"이건 세상의 끝이 아니라," G. H.가 말했다. "시장 이벤트예요."

"무슨 말씀이세요?" 클레이는 G. H.가 플래카드를 들고 금융가를 행진하는 미친 사람처럼 말한다고 생각했다. 월 스트리트에서, 테러 방지용 방차석으로 막혀 있는 그 진짜 거리에서 그런 사람을 자주 보았을 것이다.

"내가 아는 건 이 정도 같아요." G. H.가 변명했다. "모든 것을 알 순 없겠죠." 그의 안경에 김이 서렸다. 그도 볼 수 없고 그를 볼 수도 없었다. 하루하루가 도박이다.

"아마 다 괜찮을 거예요." 클레이가 말했다. 그들은 과열되고 있었다. 하지 말아야 할 말을 하고 있었다.

"저도 우리 모두를 위해서 그러길 바라요." G. H.는 희망 말고는 아무것도 없는 상황이 싫었다. 그가 오바마를 싫어하는 이유도 그거였다. 거의 종교적일 정도로 모호한 약속. 그는 계획을 선호했다.

그들 밑에서 첨벙하는 소리가 크게 났다.

어맨다는, 즉각적으로 겁이 났다. 온탕 가운데에서 몸을 똑바로 세우며 앉아서 뒤쪽 마당을 돌아보았다. "뭐지?"

G. H.가 탕 밖으로 손을 뻗어 분사구 소리를 죽였다. 기계가 바로 반응했고, 세탁물 휘젓는 소리 대신 낮게 웅웅거리는 소리만 남았다. 왠지 침묵이 어둠을 더 어두워 보이게 만들었다. 물 튀는 소리가, 분명하고 의도적인 물 튀는 소리가 수영장에서 났다. 몇 미터 떨어져 있을 뿐인데 보이지 않았다.

아이들 중 하나가 몽유병으로 물에 빠져 죽었다. 숲에서 누가 그들을 지켜보다가 죽이러 왔다. 좀비다, 동물이다, 괴물이다, 유령이다, 외계인이다. "뭐—"

조지가 쉿 하고 어맨다를 조용히 시켰다. 그는 아직 두려움을 느낄 수 있었다.

"뭐지?" 그녀는 속삭이지 않았고, 당황하고 있었다. "사슴인가." 울타리가 떠올랐다. 고통스러워하는 사슴이 어떤 소리를 내지, 사슴 울음소리가 어떻더라?

"개구리야." 클레이는 당연히 그렇다고 생각했다. "다람쥐거나. 수영을 할 수 있거든."

G. H.가 몸을 일으켜 탕에서 나가더니 집으로 걸어갔다. 거기 수영장 안에 조명을 켤 수 있는 스위치가 있었다. 파티를 열 때 효과가 좋았다. 물을 통과한 빛의 추상화가 우듬지에서 추는 춤. 그들 모두, 아래쪽 수영장에서, 플라밍고 한 마리가, 분홍색이고 어이없는 플라밍고가 우아하게 물을 튀기는 모습을 보았다. 그것은 두 날개를 퍼덕이며 신경질적으로 수영장 수면을 치고 있었다.

"플라밍고다." 자명한 상황인데도 굳이 어맨다가 말했다. 분홍색 새는 플라밍고. 너무 특유해서—쉼표 모양 부리, 포르테 기호 모양의 비논리적인 목—어린아이라도 알 법했다. "플라밍고예요?"

"플라밍고네요." G. H.가 손끝으로 안경에 서린 김을 문질렀다. 그들은 세상에 무슨 일이 일어나고 있는지 몰랐지만 이것만은 알게 되었다.

플라밍고가 날개를 더 빠르게 움직였다. 눈이 적응되자 그들에게 또다른 플라밍고 한 마리가, 아니 두 마리가, 아니 세 마리, 아니 넷, 아니 다섯, 아니 여섯 마리가 보였다. 무릎이 뒤로 꺾이는 특유의 걸음걸이로 잔디밭을 활보하고 있었다. 고개를 까딱거리고, 힘줄을 불끈거리며. 그중 두 마리가 원래 새들이 하는 것처럼 날아올랐다. 발레처럼. 울타리 위로 이륙하고, 물속으로 착륙하고. 그들이 수면 아래로 머리를 담갔다. 거기 먹이가 있는 줄 아나? 그들의 눈에는 보는 사람을 무장해제시키는 지성이 있었다. 날개가 생각보다 컸다. 움직이지 않을 때는 날개를 부대 자루 같은 몸통에 바싹 붙이고 있었다. 하지만 펼치면, 장엄했다. 그 아름다움은 놀라웠다. 논리가 빗나갔다.

"왜―" 왜는 중요하지 않았다. 어떻게는, 아니면 이게 실제인가는, 그런 비슷한 다른 것들은 그럼 중요한가? 어맨다는 조지 워싱턴에게도 이 새들이 보인다는 것을 알았지만, 환상이 공유될 수 있다는 기록 증거도 있으니까. 흡수한 열 때문에 고무처럼 늘어진 채 그녀가 탕에서 나왔다. 이 행성에 나타난 날과 마찬가지로 벌거벗고 섰다. 플라밍고 세 마리가 수영장에서, 그 동포들은 뒤쪽 잔디에서 즐겁게 뛰어다니는 모습을 지켜보았다. "제발 이걸 보고 있다고 해주세요."

조지가 고개를 끄덕였다. 그는 이 여자를 전혀 몰랐다. 하지만 자신의 생각과 눈에 보이는 것은 분명히 알았다. "보고 있어요."

클레이는 오싹해져서 내면 깊은 곳으로 들어갔다. 내일 그들이 차를 타고 출항하려고 했는데 여기 어떤 징조가 나타났다. 그들의 여행이 신들을 불쾌하게 할 것이다. 그들은 신호를 받고 있는 것이다. 그가 일어서면서 위스키가 탕 속으로 쏟아졌다. 새들이 움찔했다.

세 마리 플라밍고가 수영장 수면을 박차고 날아오르면서 남성적으로 날갯짓했다. 그 어느 플라밍고라도 이걸 봤다면 새끼를 품고 싶어졌을 것이다. 그 플라밍고들은 플라밍고 중에 최고로, 강인하고 힘이 넘쳤다. 그들이 간단한 묘기를 부리듯 공중으로 떠올랐고, 그러고는 나무들 위로 올라갔다. 잔디 위에 있던 플라밍고들이 뒤를 따랐고, 사람 크기만한 분홍색 새 일곱 마리가, 몸이 굽은 기묘한 새 일곱 마리가 롱아일랜드의 밤 속으로 올라갔다. 아름답고, 딱 그만큼 위협적인 모습으로.

그들은 한동안 침묵했다. 아주 오래된 경외심. 종교적인 느낌. 저 위의 별들은 그들에게 위협적이지 않았지만 이 기묘한 새들은 그랬다. 어맨다의 몸이 떨렸다. 조지는 안경 뒤에서 눈을 깜빡거렸다. 클레이는 손에 든 유리잔을 꽉 잡았는데, 그것이 차갑고, 그가 살아 있다는 사실을 상기시켜주기 때문이었다.

31

G. H.의 흔해빠진 오래된 냉장고는 놀라움만을 주었다. 종이에
싼 햄, 돌돌 말린 먹다 남은 구운 주키니, 기름투성이 셀로판지에
싼 흰색 경성 치즈, 누군가 친절하게 꼭지를 따서 파이렉스 믹싱볼
하나 가득 담아둔 딸기 같은 것들을 그가 채워놓은 건 아니었다. 그
는 허기 때문에 제정신이 아닌 것 같았다. 아니면 그냥 제정신이 아
니거나. 그는 크래커 한 상자, 뜯어놓은 과자 한 봉지, 원통형 판지
에 든 쿠키 한 통을 발견했다. 이것들을 전부 조리대에 올려놓았다.
다른 사람이었다면 이 풍성한 수확물을, 상보적인 이 음식들을 조
합해 먹었을 테지만, 그는 신경도 쓰지 않았다.

클레이는 그에게 마실 것이 필요하냐고 묻지 않았다. 남자의 검
은 손에 한 잔을 꼭 쥐여주고 말할 뿐이었다. "조지." 그는 아까 난
간에 말려놓은 수영복 바지를 찾아냈다. 아치의 찢어진 티셔츠도
찾아냈는데, 그것 때문에 사라져가는 중년의 근육이 드러났다.

"우리 모두 봤어요." 어맨다는 가운을 입고 있었다. 누구 건지 생각조차 해보지 않았고, 무릎 위로 여미는 것도 잊고 있었다.

조지가 한입 가득 질긴 치즈를 물고 그에게 고마움을 표했다. 살짝 기침했다. "내가 봤어요."

"우리 모두 환각 상태인 걸까요?" 이럴 땐 지금 일어나고 있는 일에서 면제된 척하는 게 좋아 보인다.

"동물원에서 온 거예요. 송전망이 고장나서 가둬둘 수가 없던 거죠." 조지가 스테이크 나이프로 치즈를 난도질했다. "추적기가 달렸을 거예요. 왜 그, 개가 마당 밖으로 못 나가게 하는 보이지 않는 울타리처럼."

"동물원에선 날개를 자르지 않아요?" 어맨다가 『백조의 트럼펫』*에서 읽은 내용이었다. 그게 사실인지는 확실하지 않았다. "그 새들은 날 수 있었어요. 그 새들은 야생이었어요."

클레이가 조지의 스테이크 나이프를 들어 살라미를 썰었다. "논리적인 가설이 있을 거야."

"띠 같은 걸 안 하고 있었어요." 어맨다가 그 장면으로 돌아가려고 눈을 감았다. "제가 봤어요. 그런 게 있는지 찾아봤다고요."

조지는 이게 말할 거리도 안 된다고 생각했다. "뉴욕에는 야생 플라밍고가 없어요."

"우리 다 같이 방금 봤잖아요. 무슨 지랄 같은 일이 벌어지고 있는 거지?" 그 저속한 말은 그녀가 원했던 힘을 가지고 있지 않았다.

---

* '트럼펫 부는 백조'라는 희귀종의 백조가 주인공으로, 소리를 내지 못하게 태어났지만 트럼펫 부는 법을 배워 장애를 극복한다는 이야기.

그녀는 마당으로 달려가서 새들에게 돌아오라고, 모습을 드러내라고, 설명해보라고 소리치고 싶었다.

루스는 샤워를 한 뒤 방금 세탁한, 집에서 입는 펑퍼짐하고 비싼 옷으로 갈아입은 상태였다. 아래층에서 올라오는데, 이렇게 입고 경비원을 마주친다면 느꼈을 무방비 상태라는 느낌이 들지 않았다. 그녀는 이 사람들이 편해졌다. 그들은 이제 서로를 안다. 아래층에서 그녀는 휴대폰이 되는지 확인해보았다. 그렇다, 그녀는 앨범에 있는 사진들을, 쉬지 않고 달리고 낄낄거리고 꿈틀거리는 아기들 때문에 죄다 초점이 맞지 않은 사진들을 훑어보았다. 어맨다의 가운이 벌어져서 치구가 보이는 것이 그녀의 시선에 잡혔다.

조지가 두려움을 예방하는 차원에서 아까 불을 모두 켜놓았다. "야식 먹고 있었어."

"중요한 걸 놓치셨어요." 어맨다는 비꼬는 게 아니라, 진심이었다.

"앉아, 여보." G. H.는 루스에 대한 애정으로 가득차 있었다. 그가 기자처럼 말했다. 사실을 전하는 데 충실했다. 어맨다의 나체까지 언급했다. 일곱 마리 플라밍고도. 플라밍고를 그려달라고 했다면 삼각형으로 부리를 그려야겠다고 생각했을 테고, 그렇게 틀렸을 것이다.

"플라밍고는 못 나는 줄 알았는데." 루스가 말했다. "추측이에요. 한 번도 생각해본 적이 없을지도 몰라요."

"로즈만한 크기였어요." 어맨다는 예수그리스도처럼 승천하는 그것들을 볼 수 있었다.

"분홍색인 줄은 알았지만 그렇게까지 분홍인 줄은 몰랐어. 자연의 색이 아닌 것 같았어." G. H.가 아내가 마실 술을 준비해주었다.

236

"확실해야 해요." 사실 루스는 그들을 의심하지 않았다. 플라밍고로 착각할 만한 건 아무것도 없었다. 그녀는 이미 기대를 버렸다.

"플라밍고니까 플라밍고라고 하죠." 어맨다는 확실히 하고 싶었다. "문제는 확실하냐가 아니라 왜냐—"

"여기 부자들이 살잖아요." 클레이에게 영감이 떠올랐다. "누군가가 개인적으로 소장한 거예요. 미니 동물원이랄까. 햄프턴 땅이 사실은 방주인 거죠. 그 10억 달러 자산가들은 생존주의자고요. 다들 뉴질랜드에 피난소를 두고, 큰일이 나면 거기로 가려고 하는 거예요."

"단 거 뭐 있어요?" 루스가 술을 홀짝 마셨다. 정말 원한 건 아니었다.

어맨다가 아일랜드 식탁 맞은편의 루스에게 쿠키를 밀어주었다. "우리가 들은 소리가 진짜 천둥소리였을 수도 있어요. 거대 태풍 같은 게 철새들을 이동 경로에서 이탈시킨다는 얘기를 들어봤어요. 대서양에 허리케인이 발생했고, 새들이 길을 잃은 거죠."

클레이가 전혀 몰랐던 것을 기억해내려고 애썼다. "플라밍고가 철새인가? 그렇다 해도, 바다를 건너기도 하나? 그럴 수도 있겠네."

"호수에 모여 살지 않아요? 새우 같은 거 먹고, 그래서 깃털이 분홍색인 거고? 맞는 것 같은데." 루스가 말했다.

"우리 다 새에 대해선 아무것도 모르는 한 무리의 어른들이네요." 조지가 말했다. 그는 모든 일을 설명할 수 있는 것에 익숙했다. 곡선이 그 새들을 설명할 수 있을까? 관계가 있긴 하겠지만 그걸 밝히려면 그로서도 며칠이 걸릴 것이다. 연필, 신문, 약간의 고요함이 필요할 것이다. "우리는 유리가 깨질 정도로 큰 소리에 대해 아무것도 모릅니다. 뉴욕의 정전 사태에 대해 아무것도 몰라요. 우리는 휴대폰 신호를 딸 줄도 모르고 텔레비전을 고칠 줄도 모르고 아예 할 줄 아는 게 없는 성인 넷이에요."

방안이 씹는 소리, 얼음이 유리에 부딪히는 소리로 가득찼다.

"〈백조의 호수〉 얘기를 했었단 게 재밌네요." 루스가 미소 지었다. "백조, 플라밍고. 같은데, 다르니까."

"빨리 내일이 오면 좋겠네요." 클레이가 전자레인지 화면에 있는 디지털시계를 봤다. "이제 자야겠어요."

"집에 가고 싶다고 했죠." G. H.가 말했다. "우린 집에 와 있으니 참 다행이야."

"그런데 만약에." 루스는 뻔한 말과 위로를 나누는 것에는 관심 없었다. 밝은 면을 볼 수가 없었다. "이게 징조라면. 두 분은 가면 안 돼요. 우린 같이 못 가겠어요."

"길을 알려주시기로 했잖아요." 어맨다가 말했다.

"안전하지 않아요. 저 밖은." 루스가 말했다. 만약에 로자가 목요일에 안 오면 어떡하지? 저 밖에서 뭔가가 우리를 잡으러 오면 어떡하지?

"아치를 의사에게 데려가야 해요!" 어맨다는 몸속에서 새의 이주 본능 같은 것을 느꼈다.

"우리한테 무슨 일이 생길 거라고 생각하세요?" 클레이는 안심시켜주는 말을 구하는 게 아니라, 그냥 순전한 추측을 구하고 있었다. "우린 떠날 거예요. 길 찾는 걸 도와준다고 하셨잖아요."

조지는 미지수를 절대 믿지 않았다. 대수학은 미지수가 구하기 쉬운 거라는 사실을 보여준다. 수학은 더이상 맞지 않았다. 아니, 그

238

가 겨우 풀 수 있는 수학은 그랬다. "그냥 길 따라 운전하고 가는 거니까 아무 일도 일어나지 않을 거야." 그가 아내에게 말했다.

"차가 잘 다닐 거라고 생각하겠죠. 거기 음식도 있을 거라고. 물은요? 난 사람을 믿지 않아요. 시스템을 믿지 않아요." 루스는 확신했다. "아치는 가만히 있으면 나을 수도 있어요. 내일이면 열이 내린 상태로 일어나서 집안에 있는 걸 다 먹어치우려고 할 수도 있어요."

"항생제 같은 것만 있으면 될까요?" 클레이는 지금 떠나고 싶지 않았다. 겁이 났다.

"여기선 안전한 느낌이 들어요." 루스는 이 가족의 안전은 정말로 자기 문제가 아니라는 걸 알았다. "내가 원하는 건 그저 안전하다고 느끼는 거예요."

"여기 있어도 돼요." 조지가 말했다.

"그럴 순 없어요." 어맨다는 단호했다.

정말 그럴 수 없나? 클레이는 그렇게 확신하지 못했다. "우리가…… 우리가 아래층으로 내려가도 될 것 같은데. 두 분이 원래 침실을 쓰시고요."

그들이 조용해졌다. 그게 올 줄 알았다는 듯이. 왔다. 같은 소리인가? 확실하다. 맞다. 아마도. 물론. 어쩌면. 한 번, 두 번, 세 번. 개수대 위 유리창에 금이 갔다. 조리대 위 펜던트 조명도 금이 갔다. 분명 전기가 나갔어야 하지만, 나가지 않았다. 아무도 어째서 그랬는지 정확히 대답할 수 없을 것이다. 그 소리들은 겹쳐서 들렸지만 별개의 소리였고—그들은 몰랐지만—미국 상공에 떠 있는 미국 비행기들이 미국의 미래를 향해 질주하는 소리였다. 대부분의 사람들이 존재하는지도 몰랐던 종류의 비행기. 말로 표현할 수 없는 일들을 하기 위해 만들어졌고, 지금 그런 일들을 하려 이륙한 비행기. 모든 작용에는 크기는 같고 방향은 반대인 반작용이 존재하는데, 지금은 여기 모인 이들의 여덟 개 손으로도 다 셀 수 없을 만큼 많은 작용과 반작용이 있었다. 정부가 하고 있는 일, 다른 나라 정부가 하고 있는 일, 이건 소수의 인간이 하는 선택에 대해 추상적으로 이야기하는 방식일 뿐이다. 레밍은 자살하는 것이 아니라 이동 의지가 강하고 스스로의 능력을 과신하는 것이다. 무리의 우두머리를 비난할 일이 아니다. 그들 모두 바다에 뛰어들면서 바다를 웅덩이처럼 건너기 쉬운 것으로 생각한다. 설치류에게서 나타나는 너무나 인간적인 본능이랄까. 수백만 미국인들이 어둠에 묻힌 집안에 웅크리고 있었지만 그중 수천 명만이 이런 소리를 들었고, 그러고는 아이들과 서로를 안심시키고 그게 무슨 소리인지 궁금해했다. 어떤 사람들은 아프기도 했는데 그들의 체질 탓이었다. 또 어떤 사람들은 주의깊게 듣고 자신이 세상을 얼마나 잘 모르는지 깨달았다.

루스는 절규하지 않았다. 그럴 이유가 없었다. 눈물이 고였지만 눈을 깜빡거리며 삼켰다. 조리대 가장자리를 붙잡고, 수십 년 전에 아마도 핵폭발에 대비해 배웠던 대로 쪼그려앉았다. 그녀는 하프스쾃 자세로 멈춰 있었다. 근육의 당김이 그다지 불쾌하지 않았다.

어맨다가 비명을 질렀다. 클레이가 비명을 질렀다. G. H.가 비명을 질렀다. 로즈가 비명을 질렀다. 아이들이 침대에서 튀어나와 어른들을 찾아왔는데, 그들이 달려든 사람은 엄마였고—이런 상황에서 늘 그랬다—아이들이 그녀의 나체를 가린 낯선 가운에 얼굴을 묻자 그녀도 아이들을 바짝 끌어당기고 손으로 아이들의 귀를 막아주려고 했지만, 품안의 귀는 네 개였고 그녀의 손은 두 개였다. 그녀로는 충분하지 않았다.

다시 그 소리. 그게 마지막이었다. 마지막 비행기 중 한 대였다. 집밖의 벌레들이 당황해서 조용해졌다. 박쥐괴질에도 살아남았던 박쥐들이 하늘에서 떨어졌다. 플라밍고들은 별로 신경쓰지 않았다. 이미 걱정거리가 많았다.

32

그들은 분별 있게 행동했다. 다 같이 큰 킹사이즈 침대에 모여 있었다. 가족 침대—어맨다는 그 개념 자체를 싫어했다. 예방접종 거부자와 다섯 살짜리에게 모유 수유를 하는 엄마들이나 쓰는 거라고 생각했었지만, 그래도 아치와 로즈와 떨어져 있을 수 없었다. 그들은 지친 아이들을 위해 불을 껐지만 속으로는 밤이 가까이 오지 않도록 그대로 켜두고 싶었다.

"두 분도—" 클레이는 루스와 G. H.도 같이 자자고 하고 싶었다! 거의 말이 됐다.

"자려고 해봐요." G. H.가 아내의 손을 잡았고, 둘은 주방 계단을 다시 내려갔다.

두 어른은 잠들 수 없었다. 그러나 아이들은 곧 코를 골기 시작했다. 로즈 몸의 곡선을 보고 클레이는 수천 년 동안 바닷물에 의해 속이 팬 캘리포니아 해안의 천연 다리들을 떠올렸다. 그런데 그것들은 결국엔 무너진다. 바다가 그것들을 모두 공격한다고 했다. 그는 아이 폐의 끈기에 감사했다. 자기 자신에게 숨을 쉬라고, 또는 걸으라고, 또는 생각하라고, 또는 삼키라고 말할 필요가 없다는 건 놀라운 일이다. 아이를 갖기로 결심했을 때 그들은 자문해보았지만—돈이 있는지, 공간이 있는지, 필요한 것들이 다 있는지—아이들이 자란 뒤의 세상이 어떨지는 묻지 않았었다. 클레이는 억울했다. 조지 워싱턴과 그 세대 사람들, 플라스틱과 석유와 돈에 대한 그들의 광적인 집착 탓이었다. 자기 아이를 안전하게 지켜주지 못하는 건 정말 끔찍한 일이었다. 다들 이런 기분일까? 인간이라는 게 결국, 이런 걸까?

그는 로즈의 어깨를 덮은 낡은 면에 입을 맞추며 기도를 믿지 않는 것을 후회했다. 맙소사, 로즈가 엄마를 닮았구나. 자연은 반복을 좋아한다. 플라밍고는 다른 플라밍고들을 구분할 수 있을까?

어맨다는 계속해서 아치의 팔을 쓰다듬었다. 그럴 때마다 아이가 조금씩 움찔거렸지만 깨지는 않았다. 그녀는 남편에게 뭔가 묻고 싶었지만 적당한 말이 떠오르지 않았다. 이런 건가? 이게 끝인가? 내가 용기를 내야 하나?

클레이는 어두워서 아들을 볼 수 없었다. 그는 여전히 아이들 방에 몰래 들어가곤 하는 자신을 생각했다. 그런 밤의 방문 때마다 아이들은 절대 깨지 않았다. 사람들은 스스로에게 이런 걱정에 끝이 있을 거라고 말한다. 밤새 깨지 않고 자기만 하면, 그다음엔 젖만 떼면, 그다음엔 걷기만 하면 그다음엔 신발끈, 그다음엔 읽기, 그다음엔 대수학, 그다음엔 섹스, 그다음엔 대학 입학, 그러면 해방될 거라고 스스로에게 말하지만, 그건 거짓말이다. 걱정은 끝이 없다. 부모의 유일한 임무는 아이를 보호하는 것이다.

클레이는 이제 자기 어머니의 모습을 상상할 수 없었다. 그의 인생 대부분의 시간 동안 돌아가신 분이었다. 그의 아버지가 이 일을 수행했을 것이다. 클레이가 아는 그 남자와 어울리는 모습은 아니었지만, 그게 부모가 사랑하는 방식이다.

어맨다가 소년의 뺨을 만졌는데 뜨거웠다. 열이 나는 건지 여름이기 때문인지 포유류의 청소년기 때문인지 병인지 분간해보려고 했다. 아이의 이마, 목젖, 어깨를 만져보고 몸을 식히기 위해 담요를 벗겼다. 아이의 가슴에 손을 갖다댔다. 일정한 북소리. 아치의 피부는 부드럽고 건조하고 너무 오래 켜둔 기계처럼 따뜻했다. 열이 몸의 조난신호, 몸의 비상 방송이 내는 신호음이라는 사실을 그녀는 알고 있었다. 하지만 아이는 아팠다. 어쩌면 모두 아팠다. 어쩌면 전염병인지도 모른다. 그는 그녀의 아기였다. 그는 그들의 아기였다. 그 사실에 무관심한 세상을 그녀는 상상할 수 없었다.

하지만 그들의 상상은 상상력의 실패였고, 중첩되는 부분이 있지만 별개인 두 개의 망상이었다. G. H.라면 정보는 항상 거기서 그들을 기다리고 있었다고 지적했을 것이다. 레바논 삼나무의 지속적인 죽음에서, 강돌고래의 사라짐에서, 냉전시대 증오의 르네상스에서, 핵분열의 발견에서, 아프리카인들로 가득찬 선박의 전복에서. 고의적이지 않은 무지를 주장할 수 있는 사람은 아무도 없다. 그 곡선을 자세히 들여다보지 않았어도 알 수 있었다. 신문조차 읽지 않아도 됐다. 우리의 휴대폰이 하루에도 몇 번씩 상황이 얼마나 안 좋아졌는지 정확히 상기시켜주었으니까. 그렇지 않은 척하기가 얼마나 쉬운지. 어맨다가 남편의 이름을 작게 불렀다.

"나 안 자." 그는 그녀가 보이지 않다가, 곧 보였다. 더 자세히 보기만 하면 되었다.

"그래도 가야 할까?"

생각해보는 척했지만, 그가 보기에는 이미 명백한 딜레마였다. 아니, 안 돼, 응, 가야 해. "모르겠어."

"아치를 의사한테 데려가야 하잖아."

"그렇지."

"그리고 로지도. 만약에 똑같이—" 말하면 정말 그렇게 되기라도 할 것처럼. 어맨다는 굳이 말하지 않았다. 로즈는 플라밍고를 좋아했을 것이다. 그들도 아이들처럼 삶의 미스터리에 오직 경외감만을 느끼는 게 맞을지도 모른다.

"로즈는 괜찮아. 괜찮아 보여." 로즈는 괜찮았다. 변함없는 로즈. 믿음직하고 완강하고, 정말이지, 둘째의 능력이란. 희망사항을 생각하는 것도 아니었다. 클레이는 딸에게 믿음이 있었다.

"로즈는 괜찮아 보여. 나도 괜찮은 것 같아. 다 괜찮은 것 같아. 그런데 또 다 재앙처럼 보이기도 해. 세상의 종말처럼 보이기도 해. 계획이 필요해. 뭘 어떻게 할 건지 계획이 있어야 해. 언제까지나 여기 있을 순 없어."

"당분간은 여기 있을 수 있어. 그러랬잖아." 클레이는 그 제안을 새겨들었다.

"여기 있고 싶어?" 어맨다는 그가 먼저 그 말을 하기를 바랐다.

클레이는 담배가 얼마나 남아 있는지 생각해보았다. 그는 여기 있고 싶었다. 아픈 십대 아이가 있음에도 불구하고, 니코틴 금단증상에도 불구하고, 여기가 그들의 아름다운 집이 아니라는 사실에도 불구하고. 클레이는 두려웠지만, 다 함께라면 모두의 용기를 그러모아 뭔가 할 수 있는, 뭐라도 할 수 있는, 그게 뭐든 할 수 있을 만큼의 용기를 찾을 수 있을지도 모른다. "여긴 안전해. 전기가 있고. 물이 있어."

"내가 욕조를 채워놓으라고 했잖아."

"음식이 있고, 지붕이 있고, G. H.한테 돈이 좀 있고, 그리고 서로가 있어. 혼자가 아니야."

양쪽 모두 혼자이면서 혼자가 아니었다. 운명은 집합적이었지만 그 외 나머지는 언제나 개별적이었고 빠져나갈 수 없는 것이었다. 그들은 오랫동안 그렇게 누워 있었다. 의논할 게 없었기 때문에 대화하지 않았다. 잠든 아이들의 소리가 바다처럼 끈질겼다.

33

마르고 둔중한 혀와 목구멍, 찌푸려져 떠지지 않는 눈, 숙취에서 오는 야만적인 어리석음, 그리고 맙소사, 이제 이런 짓을 하기엔 너무 늦었어. 언제가 돼야 이러지 않는 법을 배울까? 어맨다는 허겁지겁 침대에서 나와 화장실 세면대에서 물을 마시다가 실수로 금속 수도꼭지를 핥았다. 토할 것 같다는 감이 왔다, 사람들이 늘 그러듯이. 가끔은 알고 있는 걸 스스로 인정하기만 하면 된다. 혓바닥에 소금이 있는 기분. 그녀는 요가 수행자처럼 허리를 굽혀 변기를 바라보다가 뭔가 트림 같으면서도 목구멍 안쪽이 화끈거리다가 확 열리는 느낌을 받았다. 토사물은 묽고 플라밍고 같은 분홍색(알겠어?)이었다. 그녀는 그것이 흘러나오도록 내버려두었다. 눈물이 났지만 그것에서 시선을 돌리지 않았다. 위장이 한 번, 두 번, 세 번 수축하자 토사물이 위에서 목구멍으로 뛰어올라 분비됐고, 다 끝난 뒤 그녀는 물을 내리고 입을 헹구고 부끄러움을 느꼈다. 그날 아침

전 세계 사람들이 그렇게 느꼈어야 했다.

클레이에게 어맨다가 구역질하는 끔찍한 소리가 들렸다. 그런 걸 들으면서 계속 잘 수는 없다. 방안에 몸들이 너무 많아서 너무 후끈했다. 밤사이 어느 시점에 에어컨이 꺼졌다. 창문을 열어젖히고, 침구를 벗기고, 씻어서 다시 정결로 돌아가고 싶어지는 그런 숙취. 뱃속에서 일어난 요란하고 축축한 혁명. 예쁘진 않을 것이다.

아치가 일어나 앉아 아빠를 쳐다보았다. 입안에 뭔가 가득차 있는 것처럼 중얼거렸다. "무슨 일이에요?"

"물 좀 가져올게." 그가 로즈가 없다는 걸 눈치챘을까? 그 순간에는 그게 이상하게 보이지 않았다.

클레이가 유리컵에 물을 받았다. 그는 물을 홀짝홀짝 마셨고, 한결 나아지자 다시 컵을 채웠다. "로지." 그가 빈 집안에 소리쳤다. 대답이 없었다. 냉장고 제빙기가 주기적으로 내는 웅웅 소리가 났다. 세 잔을 운반하는 데 요령이 필요했지만, 그는 해냈다.

얼굴이 창백한 어맨다가 침대 끝에 앉아 있었다. 아치는 베개를 얼굴 위로 끌어올려놓고 있었다. "마셔." 클레이가 유리컵을 탁자 위에 놓았다. 무언가 불확실한 이유로 아플 때는 물을 마셔야 한다. 물은 일차 방어선이다. 만약 공기 중에 무언가 있는 거라면―태풍이 열대 조류 이상의 무언가를 불러들였다면―전체 시스템은 순환 구조이니 물에도 그게 있는 거라는 사실을 그는 몰랐다.

"고마워, 여보." 그의 아내가 말했다.

클레이가 다급하게 움직였다. 복도를 지나가는 빠른 걸음, 문을 빠르게 쾅 닫는 소리. 어맨다의 토사물과 그 자신의 똥, 자정 이후의 폭식을 몇 초 만에 쏟아낸 그것의 냄새가 나는 화장실. 그는 속

죄의 의미로, 불타는 똥구멍과 함께 샤워기 물 아래 서 있었다. 몇 번이고 입을 헹구고 그 물을 타일 벽에 뱉으며, 화가 났다. 이게 숙취 때문인지 아니면 더 심각한 무언가의 증상인지 그는 알았을까? 그렇지 않았다.

벽 반대편에서는 어맨다가 뒷마당으로 이어지는 문을 열었고ㅡ으윽, 몸냄새ㅡ뒷마당에는 달콤한 공기가 햇빛과 함께 살아나 있었다. 침구를 벗기고 싶었지만 아들이 아직 게으름을 피우는 중이었다. "몸은 좀 어때, 아가?" 그녀는 아이가 평소 상태 같아 보인다고 생각했다.

아치는 적당한 대답을 생각해내려고 노력했다. 기분이 이상한 건지 묘한 건지 졸린 건지 뭔지 좀 그랬지만, 정오 전에 일어나면 항상 그랬다. 그 순간 그는 화 비슷한 게 나서 엄마한테서 돌아누워 이불을 뒤집어썼다.

"체온을 재봐야겠어. 너무 걱정돼서 오늘 오후에 집에 돌아가면 윌콕스 박사님한테 가보려고 했는데, 그럴 필요 없을지도 모르잖아."

아치가 짜증스러워하는 작은 신음소리를 냈다. "돌아간다고요?"

"자, 졸린 거 아는데 일어나 앉아봐. 엄마한테 좀 보여줘." 어맨다가 침대 위 아들 옆에 앉았다.

그가 천천히, 반항의 일종이자 청소년기 신체의 탄력적인 효율성을 과시하는 방식으로 몸을 일으켜 앉았다. 선의 각도가 점차 둔각에서 예각으로 변형되었다.

아들의 이마에 손등을 댄 채 어맨다가 아들의 눈을, 그 눈을 만들어낸 자신에게는 무한히 아름다운, 심지어 자고 일어나서 눈곱이

끼고 쪼그라들었을 때도 아름다운 눈을 들여다보였다. "이제 열은 없는데." 그녀가 아치의 이마, 목, 어깨, 가슴에 손바닥을 대보았다. "목이 아프니?"

아치는 자기가 목이 아픈지 알 수 없었다. 생각해보지 않았다. 엄마라면 협조할 때까지 잠을 못 자게 할 것이므로 그는 협조하며, 목 상태를 가늠하기 위해 하품하듯 입을 크게 벌렸다. 괜찮은 듯했다. "아니요."

좋은 엄마니까, 그녀는 아이의 시큼한 입냄새는 개의치 않았다. 마치 자신이 무엇을 찾고 있는지 아는 사람처럼, 또는 그 안에 있는 게 보이기라도 한다는 듯이 아이 몸의 분홍색 구멍들을 들여다보았다.

아치는 입을 다물고 나서 혀로 이 하나를 건드렸다. 일종의 틱으로, 시험삼아. 그러자 피의 염분이 미뢰 위로 흘렀다. 흔히 생각하는 그 맛, 사실 누구든 피맛이 어떤지 기억하겠지. 호기심이 발동한 그는 또 한번 혀로 그 이의 에나멜질을 더듬었고, 이가 그 약하디약한 터치에 밀렸다. 입안 가득 침이 고였다.

아치가 입을 크게 벌리자 그게 입 밖으로 흘러나왔고 이제는 목으로, 가슴 위로 뚝뚝, 침이, 타액이 젖먹이의 것처럼 떨어졌는데, 침에 잘 섞이지 않은 진홍색이 껴 있는 게, 충분히 흔들지 않은 샐러드드레싱 같았다. 피가 난다는 건 보통 깜짝 놀랄 일이다. 그의 입에서 계속 침이 나오고 피가 나왔다. 그가 손가락을 입에 넣고 문제를 찾아보다가 그 이를 만졌고, 그러자 살집이 뽁 터지는 소리와 함께, 도미노가 쓰러지듯 이가 빠져 혓바닥으로 떨어졌고, 그리고는 끔찍하게도, 체리 씨를 삼킬 뻔할 때처럼 목 뒤쪽으로 넘어갔다.

아치가 뱉어내자 이가 손바닥 위에 착륙했다. 그가 그것을 응시했다. 예상보다 더 컸다.

"아치!" 어맨다는 처음에 아이가 구토를 한다고 생각했다. 그게 더 말이 됐다. 하지만 이건 매우 통제되고 절제된 행동이었다. 그는 그저 손 위로 몸을 숙이고 맨가슴 위로 피를 흘리고 있었다.

"엄마?" 그는 혼란스러웠다.

"토할 것 같니, 아가? 침대에서 나와!"

아치가 일어서서 거울 앞으로 갔다. "토 아니야!" 그가 손바닥 위의 이를 내밀었다. 피가 묻어 찐득하고 분홍색이었다.

그녀는 이해할 수 없었다.

아치가 거울에 비친 자신을 보았다. 입을 벌리고 의지력으로 그 속의 축축한 어둠에 맞섰다. 그는 잠깐 아득했다. 역겨워서였다. 손가락으로 다른 이, 아랫니 하나를 만지자 그것도 밀렸고, 그 상태에서 그가 그 이를 잡고 잇몸에서 한 번에 뽑아냈다. 이제는 피로 거의 까맣게 되어 있었다. 그러고서 또 하나를. 그리고 또 하나를. 네 개의 이, 뿌리로 갈수록 가늘어지는 단단하고 하얀 이 네 개, 작은 증거 네 개, 생명의 증거 네 개. 비명을 질러야 했을까? 그는 입을 다물고 액체가 모이도록 잠시 두었다가 바닥에 뱉었다. 러그가 더러워지는 것은 신경쓰지 않았다. 왜냐하면, 그게 무슨 상관이겠나, 정말로? 이 하나가 더 빠져서 바닥에 떨어졌지만 당연히 소리는 나지 않았다. 이 광대한 우주에서 그 정도는 너무 작아서 문제가 되지 않는다.

"아치!" 어맨다는 무슨 일이 일어나고 있는 건지 알 수 없었다. 당연히 그랬다.

아치가 바닥에 쭈그리고 앉아 이를 주웠다. 그것은 열 살까지도 베개 밑에 넣어두었던 속이 빈 작은 껍데기들보다 컸다. 뿌리에서 가늘어졌고, 동물적이었고, 위협적이었다. 그가 그것들을 손안에 쥔 모습은 마치 자기가 찾은 진주를 자랑스러워하는 잠수부 같았다. "내 이빨!"

어맨다가 티킹 스트라이프 무늬 트렁크 팬티를 입어 마르고 애처로워 보이는 아이를 쳐다봤다. "뭔데?"

소년은 너무 당황했기 때문에 울지 않았다. "엄마. 엄마. 내 이빨." 그가 손을 내밀어 보여주었다.

"클레이!" 어맨다는 뭘 어찌해야 할지 몰라 그저 다른 의견을 구했다. "맙소사, 네 이빨이!"

"나 어떻게 된 거야?" 혀가 이에 부딪히지 않아 제대로 말할 수 없었기 때문에 우스운 소리가 났다.

어맨다가 아이의 어깨를 잡고 다시 침대로 데려갔다. 그렇게 하지 않으면 키가 너무 컸다. 그녀는 손바닥을, 그다음엔 손등을 그의 이마에 갖다 댔다. "열은 없는데? 알 수가 없네―"

클레이가 허리에 수건을 두르고 얼굴에 짜증이 담긴 채 불려왔다. "무슨 일이야?"

"아치한테 문제가 있어!" 어맨다는 이제 확실하다고 생각했다.

"뭔데?"

소년이 아빠를 향해 손을 내밀었다.

클레이는 이해할 수 없었다. 누군들 이해할 수 있을까? "얘야, 무슨 일이야?"

"그냥…… 이가 이상한 느낌이 들어서 만졌더니 빠져버렸어요."

이게 바로 그 순간이다. 이게 바로 그 골짜기다. 클레이가 아이를 눕히려고 했다. "어떻게 이게…… 애 아직도 열이 나?" 클레이가 손을 뻗어 아이의 팔, 목, 등에 댔다. "너 열 나는데, 애 열 나?"

"모르겠어. 그렇게 심하지 않다고 생각했는데, 모르겠어." 어맨다는 그 말을 그렇게 많이 했는지 기억하지 못했다. 그녀는 몰랐다, 몰랐다, 아무것도 몰랐다.

클레이가 당황해서 시선을 아이에게서 아내에게로 돌렸다. 아이가 아픈가, 전염되나? "괜찮아. 넌 괜찮아."

"나 안 괜찮아요!" 하지만 이 말은 사실이 아니었다. 아치는 몸이…… 괜찮은 건가? 이 이상 평소와 같을 수 없었다. 그의 몸은 정상을 유지하려고 기능하고 있었다. 전체를 보존하기 위해 몸은 불필요한 것을 떨궈낼 것이다.

클레이 안의 비밀스러운 일부가 잠시 멈추어 자기 몸은 괜찮은지 살폈다. 그는 몰랐지만 괜찮지 않았다. 그때 그가 깨어났다, 이번엔 정말로. 그리고 피투성이에 이를 잃은 아들을 보며 이제 어떡해야 할지 생각해보았다.

"욕조에 물 채웠지?" 어맨다는 자신이 할 수 있는 일을 하고 있었다. "비상사태야! 물이 필요해!"

34

클레이의 직관에 따라 워싱턴 부부에게 상담을 청했다. 네 사람이 머리를 맞댄다. 회의, 머릿수의 힘, 더 연륜 있는 이들의 지혜, 하지만 그들 중 누구도 이런 일은 본 적이 없었다. 이들이 모여 앉아 살피는 모습은 카라바조가 그린 토마스와 친구들* 같았다. 의심이 거의 옳았다.

"그런데도 몸 상태는 다 괜찮다고?" 루스는 어떻게 그럴 수 있는지 알 수 없었다.

아치는 그저 어깨를 으쓱했다. 그는 이미 여러 번 말했다.

"음. 뭔가 있어. 의사한테 데려가는 걸 생각해봐야 해요." G. H.는 확실하다고 생각했다. "브루클린까지 못 가요. 여기서."

---

* 이탈리아 화가 카라바조가 그린 〈성 토마스의 의심〉을 말한다. 예수의 부활을 믿지 않는 사도 토마스에게 예수님이 나타나 옆구리의 상처를 만져보게 하는 그림이다.

"우리한테 소아과 전화번호가 있어요." 루스는 마야와 클라라와 아이들이 방문할 때를 대비해 준비를 해두었다. 그 정보를 사용할 일은 없었지만, 그래도 가지고 있었다.

"응급실이 있어야 해." G. H.가 말했다.

클레이가 진지하게 고개를 끄덕였다. 가봤고, 해봤다. 제 할일을 다하는 여느 부모들처럼. 베리 스무디에 숨어들어간 땅콩버터 한 방울. 정글짐에서 뛰어내린 과한 자신감. 어느 지독한 겨울밤의 호흡곤란. "맞아요. 이건 두고 볼 수 없어요." 그럴 수 있기를 어찌나 바랐는지.

"병원이 어디죠?" 어맨다는 몸을 어찌해야 할지 알 수 없었다. 안절부절못하는 개처럼 빙글빙글 돌았다가 섰다가 앉았다가 했다. "멀어요?"

"십오 분 정도一" G. H.가 확인을 바라며 아내를 쳐다보았다.

"더 걸려요, 내 생각엔. 아시다시피 여기 길이…… 아마 이십 분 가까이 걸릴 거예요, 어쩌면 그보다 더? 애벗 도로를 타느냐 아니면 바로 고속도로를 타느냐에 따라 다를 것 같아요一" 루스는 신경 쓰고 싶지 않았다. 그에 딸려오는 일들을 원치 않았다. 자기 마음을 어쩔 수 없었다. 그녀는 인간이었다. "물 같은 것 좀 줄까?"

아치가 고개를 저었다. "저 병원 안 가도 돼요. 저 괜찮아요, 진짜."

"확인을 해야 해서 그래, 아가." 어맨다가 아마추어 성격과 배우처럼 손을 맞잡고 비틀었다. "길은 알려주실 거죠? 누구 휴대폰이 갑자기 되기 시작한 게 아니라면요? 그것도 안 돼요?"

"내가 알려줄게요." G. H.가 말했다.

"지도를 그려주세요. GPS가 잘 안 잡혀요. 지도를 만들어주세요. 그러면 우리끼리 갈게요." 어맨다가 책상으로 다가갔다. 물론 루스가 컵 하나 가득 깎아놓은 연필과 백지 노트 하나를 갖다두었다.

"지도 그려줄게요. 그런데 큰길에만 들어서면 아주 간단해서—"

"길을 잃었었어요." 클레이가 아들의 어깨에 손을 얹었다. 그들의 눈을 제대로 마주칠 수가 없었다. "길을 잃었어요. 전에."

"무슨 말이야?" 어맨다가 물었다. "길을 잃었다고?"

"전혀 간단하지 않아요! 제가 나갔었잖아요. 가서 무슨 일이 일어난 건지 알아보겠다고. 이 일의—이게 뭐든 간에—진상을 알아오겠다고. 길을 따라가다가 그 달걀 가판대를 지나쳤고 내가 어디로 가고 있는지 안다고 생각했는데 아니었어요. 차를 돌리고 또 한번 돌렸는데 완전히 길을 잃어버렸어요. 어떻게 돌아오는 길을 찾았는지도 모르겠어요. 그 소리 듣고 이러다 돌겠구나, 하고 있었는데 그때 거기 나타난 거예요. 내가 찾던 교차로가, 여기 집 앞 길로 이어지는 도로가. 그냥 거기 있었어요."

"그래서 아무도 못 봤구나. 아무것도 못 보고. 당신 아무데도 안 갔구나." 어맨다의 말이 꼭 비난하는 것처럼 들렸지만, 사실은 안심이 됐다. 뭘 보고 말고 할 기회조차 없었구나! 모두 과민반응하고 있었던 것이다. 아무 일도 없다. 산업재해인 거고, 그 네 번의 꽝음은 계획된 연속 폭발이고, 정전도 쉽게 설명되고. 좋진 않아! 그래도 최악은 아니야.

"내가 길을 안내할게요. 우리도 가는 걸로. 우리 모두요."

"아니." 루스는 단호했다. 그녀의 온몸이 떨렸다. "우린 안 가. 그렇게 안 해. 여기서 기다릴 거야. 무슨 소식을 들을 때까지. 뭔가 알게 될 때까지." 그들을 여기서 지내게 할 수는 있었지만 그들을 위해 목숨을 걸지는 않을 것이었다.

"걱정할 것 없어. 그냥 데려다주는 거야. 누구한테 물어봐서 다른 사람들은 뭘 알고 있는지 좀 듣고, 가능하면 차에 기름도 넣고 바로 돌아오면 돼."

"여기 있어도 돼요. 여러분 모두. 여기, 이 집에서, 우리랑 같이 있어도 돼요." 루스가 할 수 있는 건 여기까지였다. "그냥 여기 있어요."

"여기 있으라고요." 클레이가 생각해보았다. 전부터 계속 생각하고 있었다. "언제…… 언제까지요?"

"그런데 조지, 당신은 가면 안 돼. 나만 여기 두고 가면 안 되고, 나는 갈 수 없고, 이게 우리 상황이야." 루스가 말했다.

"이게 영원히 계속된다면요?" 어맨다는 기다릴 수 없었다. 아들이 아팠다. "휴대폰이 영영 안 되면요? 그러니까, 다 정상이었을 때도 여기서는 원래 잘 안 됐잖아요. 만약에 전기가 나가면요, 아치가 진짜 아픈 거면요, 우리도 다 아픈 거면요, 그 소리 때문에 다 아프게 된 거면요?"

"나 안 아파요, 엄마." 왜 아무도 내 말을 듣지 않지? 괜찮다고! 그래, 이가 빠진 건 이상하다. 그런데 의사라고 뭘 해줄 수 있을까— 이를 다시 붙여줄까? 무언가가(그의 본능? 어떤 다른 조용한 목소리?) 그에게 여기 있으라고 말했다.

루스는 마야는 어떻게 하고 있는지 알고 싶었다. 어째서 자신은 손자들이 매사추세츠 애머스트에서 그 소리를 들었으리라는 걸 완벽하게 가능한 일이라고 생각하는지 알고 싶었다. 손자들에겐 젖니

밖에 없고 거의 제대로 자리잡지도 않았다. 어쩌면 그 소리 때문에 그마저 빠졌고, 그래서 애들 엄마들이 히스테리를 일으키고 있을지도 모른다. 자기 아이를 구할 수 없다면, 대체 뭘 하고 있는 거지? 루스는 그들이 그녀와 함께 여기 있을 수 없다는 걸 알았다. 아이가 아플 때는 절대. "전 밖에 못 나갈 것 같아요."

"괜찮을 거야." G. H.도 약속할 수는 없었다. 그들은 모두 결정적인 순간을 기다리고 있었다. 방향을 틀어야 하는 모퉁이를. 아마 지금일 것이다. 점차 내려가다가 비논리로 가는 지점, 개구리가 마침내 물의 온도를 견딜 수 없다고 깨닫게 되는 지점. 역사상 가장 무더운 해, 그런 얘기를 읽지 않았나? 하지만 아이가 아프다, 아니면 뭔가 문제가 있다, 그게 그들에게 있는 유일한 정보였다. "당신은 여기서 기다려."

"나 혼자 여기 있을 순 없어."

"짐 싸고 병원으로 갔다가 브루클린으로 돌아간다." 클레이가 생각을 입 밖으로 말했다. "데려다주지 않으셔도 돼요. 지도만 있으면 될 겁니다."

G. H.가 지도를 그리기 시작했다.

"아니면 우리가 돌아올 수도 있어요. 로즈를 루스와 함께 여기 두고 갔다가 데리러 돌아오는 거죠." 어맨다는 아이가 오빠에게 무슨 일이 생긴 건지 보게 하고 싶지 않았다. 이편이 덜 귀찮으리라고 생각했다.

"내가 로즈랑 같이 있을게요. 짐도 내가 싸주면 되니까 지금 당장 가도 돼요." 루스는 프로젝트를 좋아했다.

"좋아요." 클레이가 일어섰다. 그게 더 말이 됐다. 필요한 일은 어른들이 한다. 그들은 로즈를 데리러 온다.

　깨달은 사람은 어맨다였다. 아니 그 말을 한 사람이 어맨다였다. 그들 다섯은 그 상황에 너무 몰두해 있었다. 창피한 일이었다, 그 완벽한 날에. 햇빛이 예쁘게 놀며 수영장을 가로지르고, 그 반사된 빛이 춤을 추면서 집 뒷벽을 가로지르고, 푸른 것들이 비를 맞아 더 무성해지고, 구름 한 점 보이지 않고. "로즈는 어딨지?"

35

로즈는 다운로드해놓은 걸 잊고 있었던 단 한 편의 영화를 보고
있다. 어맨다가 아이의 침실을 들여다보았지만 아이는 거기 없었
다. 로즈는 화장실에 있다. 어맨다가 가서 봤지만 아이는 거기 없었
다. 다시 거실로. "내가 로즈를 못 찾는 거야?"

그들 모두 이게 말이 안 된다는 데 동의했다. 클레이가 안방으로
돌아가보았지만, 비어 있었다. 어맨다는 뒷문을 통해 현재 진행중
인 완벽한 날을 내다보았다. 세탁실을 들여다보고는, 클레이가 안
방을 샅샅이 봤을 거라고 믿지 않았기 때문에 직접 보려고 돌아갔
다. 드레스룸을 들여다보고, 로즈가 집고양이라도 되는 듯 침대 밑
을 들여다보았다. 안방 화장실을 들여다보았다. 아직도 그들의 몸
에서 나온 무지막지한 배설물냄새가 났다.

클레이가 복도에서 아내와 마주쳤다. "이해할 수가 없네. 어딨
지?"

260

어맨다가 아이방으로 돌아가 침대 커버를 들추고 침대 발치를 확인했지만, 거기서 정확히 무엇을 발견할 거라고 생각하는지는 확실하지 않았다. 그녀가 영화 속 인물처럼 옷장 앞에서 머뭇거렸다. 감독이 의도한 게 속임수일까(로즈가 책을 들고 웅크리고 있다), 충격일까(낯선 사람이 칼을 휘두른다), 아니면 수수께끼일까(아무것도 없다)? 안에는 캐시미어를 좋아하는 나방을 단념시키기 위해 놓아둔 삼나무 공의 냄새뿐이었다. 그렇다면 이제 남은 의도는 공포뿐. 그리고 마침내, 공포의 희생양이 될 구체적인 실체.

다시 거실로 갔지만 거기엔 로즈가 텔레비전을 보거나 책을 들고 앉아 있지 않았고, 주방으로 가봐도 거기서 로즈가 뭘 먹거나 너무 어려운 오리엔탈 러그 그림 퍼즐을 맞추고 있지 않았고, 수영장이 내려다보이는 문으로 가봤지만 아니, 로즈는 혼자 수영하지 못하게 되어 있었다(아주 분별 있었다). 어맨다가 마치 거기서 아이를 찾은 것처럼 현관문을 열었다. 과자 안 주면 장난칠 거다! 없다, 쏟아진 비 때문에 짙어진 풀뿐, 그리고 새들의 지저귐뿐.

아이는 아래층, 이 집에서 가장 워싱턴 부부에게 속해 있는 곳인 아래층에 있는 거다. 차고에 뭐 새로운 게 있는지 보러 나갔다. 자동차 뒷좌석에 앉아 있는 거다. 개들 가운데 어떤 종처럼 순종적으로, 집에 갈 준비를 하고서. 좋아, 더 크게. "로지!"

"로지, 로지." 어맨다가 혼자 중얼거렸다. 다시 화장실로 갔다. 한때 아이는 숨어 있다가 그들을 놀라게 하는 것을 아주 좋아했었다. 샤워 커튼을 젖혀보았지만 3센티미터 정도 물이 찬 욕조만 있었다. 클레이한테 욕조에 물 받아두라고 했는데, 이것만 받아놓은 건가? 그녀는 거실로 돌아갔다. "로즈를 못 찾겠어."

클레이는 물을 한 잔 더 마시고 싶었다. "뭐, 여기 어디 있을 거야." 그가 침실들 쪽을 손짓했다.

"거기 없다고—" 왜 말을 안 듣는 거지?

"샤워하나?"

"아니라고—" 그애는 바보가 아니야!

"아니면—" 그는 더이상 뭐라고 말해야 할지 몰랐다.

"아니야, 아니야, 다 봤어, 아무데도 없어, 어딨지?" 어맨다는 소리를 지르고 있지는 않았지만 속삭이고 있지도 않았다.

"아래층도 찾아봤어요?" 아치가 비난하는 말투로 말했다.

"내가 볼게요." G. H.가 일어섰다. "아마 집을 구경하고 있을 거예요."

"내가 그애를 못 찾아?" 어맨다는 그 사실이 너무 우스워서 질문으로 말했다—내가 그애를 못 찾아! 내가 내 아이를 못 찾아! 마치 내 귓불이나 음핵을 못 찾겠다고 말하는 것처럼.

어맨다는 이제 뭘 해야 할지 몰라서 주방으로 가서 서 있었다. 루스는 그녀를 안심시켜야 할 것만 같아서 따라 들어갔다. 그 빌어먹을 본능. 도와야 했다. 그들은 엄마로서가 아니라 인간으로서 동료였다. 이것은—이 모든 것은—나누어야 할 문제였다. "밖에 있을 거예요." 루스는 아이가 금관화에 앉아 날개를 펴는 제왕나비를 보고 있는 모습이 그려졌다. "놀러간 거죠."

"집 앞에도 봤어요."

"같이 밖에 나가봐요."

클레이는 다시 아들 옆에 앉았다. "어맨다. 진정해. 생각해보자고. 차고에 있을 수도 있고, 아니면 울타리 밖으로 나갔을 수도 있어.

가서 찾아보자—"

"내가 씨발 뭘 하고 있는 것 같아, 클레이? 애 찾으러 신발 가지러 가는 거야." 어맨다가 다급하게 침실로 향했다.

"아치, 동생이 어디 갔는지 알아?" 클레이는 참을성이 있었다.

아치가 부드럽게 말했다. 그가 알까? 본능적으로 짚이는 게 있었지만, 말이 되지 않았다. "아뇨."

어맨다가 케즈 슬립온을 신고 돌아왔다. 이젠 울먹이지도 않았다. "미칠 것 같아요. 로즈가 어디 있을까요?"

"확신하는데 밖에 있을 거예요." 루스는 그 어떤 것도 그다지 확신하지 않았다.

어맨다가 비명을 질렀어야 했지만 아무도 비명은 지르지 않았다. 그녀가 그렇게 조용하다는 사실이 어쩐지 더 불안했다. "당신도 신발 신고 씨발 애 찾는 것 좀 도와줘."

문틈으로 클레이에게 야외 온탕 옆에 있는 그의 고무 쪼리가 보였다. "내가 앞에 가볼게, 허브밭으로 해서. 울타리 너머까지 볼게."

"그냥 돌아다니고 있을 거예요." 루스가 설득하려 애썼다. "텔레비전이 안 되니까 옛날에 우리가 놀던 식으로 놀면서 그냥 돌아다니고 있는 거예요. 여기는 걱정할 게 없어요." 그녀는 이런 의미로 말한 거였다. 여긴 차도 안 다니고 납치범도 없다. 곰도 없고 퓨마도 없다. 강간범도 없고 변태도 없고 아예 사람이 없다. 그들은 어떤 공포에는 대처할 준비가 되어 있었다. 이건 좀 달랐다. 이성적인 것이 그렇게 중요하지 않아 보이는 세상에서, 어쩌면 단 한 번도 이성적이지 않았던 세상에서, 이성적이어야 한다고 스스로를 상기시키는 건 힘든 일이었다.

아래층에서 G. H.는 벽장, 벽장을 가득 채운 비축 물자, 깔끔하게 정돈된 침대, 화장실, 소리도 안 나오는 쓸모없는 텔레비전, 깨진 뒷문, 낙관적인 흰색 케이블에 꽂혀 있는 휴대폰을 찾았다. 그가 휴대폰을 주머니에 넣었다.

거실에서는 아치가 반스 운동화에 발을 쑤셔넣으면서 혀로 잇몸에 생긴 연하고 텅 빈 공간들을 살폈다. 부드럽고 기분좋았다. 스스로는 절대 몰랐을, 자신이 딱 들어맞도록 만들어진 몸의 휴식처인 듯했다. 그는 이 우주가 자신의 고유한 목적을 부정했다는 사실을 용서할 수 있을까? 그는 기회를 얻지 못할 것이다. 그가 뒷문을 열고 아빠와 합류했고, 동생을 찾으러 갔다.

"걱정할 게 없다고요?" 어맨다의 상상력도 소진돼서 물러갔다. 그녀는 나머지 가족들과 함께 밖으로, 그 아름다운 날 속으로 나갔지만, 너무 정신이 없어서 이날이 지금까지 그녀 인생의 수천 일의 날들과 다르다는 사실을 알아차리지 못했다. "로즈! 로즈!" 하고 외치는 그녀의 소리는 크고 열정적이어서 그녀에게는 보이지도 않고 거기 있었는지도 영영 모를 동물들을 놀라게 했다.

어맨다에게는 가설이 있었다. 엄마들은 항상 그랬다. 잘못 발을 디뎌서, 무성한 세인트오거스틴 잔디에 가려진 30미터 깊이의 사용하지 않는 우물에 빠졌다. 그 소리 때문에 나뭇가지가 부러져서 머리 위로 떨어졌다. 뱀에 물렸다, 발목을 삐었다, 벌에 쏘였다, 어쩌면 그냥 길을 잃었을 수도 있었다. 911에 신고할 수가 없어! 누가 아이들을 구해주지?

G. H.가 아래층 문으로 나온 뒤 문을 조심스럽게 닫았다. 잔디가 축축하고 빽빽했다.

"내가 집 앞으로 갈게." 클레이가 그렇게 했다.

루스는 두려웠다. 아이를 갖게 되면 두려움이 어떤 건지 알게 된다. "차고를 봐야겠어요." 루스가 앞장섰다.

어맨다가 그녀를 따라갔다.

아치는 마당을 지나 작은 헛간으로 갔다. 동생이 그 안에 없다는 걸 알았지만, 직접 봐야 했다. 문이 열려 있었고, 아치는 건물에 기대 집을 바라보았다. 멍청한 꼬맹이. 아치는 로즈가 숲으로 돌아갔다는 걸 알고 있었다. 왜 이 말을 입 밖에 내지 못했을까? 그리고 어떻게 알았을까? 그건 중요하지 않다. 아치의 몸이 떨렸다. 마치 걷다가 거미줄을 통과할 때, 베개 밑에서 거미가 튀어나오는 걸 봤는데 모자이크 무늬 침대 시트에 묻혀 보이지 않을 때, 거미가 어깨에서 목을 타고 기어올라 귓속 편안한 동굴에 자리잡았을 때, 거미가 천장에서 떨어져 머리카락 위에 앉았다가 앞으로 방향을 잡고 천천히 조심스럽게 콧날을 따라 내려오는데 그래서 미간이 넓은 당신의 눈에는 잘 보이지 않을 때, 거미가 흠칫하더니 당신을 물어서 그 독이 당신의 혈관에 똑 떨어져 당신의 일부가 될 때, 당신을 만드는 DNA처럼 떼어낼 수 없는 일부가 될 때 그러듯 몸이 떨렸다. 그가 왼쪽 무릎이 좀 아프다고 느낀 순간 아래쪽에 힘이 풀리더니 앞으로 고꾸라져서 토하기 시작했는데, 나온 건 토사물이 아니라 그냥 물이고 약간의 피가 섞여 있었다. 맞혀볼래? 그 분홍색은 마치 —

클레이의 플립플롭 사이로 자갈이 느껴졌다. 신발이 거의 다 닳아 수명이 다해가고 있었다. 쓰레기를 생산한다는 죄책감을 덜고 싶다면 우편으로 제조사에 돌려보내면 되는데, 심지어 무료로. 그러면 그들이 그걸 에콰도르, 과테말라, 콜롬비아 같은 나라에 버리고, NGO 단체에서는 그곳 사람들에게 신발을 조각조각 자르고 꿰매서 백인들에게 팔 고무 매트 만드는 법을 가르친다. 집 앞에 아무것도 없고, 울타리 너머에 아무것도 없고, 전날 그를 조롱했던 바로 그 광경뿐이었다. 그게 고작 어제 일인가? "로즈!" 그의 목소리는 전달되지 않았다. 아무데도 닿지 못했다. 푸릇푸릇한 땅으로 떨어졌다.

차고에서 루스가 다락방으로 올라가는 사다리를 가리켰다. 여자아이라면 저 위에서 놀고 싶어할지도 모른다! 루스는 언젠가 그곳을 손님용 별채로 만들겠다는 반토막짜리 계획을 갖고 있었다. 어맨다가 허겁지겁 사다리를 올라갔지만 위엔 아무도 없었다.

여자들이 차고에서 나올 때 클레이가 모퉁이를 돌아 나타났고 G. H.는 집 주변 한 바퀴 순회를 끝냈다. 네 사람은 서로를 쳐다보았다.

"갔나?" 어맨다는 달리 무슨 말을 해야 할지 알 수 없었다.

"갔을 리가 없어요—"루스가 의미한 건 가버림, 끝, 사라짐이었다. 이게 무엇이든 간에, 분명 휴거는 아니었다. 로즈라면 분명 구원받을 테지만 클레이는 그들이 순전한 신화에 넘어가선 안 된다는 걸 알고 있었다. "분명히 그냥…… 어디 갔을 거야."

"아이가 다른 집들을 많이 궁금해했어요. 달걀! 달걀 가판대에 갔을지도 몰라요." 루스 스스로도 의심스러웠다.

"아치는 어딨지?" 클레이가 뒷마당 쪽을 보았다.

"저기 있었어." 어맨다는 그때 머릿속으로 단 한 가지 생각만 할 수 있었다.

"몸이 좀 나아졌나보네." 이런 낙관주의! 아이의 치아가 없어졌다는 사실을 눈감아줘야만 가능한 생각이었지만, 부모가 된다는 건 간혹 마법 같은 상상의 나래를 펼쳐야 함을 의미했다.

루스가 고개를 끄덕였다. "한 사람이 달걀 가판대로 가봐야겠어요."

어맨다가 초조해져서 성큼성큼 걸었다. "제가 갈게요. 클레이, 뒤쪽으로 가봐. 숲 안쪽을 봐봐. 멀리 가진 말고—"

"전 안에 한번 더 볼게요." 루스가 두 남자를 해산시켰다. "뒤로 나가보세요."

클레이와 G. H.가 현관문으로 들어가 집을 가로지르려는데, 뒤쪽 테라스에서 풀밭에 엎드려 있는 아들이 보였다. 클레이가 아들의 이름을 불렀다. 아들에게 달려갔다. 무엇을 하기로 했었는지 이제 기억나지 않았다.

소년이 기도하는 이슬람교도처럼 무릎과 가슴을 바닥에 대고 있었다. 클레이가 아이의 겨드랑이에 손을 넣어 일으켜세웠다.

"아빠." 아치가 그를 바라보다가 몸을 숙이고 다시 한번 토했다. 액체가 찰싹하고 흙에 떨어지는 아름다운 소리.

"무슨 일이야?" G. H.는 설명을 요구하고 있었다. "괜찮아, 괜찮을 거야."

루스가 테라스에서 이 모습을 보았다. 자신이 필요하다는 걸 알고 서둘렀다. 그들은 아이의 몸을 사이에 끼워 받치고 노인들처럼 조심스러운 걸음으로 걸었다. 소년이 계속 사레가 들리거나 발작을 하는 듯 보였지만 입에서 튀어나올 게 더 남아 있지 않았다. 그의 눈은 거의 감겼지만 엄밀히는 감기지 않은 채 이제는 고물이 된 카메라 같은 것의 조리개처럼 파르르 떨렸는데, 뭐가 보이는 건가? 뭐라도 포착하고 있나?

루스는 목록을 만들고 있었다. 오래된 항생제가 있다. 뜨거운 물주머니가 있다. 독감에 걸렸을 때 마시는 가루 음료가 있다. 뜨거운 물에 녹여서 마시면 몇 시간을 자는 음료다. 천일염과 올리브유와 바질과 세탁 세제와 밴드에이드와 작아서 핸드백에 넣고 다니기 좋은 여행용 티슈가 대용량 포장으로 있다. 조지에게 비상용으로 감춰놓은 현금 1만 달러가 있다. 부자네! 이중에 하나라도, 뭔지 모르는 이 일에 구원이 될 수 있을까?

"안으로 데려갑시다." G. H.가 이 노고의 대장 노릇을 했다. 그들은 위태위태하게 나아가며 널찍한 나무 계단을 올랐다. 수영장 여과기가 정해진 주기에 맞춰 돌아가기 시작했고, 그 소리를 들은 그는 지금이 오전 열시임을 알았다. 기계가 명랑하게 웅웅거리고 콸콸댔다.

그들이 아이의 몸을 소파에 눕혔다. "아치, 애야 괜찮니? 말할 수 있겠어?"

아치가 삼인조를 올려다보았다. "모르겠어요."

클레이가 다른 어른들을 쳐다보았다. "로즈는 어딨을까요?"

"아마 길에 나가서 놀고 있을 거예요. 자전거도 한 대 빌렸었고. 지루해했잖아요. 그냥…… 놀고 있는 거예요." G. H.는 이 생각이 당연하게 들리게 하려고 애썼다. "아치한테 물 좀 갖다줘요. 탈수되면 안 되잖아요."

클레이는 로즈가 뭔가를 하는 걸 아주 좋아한다는 사실을 알고 있었다. 그녀는 항상 책과 함께였고, 그 책들에 나오는 그녀 또래 여자아이들은 모험을 추구하는 담대한 마음과 욕망을 가지고 있었다. 그들은 예상 밖의 용감한 행동들을 하면서 은밀한 공포에 맞섰고, 그러고 나서 속눈썹이 아름다운 소년과 순결하게 손을 잡았다. 이런 책들이 로즈에게 세상은 용기 있는 행동으로 정복해야 하는 곳이라는 생각을 심어주었다. 책이 모두를 망친다─이게 바로 그가 학문적 업적을 통해 보여주려는 것 아닌가? "물. 맞다."

루스가 이미 물 한 잔을 채워왔다. "이거 마셔라."

"앉아봐, 침착하게." 클레이의 몸이 언제든 튀어나가 아기의 휘청이는 몸을 잡아줄 준비가 되어 있었던, 처음 부모가 됐을 때의 자세를 기억했다.

"병원에 가야 해요." 조지가 결정을 내렸다. "당장 가야 해요."

"날 두고 갈 순 없어요." 루스가 소파 등받이에 있던 담요를 펼쳐 아이 몸에 덮어주었다.

"애가 아파. 당신도 알잖아."

"우리 딸 없이는 갈 수 없어요—"

"우리만 가요. 당신이랑 나. 우리가 아치를 데려가요."

"안 돼. 안 돼, 조지, 가면 안 돼."

"루스. 어맨다를 찾아. 둘이 로즈를 찾아. 여기 있어."

그녀가 그런 걸 할 수 있는 사람일까? 강하고 고상하고 유능한, 최고의 조연 배우가 되어야 하는 게 지겨워지지 않았나? 히스테리를 부리고 무서워하면 안 되는 거 아닌가? "조지, 제발."

그가 아내의 눈을 바라보았다. "돌아올 거야. 바로 돌아올 거야."

"절대 못 돌아온다고. 무슨 일이 일어나고 있다는 거 모르겠어? 지금 무슨 일이 일어나고 있어. 뭔진 몰라도, 그 일이 아치에게 일어났고, 우리 모두한테 일어난 거라고. 나가면 안 돼." 루스는 울거나 히스테리 부리지 않았고, 그래서 그녀의 말이 더 불안하게 들렸다.

클레이는 무릎과 팔꿈치가 욱신거리는 줄도 몰랐다. 아니면 알았지만 두려움 때문이라고 생각했다. "루스, 제발. 좀 도와주세요."

지금은 G. H.의 순간이었다. 그 세대의 남자들은 결정을 내리고, 전쟁을 벌이고, 부를 쌓고, 신념을 가지고 행동했다. "갑시다. 클레이, 아치 데리고 차에 타요. 그 담요도 가져가고. 루스, 물 한 병 챙겨줘. 아치, 넌 뒷좌석에 누워."

"조지. 나 당신 안 보내. 못 보내. 난 못해."

"이게 우리가 유일하게 할 수 있는 일이야. 이게 바로 내가 해야 할 일이야." 조지가 손에 열쇠를 들었다. 그는 루스를 잘 알고 그녀가 이해해줄 것을 알았기 때문에 모든 말을 하진 않았다. 이런 순간에 그들이 인간답지 않으면, 그들은 아무것도 아니라고.

루스는 자신이 할 수 없는 일들을 어떻게 다 말해야 할지 알 수 없었다. 그녀는 그중 아무것도 할 수 없었다. "나한테 돌아와야 해. 돌아와서 같이 있어야 해."

"타이머를 맞춰. 휴대폰 꺼내봐. 알람을 맞추는 거야. 한 시간으로." G. H.는 자신이 할 수 있다고 확신했다.

"지킬 수 없는 약속은 하지 마!" 루스가 휴대폰을 들고 허둥지둥했다.

"한 시간쯤 걸릴 거야. 아니 그보다 덜 걸려. 병원까지 내가 운전해서 가. 두 사람 내려주고 차 돌려서 당신이랑 어맨다랑 로즈한테 돌아올 거야. 당신은 로즈를 찾아. 알겠지? 나도 타이머를 맞출게."

"안 될 거야. 잘 안 될 거야."

"잘될 거야. 선택의 여지가 없어. 봐." 그가 디지털 화면을 누르자 초가 줄어들기 시작했다. "클레이랑 아치만 데려다주고 난 여기 세 사람한테 돌아올 거야. 이게 울릴 때쯤."

"만약에 병원이—" 클레이가 망설였다.

"클레이." 조지는 이 문제는 의논할 가치도 없다고 생각했다. 일어나야 하는 일이 무엇인지 안다. "갑시다. 차에 태워요."

"자, 얘야." 아들이 일어설 수 있도록 도와주며 클레이는 두 손으로 아기의 허리를 잡았던 기억이 떠올랐다. 너무 말라서 두 손으로 잡으면 손끝이 닿았다.

루스가 담요를 다시 아치의 어깨에 둘러주었다. "한 시간." 그녀
가 휴대폰의 버튼을 누르자 초가 흐르기 시작했다. "그 안에 오는
거야. 약속했어."

"걱정할 것 없어." 조지가 열쇠를 움켜쥐었다. 고급스러움이 느껴
질 만큼 묵직했다. 거짓말을 하고 있는 걸까? 그는 희망이 있다고
생각했을까?

루스는 기도를 믿지 않았기 때문에 아무 생각도 하지 않았다.

37

G. H.는 그들이 로즈를 찾아낼 거라고 생각했다. 엄마들은 그럴 수 있다. 비밀 탐지기랄까, 10월에 씨앗 십만 개를 숨겨놓고 겨울 내내 통통하게 지내는 새들처럼. 자동차 시동이 믿음직하고 값비싼 기계답게 걸렸다.

아치는 뒷좌석 가죽 시트에 앉아 떨고 있었다.

"차 세우고 토하고 싶으면 말해." 그의 말투, 꼭 조지가 차를 걱정하는 것처럼 들렸지만, 부모는 토사물에 통달하고 심지어는 토사물 세례를 받기도 하기에, 남은 평생 동안 토사물에 대해서는 공포가 아니라 연민을 느낄 수 있게 된다. 렉스 애비뉴와 74번가가 만나는 모퉁이에서, 그가 내민 손 위에 흰색 생선 조각을 전부 토하던 일곱 살짜리 마야. 숱한 기억 중 하나, 숱한 순간 중 하나이지만 만약 그의 성인이 된 딸이 이가 빠지고 어떤 이름 없는 병에 시달리며 뒷좌석에 앉아 있다면, 그는 또다시 그렇게 할 것이다. 아버지는 영원히 아버지다.

클레이가 왼쪽으로 무게중심을 옮겨 오른쪽 뒷주머니에서 지갑을 꺼냈다. 그걸 기억했다니 믿을 수가 없었다, 신비로운 본능이랄까. 그가 엄지손가락으로 플라스틱 카드들을 훑으며 보험증을 찾았다. 그들은 어맨다의 보험을 사용했다. 그게 대학에서 나오는 것보다 좋았다. 찾았다는 한숨, 마침내, 뭔가 잘되어간다는 안도.

"의사한테 갈 거야." 클레이가 몸을 돌려 아들을 보았다. 더 말랐나, 더 창백해졌나, 더 약해졌나, 더 작아졌나? "괜찮아. 괜찮아."

"저 괜찮아요." 순종적이 된 아치는 이것을 남자답게 받아들이기로 결심했다. 아치는 이제 남자다.

차가 진입로에서 나와 연결 도로를 지나서 큰길에 들어섰다. 조지는 빨라진 심장박동, 서둘러야 할 것 같은 강박, 타이머에 착실히 쌓여가는 초에도 불구하고 평소보다 천천히 차를 몰았다. 차 안의 남자들 중 아무도 작은 달걀 가판대를 보지 못했고, 그 안에서 어맨다가 로지 대신 농장 노동의 값진 향기만을 발견하고 있다는 걸 아무도 알지 못했다. 그 땅의 주인인 머드 부부는 다시는 그 작은 오두막에 갓 낳은 알을 가져오지 못할 것이다.

클레이의 눈앞에서 초록이 빙빙 돌았다, 초록, 다양하고, 축축하고, 짙고, 위협적이고, 쓸모없고, 무력하고, 화나고, 심드렁한 초록이. "어떤 사람을 봤어요. 전에 나왔을 때요."

조지는 이 말을 흘려들었다. "길을 잃었다고 했었잖아요. 집중해요. 글러브박스에 연필하고 종이 있어요. 지도를 그려봐요. 진입로에서 우회전했고 아까 거기서 좌회전했어요. 이 언덕 넘은 다음에 또 한번 우회전할 거예요." 그는 만일의 사태에 대비하고 있었다.

만약에 둘이 따로 다니게 된다면? 만약에…… 무궁무진한 시나리오가 있었다.

클레이가 글러브박스를 열자 거기 메모장과 연필, 사용 설명서, 보험증과 등록증, 휴지 한 팩, 납작한 구급상자가 있었다. 질서, 준비, 정돈. G. H.와 루스의 삶은 모든 것이 질서정연하고, 준비되어 있고, 정돈되어 있다. 부자들은 정말 운이 좋다. "여자가 있었어요. 길가에. 내 차를 세우더라고요. 여자가 스페인어로 말했어요."

"누굴 봤다고요, 어제, 나갔을 때요?" 말도 안 돼, 그게 어제라니! G. H.는 생각해봤지만 어제가 무슨 요일이었는지 답을 내지 못했다. "왜 말 안 했어요?"

"그 여자가, 그 여자가 길가에 서 있었어요. 내 차를 세웠어요. 내가 말을 걸었어요. 아니, 그러려고 해봤어요." 그는 아들이 듣고 있다는 걸 알았다. 자식 앞에서 부끄러워지는 건 끔찍한 일이었다.

"뭘 봤냐고 우리가 물어봤잖아요." 조지는 짜증이 났다. 다음에 어떻게 할지 결정하기 전에 모든 정보가 있어야 했다.

"차림이 마치 가정부 같았어요. 제 느낌상? 폴로셔츠를 입었고요. 흰색 폴로셔츠. 제 생각에…… 모르겠어요. 알아들을 수가 없었어요. 여자가 스페인어로 말했고 저는 뭐라고 하는 건지 몰랐고 구글 번역기를 쓰면 됐을 텐데 그럴 수가 없었고 그래서 그냥—" 그는 아치 앞에서 그 말을 할 수 있을지 알 수 없었다.

G. H.는 로자 생각이 났다. 그들의 집을 정리해주는 사람. 그녀의 남편은 집 산울타리를 깎고 다듬고, 아이들은 조용히 놀았다. 부모가 여름 땡볕에서 일할 때 아이들이 가끔 수영장을 쳐다보면서 보지 않는 척해서, 한번은 루스가 로자에게 아이들이 수영해도 좋다

고 하기도 했다. 그들은 절대 수영하지 않을 것이다. 그런 사람들이 아니었다. 그녀였을까? "히스패닉 여자요?"

아치는 다 듣고 있었지만, 이해했다. 자신이라면 어떻게 했을지 알 수 없었다. 누구라도 그런 순간에 어떻게 할지 안다고 착각하는 게 어리석은 짓이라는 걸 알고 있었다.

"여자를 거기 두고 왔어요. 달리 뭘 어떻게 해야 할지 모르겠어서. 무슨 일이 일어나고 있는지도 몰랐고요. 뭐가 일어나고 있다는 걸 몰랐어요." 클레이는 설명이 되지 않는 새나, 이가 빠지는 것처럼 구체적인 일들은 상상할 수 없었을 것이다. 로즈가, 바로 지금, 길가에서 헤매다가 지나가는 운전자에게 도움을 청한다면? 그건 왜일까? 그는 그녀가, 딸이 무슨 생각을 할지 전혀 몰랐다.

"신경쓰지 말아요." G. H.는 도덕성이 시험이라고 생각하지 않았다. 그것은 끊임없이 바뀌는 관심사의 집합이었다. "집중해요. 당신이 보면 알 수 있게 지도를 그리세요. 우리가 하는 대로 다 적어요."

"여자를 두고 왔어요. 도움이 필요한 사람이었어요. 우리도 도움이 필요한데." 업보인가, 그런가? 클레이는 우주는 신경쓰지 않는다고 생각했다. 그가 아마 맞을 것이다. 하지만 신경쓸지도 모른다. 수학인지도 모른다.

"도움을 구하러 가고 있잖아요. 여기 커브길 보이죠? 저기만 지나면 바로 농장이 있어요, 매키넌 농장이라고. 랜드마크죠." 전부 새로운 눈으로 보려고 하니 이상했다. G. H.는 이 길들에 대해 생각해본 적이 없었다. 볼 필요도 없이 머릿속에 다 들어와 있었다. 이곳은 그들의 구역이었지만 그들의 구역이 아니기도 했다. 그는 매키넌 부부가 누구인지 알지 못했다, 그들이 아직도 자기네 이름을 딴 농장과 관련이 있는진 모르겠지만. 그와 루스는 집을 계약했을 때 악수를 하러 다니지 않았다. 8만 달러짜리 차를 타는 낯선 흑인들을 주민들이 뭐라고 생각할까? 그래서 그들은 숨었다. 식료품점이나 주유소에 들르는 것조차 꺼렸다. 눈에 띄고 긴장돼서. 앞으로 총이 필요할까? G. H.는 그런 물건들을 믿지 않았었다. 안방 벽장 안 금고에 있는 현금은 조금이라도 도움이 될까?

클레이가 종이에 선들을 그렸다. 선들은 연필을 떼는 순간 해독할 수 없게 되었다. 그의 마음은 거기에 없었다. 그의 마음은 뒷좌석에, 어딘지 몰라도 로즈가 있는 거기에 있었다. "이해 못하시는군요." 시야를 가리는 것 없이, 들판만 짜증나고 끈질기게 굴러갔다. "어찌해야 할지 모르겠더라고요. 휴대폰 없이는 할 수 있는 게 없어요. 전 쓸모없는 사람이에요. 아들이 아프고 딸이 실종됐는데 지금 이 순간 여기서 내가 뭘 해야 할지 모르겠어요. 아무 생각이 안 나요." 눈이 끔찍할 정도로 축축해진 채, 클레이는 침착함을 찾아보려 노력했다. 트림을 삼키듯 흐느낌을 삼켰다. 그는 너무 작았다.

조지는 이곳을 신뢰하지 않았다. 만약 심장에 무슨 일이 생긴다면 그는 3천 달러를 내고 수송 헬리콥터를 구해 맨해튼으로 돌아갈 것이다. 사람들이 흑인들의 인간성에 대한 신념을 가진 곳으로. 이곳은 아름답기는 해도 그에게 괜찮지 않았다. 여기서는 사람들이 부자들, 외부인들을 의심하고 싫어하는 한편 신세를 졌다. 여기서는 사람들이 곧 다가올 종국에 마이크 펜스가 신의 대리인이기를 기도했다. 의사와 간호사들이 흑인들은 참을 수 있다고 생각해 마약성 진통제를 처방하지 않는다는 수많은 연구들. "난 뭘 해야 할지 알아요."

클레이는 의사가 그들에게 해줄 수 있는 일이 없을 거라고 생각한다고 말할 수가 없었다. 아이의 이를 지퍼백에 넣어왔다. 그게 왼쪽 주머니에 있었고, 마치 섬뜩하게 생긴 묵주인 양 그걸 만지작거렸다. "어쩌면 병원에서 모든 걸 설명해줄 수도 있겠네요."

"그전에. 어디 좀 들러야 해요. 대니 집으로 갑니다."

"누구 집이요?"

조지는 대니라면, 하고많은 사람들 중에 대니라면 무슨 일이 일어나고 있는 건지 이해하고, 해결책까진 아니더라도 전략을 가지고 있을 거라는 자신의 믿음을 설명할 수 없었다. 대니는 그런 사람이었다. 그들이 대니에게 가서 여자아이가 실종되었다고, 아니면 남자아이가 아프다고, 아니면 밤에 난 소리 때문에 모두 무서워한다고 말하면, 대니가 오즈의 마법사처럼 양호한 건강과 안전한 통행을 줄 수도 있다. "대니는 우리 업자였어요. 이웃이고. 친구예요."

바깥은 날이 아주 평범해 보였다. "아치를 병원에 데려가야 해요."

"갈 거예요. 십 분. 십 분만 들르자고요. 대니가 도와줄 거고, 좋은 생각이 있을 거예요, 정말이에요."

클레이는 맞서야 했지만, 그런 확신이 들었지만, 그저 어깨를 으쓱했다. "그렇게 생각하신다면야."

"확신해요." 조지는 인생을 이렇게 살아왔다. 문제에는 해결책이 있고, 대니라면 정보를 가지고 있고 또한 본보기가 될 수도 있다. 그와 클레이는 돌아가서 샴브레이 셔츠 소매를 걷어붙이고 그들이 사랑하는 사람들을 보호할 수 있을 것이다.

"주변에 아무도 없네요." 클레이는 그 여자를 다시 보게 될지 궁금했다. 그는 안락한 킹사이즈 침대와 정액이 묻은 시트 위에서 가족들과 모여 있었고, 그 멕시코 여자는―멕시코 사람이 아닐 수도 있다―밤새…… 어디에 있었을지 전혀 알 수 없었다.

"해변가 별장이라고 하기엔 해변에서 너무 멀고. 실제로 농장에 있는 게 아니니까 농가도 아니고. 특별히 오래된 건 아니라 전통 가옥도 아니고. 아주 새것도 아니고 장식이 대단한 것도 아니니까 고급 주택도 아니고. 그냥 조용한 곳, 지구의 끝, 혼자 조용하고 편안하게 있을 수 있는 곳이죠." 가난하고, 무지하고, 더 상황이 나쁜 사람들로부터 벗어나는 사치를 부린 것 아닌가? "그런데 그건 환상이에요, 정말. 몇 분밖에 안 걸려요. 이 길로 몇 킬로미터밖에 안 걸려요. 가게들, 영화관, 고속도로, 사람들. 영화관, 쇼핑몰. 바다."

"우리 거기 갔었어요."

"스타벅스."

"거기도 들렀어요."

"편의시설들. 혼자인 것 같지만 진짜 혼자는 아니에요. 그냥 느낌이죠. 둘 다 갖는다는 느낌."

"차가 없네요. 비행기 소리 들었어요?" 클레이는 나무, 커브길, 교차로, 오르막 들을 알아볼 수 있으리라는 기대를 접었다. "헬리콥터나? 사이렌소리는요?"

그들이 새로운 세상을 살아가는 새로운 방식을 배워야 할 것이 분명했다. "아무것도 못 들었어요."

뒷좌석에서 아치는 귀를 기울이고 있었다. 창밖을 보았지만, 보이는 건 하늘뿐이었다. 그는 로즈를, 그녀가 본 사슴을 생각했지만 밤사이에 사슴들이 이렇게 멀리까지 올 수 있을지는 알 수 없었다.

G. H.의 한숨에는 의미가 있었다. 나이가 들면 인내심이 강해진다. "모든 게 달라졌어요. 이거 적고 있는 거죠?"

클레이가 자신이 그린 지도를 보았다. 읽을 수도 없고 쓸모도 없었다. 그러니까 그는 지도 제작자로서도 실패했다. 당신은 지구 반대편에서 홀로코스트가 벌어진다면 그 사실을 알고 있을 거라고 스스로에게 말하지만, 그렇지 않다. 거리 덕분에 상관이 없다. 사람들은 그렇게까지 서로 연결되어 있지 않다. 끔찍한 일들이 끊임없이 일어나지만 그건 절대 당신이 아이스크림을 먹으러 가는 것을, 생일을 축하하는 것을, 영화를 보러 가는 것을, 세금을 내는 것을, 아내랑 씹하는 것을, 대출금을 걱정하는 것을 막지 못한다. "적고 있어요."

G. H.는 확신했다. "대니는 뭔가 알 거예요."

38

루스가 작은 오두막으로 들어가는 문을 열었다. 경첩이 삐걱거렸지만 어맨다는 아무 반응도 없었다.

"가요, 이제." 루스는 이런 역할을 하고 싶지 않았다. 조력자, 조역. 그녀의 딸도 곁에 없다. 내 손자들 찾는 건 누가 도와주지? 나는 누가 잡아주지?

"로즈 어딨지, 로지 어딨지. 이제 어떡하죠?" 어맨다는 뒤집힌 양동이를 깔고 앉아 있었다.

"자. 일어나요. 여기서 나가요. 빛 있는 데로." 그 작은 건물에서 냄새가 났다.

여자들이 밖으로 나갔다. 태양이 자기를 내세웠다. 루스가 휴대폰 타이머를 확인했다. 십일 분이 지났다. 사십구 분 뒤에 조지가 돌아올 것이다. 그렇게 긴 시간이 아니다. 몇 초로 줄어들 때까지 지켜보고 있다가 소리 내어 카운트다운을 할 수도 있다. 차가 자갈

위를 달려오는 소리가 들릴 것이다. 그를 다시 만날 것이다. "좀 낫네요." 그녀가 말했고, 정말 그랬다. 신선한 공기가 일종의 밝은 전망을 주었다. "둘이 아치를 데려갔어요. 또 토했거든요."

어맨다는 이것까지 더 생각할 수가 없었다.

"계획을 세웠어요. 한 시간. 둘이 아이를 데려가고. 조지가 당신과 나, 그리고 로즈를 위해 돌아오고."

"뒤쪽 숲에 가봐야 할까요? 도로로 나가봐야 할까요? 얼마나 먼가요? 이쪽인가요?" 어맨다가 어딘가를 가리켰지만 어디를 가리키는지 확실하지 않았다.

"도로는 저쪽인데요. 저기로 갔을까요?" 루스에게는 말이 안 되는 일이었다. 아이가 무엇 때문에 작은 벽돌집이 주는 안전을 포기할지 상상할 수 없었다.

"모르겠어요! 왜 떠났는지도 모르겠어요. 어디로 갔을지도 모르겠어요." 어맨다가 입 밖에 내지는 못했지만, 만약에 아이가 어딜 간 게 아니라면, 이미 죽어서 집안 어딘가에 있다면? 존베넷 램지*, 그때도 실종된 아이를 찾는 것으로 시작했지만 아이의 시체는 내내 지하실에 있었다. 그런데 존베넷 램지를 누가 죽였더라? 어맨다는 기억나지 않았다.

"다시 안으로 들어가요. 다시 한번 집안을 둘러봅시다." 루스에게 끔찍한 환영이 보였다―옆문 앞 파우더룸에서 이가 빠진 채 기절해 있는 여자아이?

---

*1996년에 여러 어린이 미인대회에서 수상한 여섯 살 여자아이 존베넷 램지가 실종됐다가 자택 지하실에서 살해된 시신으로 발견됐다. 가족이 오랜 시간 용의자로 수사를 받았고 끝내 범인이 잡히지 않은 미제 사건.

"로즈!" 어맨다가 소리쳤다. 낮이 침묵으로 응답했다. 바깥에 그들을 위한 건 아무것도 없었다.

"집안을 봅시다. 체계적으로 하자고요." 루스는 그들이 상황을 이해해야 한다고 생각했다.

그들이 서둘러 진입로를 지나자 발밑에서 자갈들이 자리를 바꿨다. 어맨다는 신발의 얇은 고무창으로 모든 돌멩이가 느껴졌다. 루스는 젊은 여자만큼 빠르게 움직일 수 없었지만 해냈다. 해결해야할 급한 문제가 있었다. "들어가요." 어맨다가 애초에 자기 생각이었던 것처럼 말했다. "숨어 있을지도 몰라요." 아이가 숨을 이유가 없는데, 아니 그럴 수도 있나? 오빠가 얻은 관심을 질투했다. 책에폭 빠졌다. 집에 가고 싶지 않다. "아직 병원에 못 갔을까요?"

"아직 일러요. 가고 있겠죠." 루스가 옆문을 통해 집안으로 들어갔다. 작은 옷장을 여니 방수 부츠, 계단 제설용 화학물질, 넓적한 플라스틱 눈삽 두 개 중 하나, 에코백으로 채워진 낡은 에코백 하나가 들어 있었다. 로즈는 없었다.

"가고 있어. 무사할 거야." 어맨다가 스스로를 설득하고 있었다.

"조지는 클레이랑 아치를 두고 돌아올 거예요. 둘이 의사를 만날수 있게. 그리고 바로 우리한테 돌아올 거예요."

"로지 없이는 안 떠나요!" 어맨다가 파우더룸 문을 열었다. 아무것도 없었다.

"물론이죠. 그게 계획이에요. 우리 셋을 위해 돌아오는 거예요." 합당하기 그지없었다.

"그러고요? 우린 떠나나요? 아직 짐도 다 못 쌌는데!" 그들에겐그들 물건이 필요했다.

"돌아갈 거예요. 클레이와 아치를 만나러 갈 거예요. 그다음은 모르겠어요." 루스는 이렇게 말하고 싶었다. 짐 쌀 필요 없어요. 당신한텐 우리가 있잖아요. 우리에게 서로가 있잖아요.

"로즈!" 그 이름은 빈집에 내려앉을 뿐이었다. 집안에는 그 많은 가전제품들의 한숨뿐이었지만 두 여자 모두 더이상 그 소리를 듣지 못했다. "그다음엔요? 의사가 뭐라고 할 건데요? 의사가 뭘 해주는 데요? 클레이가 이빨을 가져간 했나요?" 그들은 그 이들을 비닐 봉투에 담아냈다. 소름끼쳐. 의사가 그걸 다시 아이 머리에 쑤셔넣을까?

"그다음은 나도 몰라요."

"우린 집에 가나요? 다시 여기로 오나요?" 둘 다 말이 되지 않았다.

루스가 팬트리 문을 열었다. 거기 숨을 열세 살짜리 여자애는 없을 것이다. "몰라요!" 그녀는 사실상 소리치고 있었다. 루스도 화가 났다. "어떻게 할지 나도 모르니까, 나한테는 내가 갖다쓰고 싶은 대로 쓸 수 있는 정답이 있고 당신은 없다는 듯이 나한테 묻지 마요. 어떻게 할지 나도 몰라요."

"난 그냥 무슨 좆같은 일이 일어날 건지 알고 싶어요. 좆같은 계획이 뭔지. 내 아이를 찾아서 우리 셋이 다 당신의 그 존나 비싼 차를 타고 병원에 가면 의사가 나한테 우리 아기 괜찮다고, 우리 다 괜찮다고, 우리 다 집에 돌아갈 수 있다고 말할 건지 알고 싶다고요."

"알아요. 하지만 그게 가능하지 않다면요?"

"난 그냥 씨발 여기서 벗어나고 싶어요. 당신한테서도 지금 일어나고 있는 일에서도—"어맨다는 루스가 싫었다.

"우리 모두한테 일어난 거야!" 루스가 분노했다.

"나도 우리 모두한테 일어난 거 알아요!"

"당신은 신경도 안 쓰지, 안 그래? 나는 여기 있는데 내 딸은 매사추세츠에 있다는—" 루스는 보이지 않는 포옹을, 손자들의 귀여운 손바닥 네 개를 느낄 수 있었다.

"걱정하는데, 그건 어떻게 해야 될지 모르겠어요. 내 딸이, 난 내딸이 어딨는지도 모른다고요!"

"나한테 소리지르지 마요." 루스가 아일랜드 식탁에 앉았다. 펜던트 조명의 유리구를 올려다보았다. 비행기가—그녀는 비행기인 줄 몰랐던—머리 위로 날아갈 때 부서진 조명이었다. 왜 이 여자는 그들이 아무리 운이 없다 해도 또한 운이 좋은 사람들이기도 하다는 걸 모를까? 루스는 자기 침대에서 자고 싶었다. 그런데 또 이 사람들이 있어주었으면 싶었다.

"미안해요." 진심일까? 상관없다. "로즈!" 어맨다는 이 여자를 보고 깨달았다. 그들은 이 집을 떠날 수 없을 것이다. 브루클린으로 돌아갈 수 없을 것이다. 의사를 만나고 어쩌면 가게에도 들르고 그리고 여기로 돌아와서 무엇이든 다가오고 있는 것을 숨어서 기다릴 수 있을 것이다. 이 여자는 전혀 낯선 사람이 아니다. 그녀는 그들의 구원자다. "미안해요. 내 딸을 찾고 싶어서 그래요."

"나도 내 딸을 찾고 싶어요." 루스는 마야의 목소리를 들을 수 있었다. 소녀 시절의 사랑스러운 음역대. 루스는 그녀에게 요구되는 것이 무엇이든 그것과 화해할 수 없었다. 그녀의 아이와 손주들이 안전한지 알고 싶었지만, 당연히 루스는 절대 알 수 없을 것이다.

당신은 절대 모른다. 당신은 답을 요구하지만 우주가 거절한다. 안락과 안전은 환상일 뿐이다. 돈은 아무 의미 없다. 의미랄 게 있는 것은 이것뿐이다―같은 장소에, 함께 있는 사람. 이것이 그들에게 남은 것이었다.

"로즈!" 어맨다는 앉을 수 없었기 때문에 앉지 않았다. 도로 거실로 돌아간 그녀는 거실을 통과해 아치의 침실로, 욕조가 이제 비어 있는 화장실을 통과해 로즈의 침실이었던 방으로 갔다. 바닥에 무릎을 꿇고 침대 밑을 보았지만 아무것도 없었다. 먼지조차 없었다. 그녀는 화장실로 돌아가서 배수구를 제대로 막고 욕조에 물을 채우기 시작했다.

그녀가 거실로 나왔다. "미안해요. 소리질러서 미안해요. 내가 형편없어서 미안해요. 내 딸을 찾고 싶은 건데, 왜 당신한테 소리를 질렀는지 모르겠어요. 이해하시겠지만 내 딸을 찾고 싶어요. 바로 여기 있었는데. 무슨 일이 일어나고 있는 건지 모르겠어요." 그녀는 루스를 껴안고 싶었지만 그럴 수 없었다.

루스는 정말 이해할 수 있었다. 모두가 이해했다. 무사한 것, 그게 모두가 원하는 거니까. 그게 한 명도 예외 없이 모두를 피해가는 거니까. 루스가 일어섰다. 그러니까, 그녀는 아이를 찾아볼 것이다. 아이가 죽었다면 그 시체라도. 그녀는 그녀에게 요구되는 일을 할 것이고, 인간다운 일을 할 것이다.

어맨다가 뒷문을 젖혀 열고 베란다로 나가 수영장을 내려다보았다. 숲을 향해 딸의 이름을 크게 외쳤다. 나무들이 바람에 약간 움직였지만, 그것이 유일한 반응이었다.

39

진입로처럼 보이지도 않았는데, 작은 나무숲을 지나자 길이 넓어지더니 포장된 길이 나타났다. 먼 거리에서 보면 손질된 것 같지만 사실은 자연 그대로이고 제멋대로인 잔디밭도 있었다. 멀리서는 풀밭이 너무 눈부셔서 인간의 작품일 수밖에 없다고 생각할 것이다. 울타리가 있고, 침실 일곱 개, 월풀, 화강암 조리대, 중앙 냉방을 갖춘, 미국적 이상향 그 자체의 대용 모사품인 식민지풍 집이 있었다.

조지는 은색 레인지로버를 보고 안심이 됐다. 대니가 있다. 오길 잘했다. 그가 "갑시다"라고 말하기 시작했을 뿐인데 클레이가 이미 차에서 내린 걸 보면 클레이의 필요도 그만큼 긴급했다. "아치. 넌 여기 있어라. 누워 있어."

소년이 나이든 남자를 올려다보았다. 하늘이 이제 더 파래졌구나, 야외에서 점심을 먹기에 완벽한 날이겠구나 알 수 있었다. 비록 이 없는 입으로 뭘 먹을 수 있을지는 알 수 없었지만. "네. 기다릴게요."

앞문은 광이 나는 유쾌한 노란색으로, 대니의 아내 캐런이 잡지에서 본 것이었다. G. H.가 초인종을 눌렀다. 거의 노크할 뻔했다가 스스로에게 인내심을 가지라고 말했다. 미치광이처럼 나타나면 안 될 거야. 세상이 미쳐버렸을지 몰라도 그들은 미치지 않았으니까.

대니와 캐런도 전날 밤을 이들만큼 불안하게 보냈다. 그 굉음이 사그라드는 동안 가족 침대에서 네 살짜리 에마를 사이에 품고. 캐런은 록빌센터의 아빠 집에 간 아들 헨리 생각에 거의 긴장증 상태였다. 전화는 안 되고, 아이가 엄마에게 깊은 애착을 가지고 있었으므로 그녀는, 사실 두 사람 모두, 아이가 분명 지금도 엄마에게 전화를 걸어대고 있을 거라는 사실을 알고 있었다. 성과도 없이. 아이 아빠가 아이를 차에 태워 집으로 올까? 캐런은 그러길 바랐지만, 그들의 타협할 수 없는 차이* 중 하나가 바로 그에게 그녀가 무엇을 원하는지 이해하는 능력이 없다는 거였다. 대니는 주방에서 그들이 지금 보유하고 있는 것들을 조사하다가 방해를 받아 짜증이 났다. 그 짜증이 뻔히 보이는 상태로 그가 문을 열었다.

"조지." 그가 말했다. 상대를 인식은 했지만 따뜻함은 없었다. 대니는 아주 잘생겼다. 이것이 언제나 그의 첫인상이었다. 햇빛에 정기적으로 노출되어 피부가 황금빛이 되었다. 유전적 소인 때문에 갈색 머리카락이 소금을 친 듯 희끗했다. 그가 두 다리를 어깨만큼 벌려 서고 자세에 자신감이 넘치는 이유는 자신이 잘생겼다는 걸 알고, 그걸 알고 있는 사람처럼 서 있기 때문이었다. 그가 세상에

---

* 미국에서 법적으로 성립되는 이혼 사유.

나가면 세상은 그에게 고맙다고 말한다. 그는 놀랐지만 또 그렇게 놀라지는 않았다.

"대니." G. H.는 이다음 있을 일은 계획하지 않았다. 하지만 그저 다른 인간을 보는 것에서 오는 안도감이 있었다. 콘서트가 있었던 밤, 악수를 하고 연주자들에게 찬사를 던지던 그때가 정말 오래전 같았다.

이 남자를 보자 대니는 일 생각이 났다. 그건 그냥 미소를 띄우고, 사람들에게 확신을 주고, 큰 소리로 지시하고, 수표를 받을 수 있느냐의 문제일 뿐이었다. 그의 실제 삶―위층에서 겁을 먹긴 했지만 별로 개의치 않는 작은 여자아이에게 용에 관한 책을 읽어주고 있는 여자―과는 아무 상관이 없었다. 뉴스 알림을 본 뒤 대니는 비축품과 소식을 구하러 나갔다. 집에 돌아올 때 식료품은 있었지만 다른 것은 거의 없었다. "놀랐어요."

G. H.는 자신이 잘못 판단했음을 알아차렸다. 이 남자의 자세를 알아보았다. 자신이 사람에 대해 항상 믿어왔던 바가 옳았음을 알았어야 했다. 사회계층은 대부분의 사람들로 하여금 자신이 사회적 동물이 아니라고 믿게 한다는 것. "집에 계시는데 이렇게 귀찮게 해서 미안합니다."

대니의 시선이 조지에서 그 옆의 낯선 사람에게로 넘어갔다. 그가 조지를 좋아한 적이 있던가? 그다지. 상관없다. 맞는 질문이 아니다. 아무 의미 없었다. 그래서 그는 오바마도 좋아하지 않았다. 오직 그렇다는 추측, 주먹 부딪치기, 유쾌함만 있으면 됐다. 그건 그를 모욕했다. 그가 이해하는 세상을 조롱했다. "뭐, 무슨 용건이시죠?" 그는 근무시간이 끝났음을, 다수를 위해 하는 일이라면 그 무엇에도 관심이 없음을 분명히 했다.

G. H.는 미소가, 세일즈맨의 전술이 시작되는 것을 느꼈다. "그게, 무슨 일이 일어나고 있어요." 그는 바보가 아니었다. "지나가는 길이었는데 당신을 확인해봐야겠다는 생각이 들더라고요. 여기 있는지 봐야겠다고요. 괜찮은지. 뭐라도 들은 게 있는지."

대니가 고개를 뒤로 돌려 집안을, 계단의 소용돌이 모양 난간 너머를 보았다. 거실의 2층 높이 창문으로 들어오는 아침 햇빛 속에서 춤추는 먼지가 보였다. 모든 것이 그래야 하는 그대로 보였지만, 그는 믿지 않았다. 아무것도 믿지 않았다. 그가 두 남자 쪽으로 다가서더니 등뒤에서 문을 닫았다. "뭐 들은 거요? 그러니까, 어제 들은 거 말고요?"

"클레이입니다." 그는 달리 어떻게 말해야 할지 몰랐다. 클레이는 이 남자가 로즈를 만날 때까지 그들과 함께 숲속으로 들어가줄지 알고 싶었다. 이 남자한텐 아치에게 필요한 약이 있을까? 인터넷 연결이 될까? 우리들을 이 멋진 집에, 호텔만한 집에 들어오라고 해줄까, 그러면 그건 파티 같은 걸까, 그리고 만약 그렇다면 수영장이 있을까? 그는 여자들이 숲속 그늘에서 놀고 있던 로즈를 찾아내는 모습을 상상했다. 일시적인 위장염이었을 뿐 아치의 몸 상태가 나아지는 상상을 했다. 어쩌면 이 남자에게 아무것도 받을 필요가 없고, 다 잘되고 있는지도 모르고, 어쩌면 그저 인사나 하고, 위로나 하고, 그 소음에―그게 언제였지?―유리창이 깨지지는 않았는지 물어보기나 하면 될지도 모른다.

대니가 말을 이었다. "밖에 나오시다니 놀랍네요."

"무슨 말이에요?" G. H.가 무언가를, 무엇이든 얻어내려 애썼다.

"무슨 말이냐고요?" 대니가 거세게 웃음을 터뜨렸다, 화가 났다. "저 밖에서 정말 진짜로 무슨 일이 벌어지고 있어요, 조지. 모르세요? 그 좋은 집에선 안 들려요? 우리 작업자들이 일을 잘하긴 했지만, 어젯밤에 그거 분명 들으셨을 거예요."

"우리 가족은 조지의 집에서 숙박하고 있습니다. 도시에서 왔어요." 클레이는 왜 자기가 자신을 설명하려고 하는지 알 수 없었다. 그리고 대니가 얼마나 그에게 관심이 없는지 알지 못했다.

"당신 가족은 운이 좋았군요." 대니는 이 남자가 도시에서 왔을 줄 이미 알고 있었다. 뻔했다. 그는 관심 없었다. "지금 거기가 얼마나 환장일지 상상이나 돼요?"

"뭐 아는 게 있어요? 뭐 들은 거라도 있어요?" 조지가 물었다.

"내가 아는 건 아마 당신도 알 거예요." 대니가 참지 못하고 한숨을 쉬었다. "애플 뉴스에서 정전이라고 했어요. 그래, 여기 있으면 안전할 거다, 생각했죠. 전화도 안 터지고. 케이블 방송도 안 되고. 그런데 전기는 들어와요. 그래서 물건 좀 사놓으려고 차 갖고 시내로 간 거예요. 가게가 습격을 당할 거 같은데, 안 그래요? 아니, 조용하더라고요. 눈보라가 오기 전 같지 않고, 외려 30센티미터쯤 눈이 쌓인 뒤 같았어요. 아무도 무슨 일이 일어나고 있는지 모르더라고요. 그냥 여느 날이에요. 집에 와서 그 소리를 듣고는 생각했죠, 됐어, 떠나지 않는 거야. 그리고 어젯밤에―또 그 소리. 세 번이나요. 폭탄? 미사일? 몰라요, 그런데 가만히 있으면 안 된다고 하기 전까지는 가만히 있을 겁니다."

"가게에 갔었군요." 조지는 확실히 하고 싶었다.

"비축을 했죠. 바로 집에 왔어요. 그냥 저 바깥이 있어도 될 곳 같지가 않아요."

"아들이 아파요." 클레이는 무언가가 아치의 열여섯 해 된 입에서 이 여러 개를 날려버렸다는 걸 어떻게 설명해야 할지 알 수 없었다. 말이 안 됐다. "구토를 하더라고요. 지금은 좀 괜찮아 보여요." 클레이는 아직도 희망적이었다.

G. H.가 끼어들었다. "이가 빠졌어요. 다섯 개나. 그냥 빠졌어요. 설명이 안 돼요."

"치아요." 대니가 한동안 조용했다. "그 소리랑 관련이 있다고 생각하는 거예요?" 대니는 아내 캐런의 입에서도 치아가 흔들리고 있고 곧 빠질 거라는 사실을 몰랐다.

"여기도 창문이 깨졌어요?" 조지가 물었다.

"샤워실 문. 안방 화장실 거요." 대니는 뻔하다고 생각했다. "대단 했죠. 비행기일 거예요. 정보가 전혀 안 나오고 있는 것 같아서, 그래서 저는 전쟁 같아요. 전쟁의 시작."

"전쟁이요?" 어째선지 클레이는 이 생각은 하지 못했었다. 그거라면 거의 실망스러운 느낌이었다. 낙심.

"공습이 맞을 것 같은데요? CNN에서 초대형 허리케인 얘기를 하고 있었거든요. 이란이든 어디든—계획을 제대로 세웠어요. 완벽한 대환장으로." 대니는 워싱턴 지역 방송 앵커가 배를 타고 제퍼슨 기념관에 물이 고인 모습을 보여주는 방송을 봤다.

"우리가 공격을 받고 있다고 생각하는 거예요?" G. H.는 그렇게 생각하지 않았지만 그 생각을 들어보고는 싶었다.

"지령이 오간다는 얘기가 있었는데, 이게 바로 그 지령의 내용이었던 거죠." 대니는 그것이 얼마나 명백한지 모르는 사람들이 불

292

쌍했다.

이 남자는 음모론자다. 미쳤다. 클레이는 교수였다. "지령이요? 가게에서는 무슨 일이 있었나요? 우린 병원에 가야 하거든요."

"신문 좀 읽으셔야겠네요. 일면만 보지 말고 더 깊게요. 러시아가 워싱턴 주재원들을 소환했다는 거, 알고 있었어요? 굵은 글씨에, '속보'도 붙었어요. 뭔가 진행되고 있다는 거예요." 대니가 기침을 하더니 주머니에 두 손을 찔러넣었다.

"우린 병원에 갈 거예요." 클레이가 다시 한번 말했지만, 확신은 줄었다.

"뭘 하든 당신 마음이죠. 내 계획은 바로 여기 있는 거고요." 대니는 그들이 가버리길 바랐다.

"그게 당신 생각인가요, 대니?" G. H.가 되받아쳤다.

"현재로선 그 어떤 것도 완전히 말이 되진 않습니다. 세상이 말이 안 되게 돌아간다면 나라도 계속 이성적인 일을 해야죠. 밖은 안전하지 않습니다." 대니가 광활한 무의 공간을 고갯짓으로 가리켰다. 그곳은 전혀 달라 보이지 않았지만, 그는 속지 않았다.

"아치가 아파요." 클레이는 대답이 필요했다.

조지는 대니가 왜 등뒤로 문을 닫았는지 알았다. 조지는 인간적인 교류를 기대했으나, 그건 인간이 실제로 어떤 존재인지 잊어버린 거였다. "그게 맞는 일이라고 생각했어요. 의학적 치료를 구하는 것."

대니는 미소 짓고 있지 않았다. "그건 옛날 방식이에요, 조지. 생각이 또렷하게 안 되시나봐요."

"딸이 실종됐습니다. 아침에 일어나보니 사라졌어요. 그 소리가 들렸을 때 그애가 자기 오빠랑 숲속에서 놀고 있었거든요. 그리고 어젯밤에, 아들 이가." 클레이는 이렇게 황당한 이야기를 어떻게 끝내야 할지 알 수 없었다. "어떻게 해야 할지 모르겠어요." 그 말이 고백처럼 튀어나왔다.

대니도 안됐다는 생각이 들지 않는 건 아니었다. 다만 그가 생각할 수 있는 일에 한계가 있었다. "당신 아들이잖아요. 어려운 선택을 하셔야겠네요."

"열여섯 살입니다." 도와주세요, 라고 클레이는 자기 방식으로 말하고 있었다.

어쩔 수 없어요, 라고 대니는 말하고 있었다. 그들은 그가 어떤 사람인지 잘못 알고 있었다. 그들은 사람에 대해 잘못 알고 있었다. "어떻게 하실 건지는 모르겠는데요. 저는 딸을 위해서라면 뭐든지 합니다. 그래서 이렇게 하는 겁니다. 문을 잠그고. 총을 꺼내고. 기다리고. 지켜보고."

총을 언급한 건 협박인가? G. H.는 그렇게 이해했다. "병원에 가지 말아야 할 것 같네요."

"저는 두 분한테 드릴 수 있는 답이 없어요. 미안합니다." 이 사과의 대부분은 각인된 본능일 뿐이었다. 하지만 대니는 자신과 그들 모두에게 정말 미안했다. 그가 자신이 가진 정보를 공유했다. "어제요, 주방에서 사슴을 봤어요."

G. H.가 고개를 끄덕였다. 사슴이라면 사방에 널려 있었다.

대니가 자세히 말했다. "한 마리가 아니고, 사슴 가족도 아니고, 이주였어요. 그렇게 많이는 난생처음 봤어요. 백 마리? 이백 마리? 어림도 안 돼요." 그보다 많았다. 눈에 다 담기지도 않았고, 나무 그

294

늘 속에 있는 것들은 발견하지도 못했다. 오직 이런 것들을 원래 아는 사람들만이 그 지역에 약 삼만 육천 마리의 사슴이 있다는 사실을 알고 있었다. 그것들은 로즈가 본 사슴은 아니었지만 그 사슴들과 합류하기 위해 가는 중이었다. 대규모 이주. 재난 반응 행동. 재난의 지표. 재난이 펼쳐지고 있다.

클레이는 그에게 우리도 전날 밤 플라밍고 무리를 봤다고 말하고 싶었지만, 그러면 이겨먹으려는 심보로 보일 것 같았다.

"동물은," 대니가 말을 이었다. "그들은 뭔가 알고 있습니다. 겁에 질려 있어요. 난 무슨 일이 일어나고 있는지도 모르고 언제쯤 알 수 있는지도 몰라요. 어쩌면 이게 다일지도 모르죠. 앞으로도 우리가 알 수 있는 건 이게 전부일 수도 있어요. 우리가 할 일은 그냥 얌전히 앉아서 조심하고, 기도든 뭐든 자기한테 맞는 거나 하는 걸 수도 있어요." 그들도 동물이었다. 이것이 이들의 동물적인 반응이었다.

클레이는 그들이 한 시간쯤 얘기한 것 같은 느낌이었다. "루스한테 돌아간다고 하셨잖아요."

"아직 시간 있어요." G. H.는 약속을 지킬 것이다.

대니는 이러고 있을 이유가 별로 없다고 생각했다. "여러분, 저는 이제 안으로 들어갈게요. 작별인사를 하고 행운을 빌겠습니다." 이 마지막 부분은 진심이었다. 그들 모두에게 행운이 필요할 테지. "다시 밖으로 나오시면요. 그럼…… 음, 들러도 돼요. 하지만 그냥 대화, 그 이상은 해줄 수 있는 게 없습니다. 이해하실 겁니다."

조지는 바보가 된 것 같았다. 물론 대니는 원래 이런 사람이었겠지. 일로만 아는 사이. 그들은 친구가 아니었고, 그랬다 해도 지금은 특별한 상황이니까. "그럼 이제 된 것 같군요."

대니가 충고를 덧붙였다. "아무래도 차를 타고 집으로 가시는 게 좋을 것 같아요." 가, 나를 좀 내버려두고 가. "이게 유일하게 드릴 수 있는 말이에요. 꼭꼭 숨어서 문 잠그고—"그 이후의 계획은 없었다. "욕조에 물 받아놔요. 물을 비축해요. 음식 재고를 확인하세요. 비축품이 뭐 뭐 있는지 알아두세요."

"그래야 할 것 같아요." G. H.는 그의 물건들 품으로 돌아가고 싶었다.

대니가 턱을 앞으로 내미는 듯한 권위적인 느낌으로 고개를 끄떡했다. 그가 악수를 청했다. 손아귀가 평소처럼 억셌다. 그는 아무 말도 더 하지 않고 안으로 들어갔다. 문은 잠그지 않았다. 하지만 문 앞에서 이 남자들이 멀어지는 소리를 듣고 서 있었다.

차 안에서, 아치가 일어나 앉았다. 그는 나아진 듯 보이기도 하고 똑같아 보이기도 했다. 약해 보이기도 하고 강해 보이기도 했다. 그 순간이 가장 중요한 순간이었다.

그들은 잠시 공회전하는 차에 앉아 있었다. 일 분. 어쩌면 이 분. 어쩌면 삼 분. 침묵을 깬 사람은 클레이였다. "조지. 우리 뭐하고 있는 거죠?"

G. H.는 어리석었다. 사람들은 실망시킨다. 그는 그들보다 나은 사람으로 남을 것이다. 그럼에도 불구하고 그들은 착하고 친절하고 인간적이고 예의를 지키고 함께 있고 안전할 것이다. "병원에 갈 수 없을 것 같습니다, 신사 여러분. 동의해요? 못 갈 것 같아요."

아치는 이해했다. 아치는 다 듣고 있었다. "저 괜찮을 거예요. 안 가도 될 것 같아요."

클레이가 말했다. "집에 가고 싶어요. 집으로 가면 안 될까요? 집에 가요. 멀지 않아요. 아주 가까워요. 가요." 그가 말한 건 물론 조지의 집이었고, 그래서 그들은 루스의 휴대폰에서 한 시간이 됐다고 알려주는 알람이 울리기 전에 돌아갔다. 한 시간이 되기도 전에, 그리고 모든 게 바뀌었다.

40

로즈는 확신에 차서 깨어났다. 원래 애들이 그렇기도 하지만, 그녀에게는 할일이 있었다. 두 눈이 초점을 맞추었다. 협탁, 녹색 도자기 스탠드, 안에 든 사진은 굳이 들여다보지도 않은 액자, 이불 밖으로 삐져나온 자신의 창백한 발, 벽에서 녹아내리고 있는 셔벗 같은 빛. 늘어지고 축축한 입들, 분홍색 어깨들, 헝클어진 머리. 또 하루, 그것들은 선물이었다. 로즈는 가족들에게서 빠져나와 카펫 위에 섰다. 막내는 눈에 띄지 않는 것에 익숙하다.

그녀는 그들을 깨우고 싶지 않아 방에서 나왔다. 그녀가 아이라는 이유로 아무도 그녀의 말을 진지하게 들어주지 않았지만, 로즈는 바보가 아니었다. 어젯밤 그 소리는 그녀의 부모가 기다리지 않는 척해왔던 대답이었다. 하지만 로즈는 책을 읽었고, 로즈는 영화를 봤고, 로즈는 이 이야기가 어떻게 끝날지 알고 있었고, 로즈는 당황하지 말고 준비해야 한다는 걸 알았다. 자기 침실에 붙은 화장실에서 오줌을 쌌는데 시간이 오래 걸렸다. 손과 얼굴을 씻었다. 특별히 조용히 하지는 않았지만—변기 시트를 쾅 내리고, 물을 내리고, 필요 이상으로 시끄럽게 문을 닫고—이 모든 것이 은밀하게 느껴졌다.

신발끈 묶고, 오프!* 한 번 칙, 모기가 가장 무자비하게 구는 발목에 뿌리고, 물. 플라스틱 재사용 병으로 냉장고 정수기 레버를 눌렀다. 바나나를 까서 자신이 바나나를 씹는 축축한 소리를 들었다. 쓰레기가 넘쳐흐르고 있었다. 구겨진 셀로판지, 더러운 종이 타월, 아무도 퇴비로 만들 생각을 하지 않은 다 짜낸 레몬 덩어리들. 먹을 것은 거의 남아 있지 않았다. 로즈는 그들에게 물건이 필요하다는 걸 알았지만 그보다 더, 그들에겐 사람이 필요했다. 그녀가 둘 다 찾을 것이다. 숲속에 있던 그 집에서. 복숭아를 가방에 넣었다. 싸구려 나일론 안에서 굴러다니다가 멍이 들어 먹으려고 할 때쯤엔 물이 나올 테지만. 책도 챙겼다. 언제 책이 필요할지는 모르는 거니까.

로즈는 기억했다. 숲으로 들어가서 그냥 저쪽으로, 저기로, 저쪽으로, 바로 거기로, 왼쪽이라고 할 수 있는 쪽으로, 직진, 나무 아래로, 그리고 작은 언덕 위로. 그녀에게는 도시 생활로 둔해지지 않은 본능이 있었다. 한 마리 동물처럼, 캔버스 천 앞코가 축축해진 채, 그녀의 발걸음은 나뭇잎에 흔적을 거의 남기지 않았다. 새소리와 산들바람에 아주 작은 항의가 될 뿐. 그녀의 몸은 근처에 포식자가 없다는 걸 알았다.

로즈와 아치는 즉흥적이었지만 그게 아니었는지도 모른다. 아이

---

* 모기 퇴치제.

들은 뭔가를 알고 있고, 그 얇은 말 이외의 것으로만 표현되거나 말로 표현할 수 없다. 로즈는 모든 표식을 알아보았다. 솟아오른 땅, 썩어가는 통나무, 떨어진 나뭇가지들을. 롯의 아내처럼 뒤돌아봤다면, 그랬다면 로즈는 사나운 분홍색 플라밍고 한 마리가 허공에서 날아다니는 모습을 볼 수 있었을 것이다. 진실은? 바람에 날려온 거였다. 진화의 오랜 속임수 중 하나. 통나무 위에 있다 노아와 엠자라처럼 바다로 쓸려간 뜻밖의 밀항자 도마뱀이 새로운 해안에 상륙해서 짝짓기를 시작하고, 그 후손들이 토종 나무 이파리들을 황폐화시킬 수도 있다. 그 플라밍고들은 자기들이 이곳에 와 있다는 사실을 알고 인간들만큼 분노하고 있었다. 하지만 살아남아야 할 것이다. 바닷말을 연구해야 할 것이다. 그들은 일 년에 한 번 둥지를 트는데, 필요한 건 그것뿐이다. 그러니 아마 천 세대가 지나면 근친번식을 해서 또 어떤 괴이한 색깔(수영장 물을 마셨으니까 부동액 같은 파란색?), 새로운 종이 될지도 모른다. 어쩌면 살아남은 게 그들뿐일지도 모른다.

로즈가 혼자 노래를 불렀다. 처음엔 머릿속으로, 그러다 대담해졌달까 달라졌달까 괜찮달까 행복하달까 하는 기분이 들어서 크게 소리 내어 불렀다. 원 디렉션* 노래, 아치가 그런 노래를 좋아한다고 그녀를 비웃으면서도 은근히 자신도 즐겼을 노래를. 로즈는 정당하게 자기 것인 명료함을 느꼈다. 그녀는 알고 있었다. 그 집에 도착하기만 하면 모두에게 중요한 것으로 보이는 질문들에 대답할 수 있을 거라고. 거기에 사람들이 있고 그들에게 답이 있을 거라고, 아

---

* 2010년에 런던에서 데뷔한 팝 보이 밴드. 해리 스타일스 외 세 명의 멤버가 있다.

니면 적어도 그녀의 가족이 그렇게 외롭지 않을 거라고.

아침이라 서늘했지만 날이 더워지리란 걸 알 수 있었다. 발밑의 나뭇잎이 조금 축축했다. 나무 꼭대기가 그만큼 무성했다. 시간대가 하나 뒤인 지역은 아직 어두웠는데, 사실 그때는 여러 곳이 어두웠다. 어떤 사람들은 자살하고 있었다. 어떤 사람들은 짐을 싸서 차에 실으면서 1킬로미터든 2킬로미터든 10킬로미터든 안전이 계속 보장되는 곳이라면 어디든 갈 수 있길 바라고 있었다. 어떤 사람들은 국경선이란 게 상상의 선인 줄도 모르고 국경을 넘어야겠다고 생각했다. 어떤 사람들은 무엇이 잘못됐는지를 몰랐다. 뉴멕시코와 아이다호의 일부 마을에는 아직 아무 일도 일어나지 않았다. 아무도 상공의 위성에 대고 말할 수 없는 것처럼 보였다는 게 이상하긴 했지. 사람들은 여전히 화분을 팔거나 호텔 침대를 정리하는 일을, 때가 되면 전혀 쓸모없는 일이었음을 알게 될 일을 하러 출근했다. 주지사들은 비상사태를 선포했지만 어떻게 전달해야 할지 알아내지 못했다. 전업주부들은 〈대니얼 타이거〉*가 나오지 않는다는 데 짜증을 냈다. 어떤 사람들은 자신이 시스템에 대해 순진한 믿음을 가지고 있었다는 것을 깨닫기 시작했다. 어떤 사람들은 그 시스템을 유지하려고 애썼다. 어떤 사람들은 총과, 어떤 물이라도 마실 수 있는 안전한 물로 만드는 필터 빨대를 비축한 자신이 옳았음을 입증했다. 아무리 많은 일이 일어났더라도 앞으로 일어날 일이 더 많았다. 자유세계의 리더가 백악관 밑에 고립되었지만 아무도 그를 신경쓰지 않았다. 숲속을 경쾌하게 걸으며 해리 스타일스 생각을

---

* 대니얼 타이거라는 꼬마 호랑이가 주인공인 어린이 애니메이션.

하고 있는 작은 여자아이는 더더욱 그랬다.

로즈가 용감한 건 아니었다. 아이들은 그냥 너무 어려서 설명되지 않는 것들에서 고개를 돌릴 줄 모른다. 아이들은 지하철에서 어른들이 눈을 내리깔고 팟캐스트를 생각하는 동안 헛소리하는 조현병 환자를 쳐다본다. 몰라서 질문을 하는 아이들은 무례하다고 간주된다. 왜 목에 혹이 있어요, 뱃속에 아기가 자라고 있나요, 원래 머리카락이 없었어요, 왜 이빨이 은색이에요, 제가 다 큰 다음에도 코끼리가 있을까요? 로즈는 그 소리가 무슨 소리인지 알았지만 아무도 그녀에게 묻지 않았다. 그것은 진실의 소리였다. 다가오고 있음을 모르는 척했던 변화였다. 이런 유의 삶의 끝이면서, 또다른 유의 삶의 시작이기도 했다. 로즈는 계속 걸었다.

로즈는 생존자이고 살아남을 것이다. 그녀는 본능적으로(어쩌면 그냥 인간으로서의 연결성으로) 자신이 소수자라는 걸 알았다. 남쪽 어딘가에서 제방이 강에 넘겨졌다. 물이 건물 2층 침실까지 차올랐고 사람들은 다락방과 지붕으로 대피했다. 필라델피아에서는 한 여성이 세번째 분만중에—테헤란에 파병되었다가 죽은 남자 형제의 이름을 딴 아들을 낳다가—가슴에 올려진 아기를 느끼는 순간 병원에 전기가 나갔고, 그래서 마치 그녀의 피부에 아기 피부가 닿으면서 생긴 충격 때문에 정전이 된 것 같았다. 신생아 중환자실에 있던 아기들은 모두 몇 시간 뒤에 죽었다. 기독교인들은 다니던 교회에 모였는데, 독실한 이웃들은 좀더 대비가 되어 있겠지 생각한(아니었다, 오호통재라) 비신자들도 모였다. 어떤 곳에서는 사람들이 음식 걱정에 빠져 있었고, 어떤 곳에서는 그렇지 않은 척하고 있었다. 할렘에 있는 엘살바도르 식당 직원들은 길에서 음식을 구

위 무료로 나눠주었다. 불과 스물네 시간 만에 대부분의 사람들은 구식 라디오를 듣고 뭔가 이해할 수 있을 거라는 기대를 접었다. 믿음에 대한 시험일까? 이것으로 확인되는 것은 그들의 무지에 대한 믿음뿐이었다. 사람들은 문과 창문을 걸어잠그고 가족들과 보드게임을 했다. 다만 메릴랜드주 세인트찰스에서는 한 엄마가 두 딸을 욕조에서 익사시켰는데, 그게 그녀에게는 슈츠 앤드 래더스* 한 판보다 훨씬 더 현명해 보였다. 이 게임은 기술도 전략도 필요하지 않다. 이 게임이 가르쳐주는 것은 인생은 대부분 노력 없이 얻은 이득이나 치명적인 추락으로 이루어진다는 것뿐이었다. 자기 아이들을 죽이는 데는 상상할 수 없는 용기가 필요했다. 소수의 사람들만이 그것을 해냈다.

목덜미와 이마, 이제 막 수염이 나기 시작한 윗입술이 축축해진 채 로즈는 행진을 계속했다. 몇 킬로미터 떨어진 곳에서 대니가 보았던 사슴떼가 다른 사슴떼를 찾아내 수적으로 우세해진 뒤 본능이 말해주는 방향으로 걷고 있었다. 마치 백인들이 전멸시키기 전 평원의 물소처럼 놀라운 광경이었다. 인근에 사는 사람들은 그 광경을 곧이곧대로 믿지는 않았지만 일주일 전보다는 더 믿을 준비가 됐다. 이 사슴들의 다음 세대는 로즈와 그녀의 가족들이 절대 볼 수 없을 플랑드르 태피스트리에 나오는 유니콘처럼 흰색으로 태어날 것이다. 백색증을 연구한 한 유전학자에 의해 백색증이 아니라 세대간 트라우마 이전 때문이라고 밝혀질 것이다. 인생은 그런 것이

---

* 보드게임. 돌림판을 돌려서 나온 숫자에 따라 이동하며 미끄럼틀에서는 내려가고 사다리에서는 올라간다. 가장 먼저 제일 위 칸에 도착하면 승리한다.

다. 인생은 변하는 것이다.

인근 주민 일부는 자동차에 올라타 시내를 향해 차를 몰았다. 경찰이 없었으므로 과속을 했다. 브루클린은 냄새를 풍겼다. 식은 냉장 진열대 속의 부패, 구석이든 어디든 쌓여 몸집을 불리는 쓰레기, 거기에 더해 발이 묶인 통근자들—양극성 장애가 있는 남자 노숙자, 시장의 공보 비서, 구글에 면접을 보러 가던 낙천주의자—이 서서히 무연고 사체가 되어가고 있었으므로.

그곳, 숲속의 공기는 여름 공기가 으레 그렇듯 달콤하고 부패했다. 로즈는 궁금했다. 엄마, 아빠, 한 명 또는 두 명의 아이들일까? 그녀의 가족처럼 백인일까, 아니면 워싱턴 씨네처럼 흑인일까, 아니면 사비나네 가족처럼 인도인일까, 아니면 사우디아라비아나 타이베이나 몰디브 출신일까? 그들은, 사우디아라비아와 타이베이와 몰디브에서는 조지아주 웨이크로스에서, 간수 마흔 명이 천오백 명을 폭풍우 속에 버려둔 곳에서 무슨 일이 일어나고 있는지 알까? 예상치 못한 자유. 침수된 천장이 무너지고, 잔해 속의 시체가 영원히 철창 안에 갇혔는데, 그래도 그들의 영혼은 빠져나갔을까? 그 마흔 명 중 비바람이 인간이 만든 것을 파괴할 수 있다고 생각한 사람은 아무도 없었다. 그 마흔 명 중 죽은 사람들을 조금이나마 애도한 사람은 아무도 없었다. 나쁜 놈들이었다, 라고 그들은 스스로에게 말했다. 자신이 인생을 선하게 살았는지 악하게 살았는지가 얼마나 안 중요한지 모르고.

로즈는 한 시간, 혹은 평생 동안 걸었다. 가방 지퍼를 열고 멍이 든 복숭아를 입에 물었다. 단내를 감지한 날벌레가 근처를 맴돌았다. 그녀가 하얀 속살을 한 입, 두 입, 일곱 입, 열네 입 먹었다. 과육이 가운데 핵에서 아주 깔끔하게 떨어졌다. 움푹움푹 파이고 울퉁불퉁한 열매의 핵은 기적 같은 것이었다. 그녀는 그것을 땅에 떨어뜨리며 몇 년 후에 거기서 나무가 자라길 바랐다.

로즈는 멍청하지 않았다. 구원을 기대하지 않았다. 그녀는 그들에게 아무것도 없다는 사실을 혼자 힘으로 알았다. 이제 무언가를 갖게 될 것이고, 다 로즈 덕분일 것이다. 숲 사이로 거기 있을 줄 알았던 바로 그곳에 지붕이 보였다.

하지만 그 집은 그들의 집과 똑같았다! 이게 뭔가 의미하는 것 같았다. 어떻게 보면 모든 집들이 똑같아 보이겠지만. 아기의 옹알이가 안심시키는 말로 들리는 것처럼 로즈는 여기서, 워싱턴 씨네 집의 되풀이라는 점에서 힘을 얻었다. 용감하게, 그녀가 앞으로 돌아나가 정문을 향했다. 방문객들을 위한 벽돌길로 곧장 걸어올라갔다. 그녀가 세게 문을 두드렸다. 주먹을 꽉 쥐고, 자신 있게.

식물을 짓밟지 않도록 조심하면서 뿌리 덮개 위에 서서 얼굴을 창문에 바짝 갖다댔다. 꽃무늬 벽지, 갈색 말이 그려진 유화, 놋쇠로 된 조명 브래킷, 닫힌 문, 그녀의 얼굴만—그녀의 얼굴, 단호하고 낙천적인 얼굴—비치는 거울. 여기 살던 손 씨네 가족은 샌디에이고공항에 있고, 운항하는 국내선 비행기가 없기 때문에 예약도 하지 못했고, 그 이유는 전례 없는 전국적인 비상사태 때문이라지만 전례가 있었어도 될 일이 아니었다는 사실을 그녀는 몰랐고, 절대 모를 것이다. 손 씨 부부는 평생 이 집을 다시 보지 못할 것이다. 그 가족의 가모장 네이딘은 군대가 공항 바깥에 겨우 세운 텐트촌 중 한 곳에서 암으로 사망하기 전까지 가끔 이 집이 나오는 꿈을 꿨지만. 그들은 시체의 수가 화장을 해줄 산 사람들보다 많아져 더는 신경도 쓰지 않게 되기 전에 그녀의 시신을 태웠다.

로즈가 집 뒤쪽으로 걸어가 유리 미닫이문을 두드렸다. 집안은 워싱턴 씨네 집과 달랐다. 가구는 더 무겁고, 벽은 더 어두웠다. 이 집은 휴가객들을 맞이하기 위해 만들어진 게 아니라 그곳에 사는 사람들의 취향에 따라 꾸며졌다. 이 사람들은 지하실에 모여 총을 들고 기다리고 있을지도 몰랐다. 이 사람들은 그 소리를 듣고 차에 올라타 가능한 한 빠르게 떠났을지도 몰랐다. 로즈가 별채인 차고에 가봤지만 종이상자와 공구가 걸려 있는 타공판들이 있을 뿐 차는 없었다. 다만 배 한 채가, 더러운 캔버스 천에 덮여 있었다.

"집에 안 계시네요." 크게 말했지만 로즈는 혼잣말을 하고 있었다. 초인종을 누르자 속이 빈 싸구려 문을 뚫고 땡동 소리가 들렸다. 그녀는 여기 온 목적을 달성하기 전엔 돌아가지 않을 것이다.

집 외벽을 따라 꾸민 화단이 장식용 돌멩이들로 구분되어 있었다. 그중 하나를 뒷문에 던져볼까 가늠하던 로즈에게 현관 옆 창유리에 이미 금이 가 있는 것이 보였다. 그녀는 뒤로 물러서서 돌을 던졌다. 유리가 집안으로 쏟아지고 돌은 그녀의 발치에 도로 떨어졌다. 그 소리는 짧았고, 거기에는 아무것도 없음의 소리뿐이었다. 로즈가 후드티 소매를 손 위로 끌어당겨 뜨거운 프라이팬을 잡듯 작은 돌을 잡고 창문틀에 붙어 있는 뾰족한 유리들을 쳤다. 안쪽으로 팔을 뻗어보니 열쇠 구멍 손잡이가 바로 거기 있었다. 그렇게나 간단했다.

그 집에서는 고양이 냄새가 났다. 고양이 사료와 대소변통은 발견했지만 정작 그 동물은 절대 찾아내지 못했다. 뭔지 몰라도 그 동물들이 하는 일을 하러 이미 나가버렸기 때문에. 그녀는 자신의 두려움을 인정하고 불을 켰다. 로즈는 당신이 그 사실을 알게 되는 그런 방식으로 자신이 혼자란 사실을 알고 있었다. 그래도 그녀는 방마다 들어가보고 옷장을 전부 열어보고 샤워 커튼을 젖혀보고 무릎을 꿇어 침대 밑을 들여다보았다. 분홍색 카펫이 깔린 침실이 있고, 꽃무늬 이불이 덮인 나무 침대가 나무 우듬지들의 전경이 보이는 각도로 놓여 있었다. 취미방이 있고, 보드게임과 퍼즐로 가득찬 벽장들, 로즈가 여태 본 것 중 가장 큰 텔레비전과 그것과 간격을 두고 마주보고 있는 널찍한 모듈러 소파가 있었다. 식사 공간이 있고, 청소기 지나간 자국이 남아 있는 깨끗한 파란색 카펫, 잘 닦여서 윤이 나는 식탁이 있었다.

냉장고는 자석과 메모와 조리법과, 웃고 있는 가족들이 맨발로 해변에 서 있거나 가을 단풍 앞에서 포즈를 취하고 있는 명절 카드가 뒤섞인 불협화음이었다. 냉장고 문을 열자 거기에는 워싱턴 씨네보다 더 많은 것들이 들어 있었다. 샐러드드레싱, 케첩, 유리병에 담긴 미니 오이 피클, 간장, 뚜껑을 따면 비스킷 반죽이 나오는 종이팩 하나. 작은 플라스틱 병에 든 약들, 포장지를 다물어놓지 않은 막대 모양 버터 한 개, 화이트 크랜베리 주스 몇 통이 있었다. 식기건조대에 깨끗한 유리컵이 있어서 사양 않고 먹었다.

아일랜드 식탁에 앉아 있으니 전화기, 레몬 두 개가 들어 있는 과일 그릇, 종이와 우편물 무더기가 보였다. 주방 서랍 하나를 열었는데 그게 그 서랍이었다. 고무줄, 10센트 동전, 다 쓴 건전지, 가위, 쿠폰, 스패너가 들어 있는 그런 서랍. 복도 한편의 파우더룸에서 로즈는 조개껍데기 모양으로 성형된 작은 비누 접시에 감탄했다.

취미방으로 돌아가 텔레비전을 켰다. 화면이 파랬다. 로즈는 그 아래 수납장을 열어보고 플레이스테이션과 다양한 게임이 저장 돼 있는 플라스틱 상자 수십 개, DVD 수십 개를 발견했다. 집에는 DVD 플레이어가 없었지만 교실에 한 대가 있었고, 그녀는 멍청하지 않았다. 〈프렌즈〉로 결정했다. 시리즈 전체 세트가 있어서였다. 재생된 건 로스가 레아 공주에 대한 환상에 빠지는 에피소드였다.

텔레비전 소리에 기분이 훨씬 나아졌다. 볼륨을 크게 키워 그녀를 따라다니게 해놓고 구석구석 뒤졌다. 밴드에이드, 애드빌, 배터리 한 팩. 이것들은 보물이면서 증거로 쓰일 수 있었다. 벽이 파란색인 침실이 있었는데, 물건이 드문드문 채워져 있었다. 분명 십대인 주인이 집을 떠난 것이다. 이건, 이건 아치 거 하면 되겠다, 로즈가 생각했다. 그녀는 손님방도 괜찮았다. 그 고루한 타원형 러그, 요란한 프릴 달린 커튼도. 집이란 그저 당신이 있는 곳이다, 결국엔. 그저 그곳에 있는 자신을 발견하는 곳일 뿐이다.

로즈는 그 순간 엄마가 새 냄새가 나는 텅 빈 달걀 가판대에 조용히 앉아 있다는 사실을 몰랐다. 어맨다가 아들을 다시 보게 되면, 목소리를 되찾는 데 시간이 좀 필요할 것이다. 충격으로 인해서. 그러고 나서 나중에, 그녀는 딸을 다시 보게 될 것이고, 여전히 말을 할 수 없을 것이다. 그저 떨고 있을 것이다.

로즈는 돌아가는 길을 알았다—그 언덕 위로, 그다음엔 아래로, 조심스럽게 중력에 맞춰가며—이 낯익은 나무와 저 낯익은 나무와 그 신성한 빛줄기가 떨어지는 작은 공터를 지나서. 인터넷에서 본 적이 있다. 나무는 서로 다른 나무를 파고들며 자라지 않는 법을 알고, 이웃들에게서 얼마간 떨어져 있다는 것. 나무는 자기에게 주어진 조각만큼의 땅과 하늘만 차지하는 법을 안다는 것. 나무는 너그

럽고 조심스러우니, 어쩌면 그게 그들의 구원이 될지도 모른다.

로즈는 돌아갈 것이다. 분명 이미 그녀를 찾고 있을 터여서, 쪽지를 남기지 않았다는 데 죄책감을 느꼈다. 하지만 그들에게 그녀의 가방을, 그녀가 발견한 것들을 보여주고 DVD 플레이어와 훌륭한 침실 세 개와 캠핑 용품이 있는 지하실과 통조림 음식들이 줄줄이 채워진 팬트리가 있는 숲속의 집에 대해 말해줄 것이다. 그녀는 여자아이일 뿐이지만 세상이 여전히 무언가를 간직하고 있었고, 그것이 중요했다. 그녀의 부모님은 그들이 알지 못했던 것과 알았던 것, 그러니까 그들이 함께 있다는 사실에 울어버릴지도 모른다. 루스는 식기세척기를 비우고 G. H.는 쓰레기를 내다버릴지도, 그제야 하루가 정말로 시작되는 걸지도, 그리고 만약 남은 하루가—점심으로 먹을 무언가, 편안한 수영, 수영장 튜브들, 밀린 잡지 읽기, 그림 퍼즐 도전하기?—불확실하다면, 어쩔 수 없지. 만약 하루가 어떻게 끝날지 모른다면—밤이 되면서, 올림포스산 꼭대기에서 내려온 그 끔찍한 소리가 더 들리면서, 폭탄으로, 질병으로, 피로, 행복으로, 사슴이나 어둠이 깔린 숲에서 그들을 지켜보는 다른 무언가로—뭐, 원래 모든 하루가 그런 거 아니야?

감사의 말

이 책의 편집자인 헬렌 애츠마, 새러 버밍햄, 메건 린치와 에코의
다른 모든 분들께, 그리고 이번에도 어김없이 줄리 베어러와 니콜
커닝햄에게 깊이 감사드린다. 로라 리프먼, 댄 숀, 제시카 윈터, 미
건 오코넬, 린 슈테거 스트롱의 너그러운 마음에 정말 고맙게 생각
한다. 데이비드 랜드가 없었다면 이 책은 존재하지 않았을 거라고
해도 과언이 아니다. 데이비드, 앞으로도 당신과 함께 (크럼블 도
넛, 수영장, 비 오는 날 케이크 믹스로 만든 케이크가 있는) 휴가를
보내고 싶어.

옮긴이 **김선희**
대학교에서 국어와 국문학을, 대학원에서 번역을 공부했다. 출판사에서 편집자로 근무했
고 현재 전자회사의 연구원으로 재직중이다. 옮긴 책으로『죽지 않는 사람들』이 있다.

문학동네 세계문학

세상을 뒤로하고

초판 인쇄 2023년 10월 27일 | 초판 발행 2023년 11월 8일

지은이 루만 알람 | 옮긴이 김선희

기획·책임편집 윤정민 | 편집 홍유진 이희연
디자인 김유진 이주영 | 저작권 박지영 형소진 최은진 서연주 오서영
마케팅 정민호 서지화 한민아 이민경 안남영 왕지경 황승현 김혜원 김하연 김예진
브랜딩 함유지 함근아 고보미 박민재 김희숙 박다솔 조다현 정승민 배진성
제작 강신은 김동욱 이순호 | 제작처 한영문화사

펴낸곳 (주)문학동네 | 펴낸이 김소영
출판등록 1993년 10월 22일 제2003-000045호
주소 10881 경기도 파주시 회동길 210
전자우편 editor@munhak.com | 대표전화 031)955-8888 | 팩스 031)955-8855
문의전화 031)955-1927(마케팅), 031)955-2634(편집)
문학동네카페 http://cafe.naver.com/mhdn
인스타그램 @munhakdongne | 트위터 @munhakdongne
북클럽문학동네 http://bookclubmunhak.com

ISBN 978-89-546-9647-0 03840

www.munhak.com